好讀出版

1984

GEORGE ORWELL

喬治・歐威爾 著
李宗遠 譯

PART1.
第一部

1

那是四月份某個寒冷明亮的日子，時鐘剛敲了十三響。溫斯頓．史密斯頂著無情風勢，縮起脖子，下巴緊貼胸口，迅速溜進凱旋大廈玻璃門內，但動作還是不夠快，阻絕不了一道夾帶著沙塵的氣旋隨他闖入。

門廳有股水煮白菜和舊地毯的味道，盡頭牆面貼著一幅室內展示用的彩色海報，尺寸龐大得有些突兀，上頭僅畫了張超過一公尺寬的人臉——那是個年約四十五歲男人的面孔，蓄著黑色鬍子，長相性格又不失俊美。溫斯頓走向樓梯。電梯只是裝飾用的，就算在最好情況下也很少運轉，況且近來白天時段又實施停電（此為節約措施一部分，為即將到來的「仇恨週」做準備）。溫斯頓的公寓在七樓，他今年三十九歲，右腳踝患了靜脈曲張潰瘍，僅能緩慢的拾級而上，中途還得停下來休息好幾次。不管爬到哪層樓，電梯正對面都張貼著同一幅海報，那張巨臉始終注視著你，圖片中那雙眼睛，給人一種無論身在何處都擺脫不了的壓迫感；「老大哥正看著你」——底下有行文字如是說。

公寓裡傳來一道圓潤的聲音，唸著一連串與生鐵產量有關的數字。那聲音來自一塊嵌在右邊牆面、彷若霧面鏡的橢圓形金屬飾板。溫斯頓轉動某個開關，聲音立刻減弱但仍能聽見。這個叫做「顯示幕」的裝置，音量可以調低，但無法完全關閉。他走近窗戶，玻璃中映出一個身材瘦小的男子，身上穿著黨發給的制服，這套藍色工作褲裝使他看起來更加孱弱。他的髮色很淺，臉色紅潤，皮膚在廉價肥皂、鈍澀剃刀及不久前才剛遠離的冷冽冬季摧殘下，略顯粗糙。

即便隔著緊閉的玻璃窗，光看也能感受到外面世界的寒意。街底有幾個小氣旋揚起了塵土，一些廢紙碎屑被捲拋至半空中飛舞。儘管此時陽光耀眼、天空湛藍，但除了四處張貼的海報，所有事物無不顯得蒼白枯淡。蓄著黑色鬍鬚的那張臉從各個角落的制高點往下俯視；近一點看，對街房子的正面就有一幅海報——「老大哥正看著你」，它的標題如此說明，那深邃的雙眸直視著溫斯頓的眼睛。街道上另有一幅被扯破一角的海報，讓風勢鼓動得不斷翻飛，只看見底下「英社」兩個字忽隱忽現。遠方有架直升機在屋頂之間漂移，像隻青蠅般盤旋了好一陣，隨即劃出一道弧線迅速離去——從窗外窺視人民日常生活，那是民警的例行巡邏任務，但這種巡邏不需要擔心，眞正該擔心的是思想警察。

溫斯頓背後的顯示幕仍持續發出嘮叨的聲音，播報著有關生鐵及三年計畫第九次進度超前的事。顯示幕具備接收與傳送訊息的能力，溫斯頓只要製造出任何比悄悄話音量稍大些的聲響，便躲不過它的擷取；更可怕的是，如果他待在橢圓形金屬飾板偵測影像的範圍內，不只是聲音，就連一舉一動都無所遁形。當然，你不可能知道自己是否隨時遭到監視，思想警察究竟多頻繁的利用任何系統切入任何私人線路，除了猜測無從得知。就算他們隨時隨地監視著每個人，也不是什麼難以想像的事。無論如何，只要他們認爲必要，就可以恣意進出你的線路。你必須習慣這種生活（並讓習慣變成本能），永遠假設自己發出的任何聲音都會被竊聽，除非在黑暗中，否則一切行動皆受到嚴密審視。

溫斯頓始終背對著顯示幕，此作法較爲保險，儘管他很明白，即便是背影也可能洩漏某些思緒。他工作的地點就在一公里外的眞理部，那是棟巨大的白色建築，矗立在污濁的地表城市景觀之上。對此，他感到某種模糊的厭惡——這裡是倫敦，一號航空起降區轄內第一大城，在大洋國所有行政區當中人口數量排行第三。他試圖從腦海擠出一些兒時記憶，回想過去的倫敦是不是這副模樣……那些伴隨著十九世紀頹圮房屋構成的景象，如粗大木材支撐的側牆、厚紙板補釘的窗戶、鐵皮浪板鋪蓋的屋頂及東倒西歪的花園圍籬等等，是否打從一開始便是如此？還有那些飄浮在空氣中的石灰粉塵、瓦礫堆間到處冒出柳草的轟炸地點舊址，以及遭到炸彈夷平的大面積空地上，那些雨後春筍般冒出的雞舍式骯髒木造集合住宅呢①？結果只是徒費精神，他什麼也沒想起來——除了一些浮光掠影，那些背景空白、毫無意義的畫面，他的童年不曾留下任何痕跡。

至於眞理部（「新語」②稱之爲「眞部」），則和視線所及的其他一切事物截然不同。它是一座外觀白得發亮、高聳龐大的金字塔型鋼筋水泥建築，一層又一層向上堆疊直達三百公尺高的天際。從溫斯頓所站位置正好可看見白色外牆上寫的優雅字體，那是黨的三句口號——「**戰爭即和平　自由即奴役　無知即力量**」。

據傳，眞理部地表上的樓層共有三千個房間，地面下則有與之相應的各分支單位。倫敦這附近另有三棟具備這等外觀與規模的建築，相較之下，周遭房屋全都矮上一大截，但從溫斯頓所在的凱旋大廈屋頂能同時看見這四棟建築。政府當局將所有機關組織切割成四個部門，每棟巨塔各爲其大本營——「眞理部」掌管新聞、娛樂、教育與藝術，「和平部」處理戰爭相關事宜，「友愛部」負責維護法律與秩序，「富裕部」則主導經濟方面業務；它們的名稱用新語來說，便是眞部、和部、愛部以及富部。

其中最令人不安的是友愛部，整棟建築連一扇窗也沒有。溫斯頓從不曾跨進那裡一步，事實上他不曾進到友愛部半英里範圍內。除了執行公務，一般人根本不可能進去，況且還得通過嚴密的鐵絲網保護設施、好幾道鋼製安全門及隱藏式機槍堡的考驗。而通往外圍的防禦屏障街道，也四處可見面目猙獰的維安人員身穿黑色制服、手持雙節警棍巡視著。

溫斯頓驟然轉過身子，還將臉部線條變換成開朗樂觀的神情，這是面對顯示幕最明智的表現。他穿越客廳，來到狹小的廚房。白天這個時段離開部門辦公室，得付出犧牲員工食堂午餐的代價，只是廚房裡除了一塊特別留下來當作明天早餐的深色麵包，別無其他食物，溫斯頓自己心裡也有數。他從架上拿下一瓶透明無色的液體，上面的白色標籤印有凱旋牌琴酒幾個字，瓶子裡散發出一股噁心的油騷味，聞起來像中國米酒的味道。他倒出將近一茶杯分量，像準備好喝藥那樣勇敢灌下去。

他的臉立刻漲紅，眼淚不住奪眶而出。這東西簡直跟硝酸沒兩樣，更糟的是，吞嚥時，後腦杓活像被人拿棍棒重擊似的劇烈疼痛。過了一會兒，腹中燒灼感消退，眼前世界終於開始恢復光明。他從一包擠得皺皺的凱旋牌香菸取出一根菸，用手指隨便的夾著，結果不小心掉落在地。下一根菸就順手多了。他再度走回客廳，坐在顯示幕左邊的一張小桌子前。他從抽屜拿出一根筆桿、一罐墨水和一本四開大的空白筆記簿，大理石花紋書皮，紅色書脊，分量厚重。

不知爲何，客廳這個顯示幕裝設的位置不太尋常，它並未依慣例固定在方便監控整個室內空間的端牆

---

①衰退凋敝的城市面貌反映了本小說的基調。溫斯頓的居住地「倫敦」是個崩壞衰竭中的城市，建築物彷彿隨時會解體，電梯永遠不能用，就連水電瓦斯這些生活必需品也時有時無。雖然作者並未明說，然而黨的無能與亂政正是導致倫敦到處充斥饑餓與貧窮的原因。本書探討的另一項議題，正是極權政體邪惡追求權力、棄自己人民於不顧的現象，此部分創作靈感無疑來自二十世紀共產主義發展史；倫敦頹圮的都市景象，則在視覺上更形突顯了這一點。

②新語（Newspeak）：大洋國官方語言，其語源和架構請參考本書書末〈附錄：新語的原則〉一文。

上，而被安排在客廳長邊正對窗戶的側牆。顯示幕旁的牆面有一塊凹處，可能是這戶公寓建造之初預留下的書架空間，溫斯頓現在便窩伏於此。坐進這個凹處，並儘量往背後牆壁蜷縮，就可避開顯示幕的監控範圍，但僅限於影像，聲音當然還是會被聽見，不過只要待在目前的位置，就有暫時隱形的能力。這個房間的特殊格局，或多或少啓發了溫斯頓此刻將要做的事。

然而，一定程度上也和他從抽屜拿出的筆記簿有關。那是一本製作精美的書冊，紙質滑順，有些許因歲月而泛黃的痕跡，此類紙張少說四十年前就已停產，依他猜測，這本筆記簿所屬的年代肯定又更古老許多。當時，溫斯頓路過城裡貧民區一家環境髒亂的小舊貨商（現在已不記得位於哪個區域），無意間看見它靜靜躺在櫥窗裡，內心馬上湧現一股想要收藏的無比渴望。所有黨員都不該進入一般商店消費（這種行爲被稱作「自由市場交易」），但此一規定未能嚴格執行，因爲實在太多生活物品無從取得，像是鞋帶、刮鬍刀片這類小東西等等。他快速瞄了一下街道兩側，接著溜進店裡，以兩塊五毛錢買下這本筆記簿。那時候，他還不太清楚可以拿它做什麼，只是心虛的把筆記簿放進公事包帶回家——即便那是本空白筆記簿，仍屬不當持有。

接下來，他打算開始寫日記。此行爲並不違法（沒有什麼事是違法的，因爲如今已沒有任何法律），只是一旦被查獲，極可能遭判處死刑，或被送進勞改營至少服二十五年強制勞役。他把筆尖套在筆桿上，用嘴沾了一下，試著去除油污。鋼筆是一種過時的古老器材，現在就連簽名也很少用，他好不容易才偷偷弄到一枝，只因他覺得那麼雅致滑順的紙質必須以眞正的鋼筆尖書寫，而不是讓彩色鉛筆在上頭隨意亂畫。其實他並不習慣寫字，如今除非是很短的便箋，否則一切表達通常都先口述而後交由聽寫轉換器處理；當然，此刻他要做的事不可能採取此法。他將筆尖浸入墨水中，接著似乎略微遲疑了一下（腸胃突然感到一陣抽搐，畢竟在紙上留下記號是意義重大之舉），笨拙的寫下幾個小字——「一九八四年，四月四日」。

他往後靠了靠身子，心中升起一股強烈的無力感。首先，他沒有把握今年是否爲一九八四年，但應該相差不遠，因爲他十分肯定自己是三十九歲，也記得自己出生於一九四四或一九四五年——如今對任何人來說，要想判斷出一個誤差僅一、兩年的日期，幾乎不太可能。

此時他又想，日記寫了要給誰看？給未來，給子孫後代吧。頁面上那個不可靠的日期在他心裡盤桓了一會兒，隨後，新語中「雙重思想」③這個字猛然浮現。這是他第一次眞正意識到自己所進行的事情有多困難——你該如何與未來溝通？本質上就不可能行得通。假設未來與現在的環境相似，這種狀況下，自己的觀點也只會被忽略；然而如果未來的局面與現在完全不同，自己眼前的困境便顯得毫無意義。

他呆坐良久，雙眼盯著空白的書頁。顯示幕早已改成播放刺耳的軍樂曲。怪異的是，他看起來不僅喪失表達能力，也忘記原本想說的內容是什麼。爲了這一刻，溫斯頓可是準備了好幾週，從沒想過除了勇氣還需要其他東西。寫作本身反倒相對簡單，只需把內心長久以來焦躁不安、永無止盡的獨白，以文字形式轉移到紙上即可。奈何這一瞬間，他甚至連獨白的靈感都流失殆盡；再者，靜脈曲張引起的潰瘍也開始令他發癢難耐。時間一分一秒過去。溫斯頓對周遭的一切沒了感覺，只剩眼前的空白頁面、惱人的腳踝癢處、嘈雜的音樂及琴酒帶來的微醺。

③ 雙重思想（doublethink）：概念源自於黨所發起的大規模心理操縱行動。簡單來說，它有如一種能力，能讓你在思考過程中同時相信兩種互為矛盾的想法。一旦黨的心理控制伎倆摧毀了個人獨立思考的能力，黨所說的一切，都將變成事實或真理，即便朝令夕改、反覆無常也沒關係。

忽然，他在慌亂之中開始下筆，但不太清楚自己到底寫了些什麼。稚拙而迷你的字跡高高低低落在紙頁上，漸漸的，他顧不得句子的標點符號，最後連句號也省了——

一九八四年四月四日。昨晚去看電影。全都是戰爭片。其中一部描述一艘滿載難民的船在地中海某處遭到轟炸的電影很好看。有一段是個大胖子努力游泳想擺脫背後的直升機讓觀眾十分歡樂，剛開始他像隻海豚在水裡翻滾，接著從直升機的射擊視角望去，他已渾身彈孔而周圍的海水全染成粉紅色，當海水從那些孔洞灌進他的體內胖子立即沉入水中，這個畫面令觀眾哄堂大笑。下一秒是一架直升機盤旋在一條擠滿兒童的救生艇上方。一名可能是猶太人的中年婦女坐在船頭懷裡有個年約三歲的男孩。小男孩驚叫著把頭埋在婦女胸前彷彿想鑽進去似的，婦女環抱安撫著他儘管自己也嚇得臉色發青，從頭到尾她都緊緊護住小男孩彷彿自己的手臂可以抵擋子彈。隨後直升機投下一顆二十公斤重的炸彈美麗的爆裂閃光在他們之間放射開來救生艇霎時變成海上七零八落的碎木廢材。此時最精彩的一幕是有隻小孩的手被炸飛至半天高想必有架機鼻裝設了攝影機的直升機一直跟拍捕捉這個鏡頭黨的座位區響起熱烈掌聲但無產階級座位區有名女子突然開始起鬨高聲質疑他們不該在兒童面前播放在兒童面前是不對的這是不對的直到警察將她帶走架走我想她可能沒事沒有人會在意無產階級勞工所說的話典型無產階級勞工的反應永遠不……

溫斯頓停下筆，部分原因是他的手指抽筋了。他不知道是什麼讓自己一古腦兒傾瀉出這一長串無厘頭的垃圾；然而奇怪的是，過程中有些全然不同的記憶在他腦海裡逐一浮現，程度之鮮明讓他自覺有辦法以文字描繪出來。此時他才意識到，正因爲另一件事使然，他才毅然決定今天回家開始寫日記。

事情發生在這天上午，地點在眞理部，不過以那種含糊籠統的狀況來看，實在很難視爲一種「發生」。

近十一點時，溫斯頓工作的紀錄局，所有人都把椅子從自己的辦公小間拖出來，聚集於大廳中央，面朝一個巨型顯示幕，準備進行仇恨兩分鐘的活動。溫斯頓走向自己位在後段區前排的位子打算坐下，看見了兩個他見過但從不曾交談的人意外現身大廳。其中一個是女的，溫斯頓經常在走道上與她擦身而過。他不知道女孩的名字，但印象中她所屬單位是編造局（他偶爾會看見女孩雙手沾滿油污，拿著扳手；根據推測，她的職務應該與寫作小說的機臺設備有關）。她外表陽剛，年紀約二十七歲上下，頭髮烏黑濃密，臉上有雀斑，動作敏捷矯健。一條象徵青年反性聯盟的深紅色細緞帶在她工作服的腰部纏繞了好幾圈，綁得不鬆也不緊，恰好盡露她窈窕的臀部曲線。打從第一眼見到，溫斯頓就沒喜歡過這名女子，他很清楚眞正的原因是什麼，說穿了，就是她身上無時無刻都散發出那種結合了冰上曲棍球場、冷水澡、團體健行及思想中庸的純淨氣質。他幾乎不喜歡任何女人，尤其是年輕漂亮的美眉。女人，尤其是年輕的女人，永遠是黨最盲目的支持者，一切口號照單全收，自願擔任業餘探員對非正統的異端偵蒐情資。然而，這個女孩卻給他一種特別危險的感覺。有一次他們在走道上相遇，女孩很快以斜眼瞄了他一下，當時他彷彿整個人被看穿似的，內心恐懼指數瞬間破表。他甚至聯想到一種可能性，女孩也許是思想警察安排的暗樁（平心而論，這個機率其實很低），不過，只要她在附近，溫斯頓便生出一股混合了害怕與敵意的警戒，絲毫不敢掉以輕心。

另一個是男的，名叫歐布萊恩，是內黨的要員，溫斯頓與他地位懸殊，對此人個性來歷不甚清楚。椅子周圍的人群一察覺身穿黑色工作服的內黨成員走近，全都立刻安靜下來。歐布萊恩是個結實的大塊頭，脖子很粗，長相野蠻粗鄙又帶點詼諧；儘管外表嚇人，言行舉止卻頗具魅力——他經常用手仔細扶正鼻梁上的眼鏡，有趣的是，這個小動作竟使人莫名感到親切有禮（如果有誰還記得，那種姿態其實會讓人憶起十八世紀貴族拿出鼻菸盒待客的模樣）。許多年來，溫斯頓大約見過歐布萊恩十幾次。他對歐布萊恩很感興趣，但主因並非這個有著職業拳擊手般壯碩體格的大塊頭，與所流露出的溫文儒雅舉止顯出巨大反差；更重要的原因是，溫斯頓暗自相信（或許不該稱作相信，而是希望），歐布萊恩的政治信仰並不純正，只因他臉部表情總難以克制的洩漏出某種訊息，當然也有可能，他臉上那些細微變化根本與信仰純度無關，完全是聰慧使然。然而就客觀角度來說，他的外表看起來像個可以商談事情的人，前提是要能避開顯示幕的監控與他單獨相處。溫斯頓從來不曾試圖證明自己心中的假設，事實上，這件事也不可能辦得到。此時，歐布萊恩看了一下手錶，他知道已經接近十一點整，顯然打算在紀錄局待到仇恨兩分鐘的活動結束才離開。他挑了張椅子坐下，剛好和溫斯頓坐在同一排，彼此僅隔兩個座位。一名平常在溫斯頓隔壁辦公、有著一頭淺褐色頭髮的嬌小女子，就坐在這兩個男人之間。至於那位有著濃密黑髮的女孩，則在後面一排的座位坐下。

下一刻，大廳的巨型顯示幕爆出一陣尖銳噪音，聽起來像一部缺乏潤滑的龐大機器正要啓動時，所產生的劇烈摩擦聲。那是種教人咬牙切齒、渾身起雞皮疙瘩的刺耳音頻，這也表示——仇恨開始了。

和往常一樣，全民公敵依曼紐・高斯坦的臉出現在顯示幕上。底下觀眾個個噓聲不斷。溫斯頓身旁那位個頭嬌小的褐髮女子，發出了夾雜著厭惡與畏懼的尖叫。高斯坦是一名脫黨者及叛徒，很久以前（至於到底多久，如今已沒有人記得），他曾經是黨的其中一名領導人，和老大哥④地位相當，後來因參與反革命活動而被判處死刑，最終神祕的脫逃且消失無蹤。仇恨兩分鐘的節目內容，每天不同，但全是以高斯坦做主要角色。他是首位叛國者，也是第一個蒙羞了「黨的純潔」的人。所有一連串傷害黨的罪行，一切反逆、破壞、偏差行爲與異端邪說，無不直接受他的影響與灌輸；說不定，高斯坦至今仍藏身於世上的某個角落，繼續策畫著陰謀——或許在海外的其他國家，獲得外國老闆的庇護；甚至偶爾會聽見這樣的傳聞，說他很可能就躲在大洋國境內。

溫斯頓感到橫膈膜一陣緊縮——他永遠無法不摻痛苦情緒的直視高斯坦。那是張瘦削的猶太人面孔，滿頭蓬鬆白髮，下巴有一小撮山羊鬍，一臉精明刁鑽、似乎天生帶點卑鄙的長相；細長鼻梁上卻掛著一副眼鏡，透露出某種老糊塗的訊息。這張臉和羊非常相像，而那個聲音聽起來也和羊極爲類似。高斯坦此時正發表他慣用的有毒言論攻擊黨的教義，程度之離譜誇張連小孩也不會相信，卻又模糊牽強得恰到好處，足以讓人心生警覺，認爲自己身邊那些不夠冷靜的笨人可能會被迷惑。他抨擊老大哥，譴責黨的獨裁，要求立即與歐亞國簽訂和平協議，倡導言論自由、媒體自由、集會結社自由及思想自由；他激動的高聲指控，革命遭到了背叛。所有內容均以繁複的單字、急切的語調表達，並採取黨的演講者發言的典型風格——那是種刻意爲之的拙劣模仿，當中甚至包含了不少新語字彙，數量之多遠超乎任何黨員在日常生活中的使用。同時，爲避免有人被高斯坦似是而非的噓頭動搖了對事實的認知，在顯示幕畫面中，高斯坦的背後，歐亞國軍隊正連綿

④ 老大哥（Big Brother）：在大洋國的官方說法中，他是黨的領導者，但溫斯頓從不確定老大哥是否真有其人。無論如何，老大哥的臉等同黨的一個公開象徵。對大多數人來說，老大哥的存在深具撫慰，他的名字便暗示了某種護衛能力，但另方面他也是一種明顯的威脅，鋪天蓋地張貼的海報正是種提醒——沒有人躲得過他的監視。

不絕的邁步挺進——只見一排又一排體格精壯、面無表情的亞洲男子自遠而近湧來，然後消失在畫面邊緣，隨即跟上另一個長相簡直完全一樣的男人。士兵軍靴規律而沉悶的踩踏聲，襯托著高斯坦愚蠢的控訴。

仇恨進行還不到三十秒時，大廳裡半數的人驟然發出失控的激烈叫囂。顯示幕上那張自我感覺良好的僞羊臉及後方歐亞國軍隊帶來的可怕壓迫感，讓人再也無法承受——事實上，光是看見（甚至只要想到）高斯坦，就能自動引發一股憤怒與恐懼。他早已變成一個比歐亞國或東亞國還要令人憎惡的對象，因爲大洋國與這兩大強權之間，總是處於和一方交戰而與另一方友好的狀態。弔詭的是，儘管高斯坦被所有人如此唾棄，儘管他的理論每天無數次在講臺在顯示幕在報紙在書本上遭到駁斥、打壓、嘲諷，甚至被公開稱爲可憐的垃圾……但蒙受了一切負面宣傳的他，影響力似乎未曾稍減。永遠都有新的傻瓜等著被他詐騙，思想警察沒有一天不破獲由他指揮的間諜與破壞行動。高斯坦率領一群陰謀者建立了一個致力於推翻國家當局的地下組織，如同一個龐大的影子軍團，「兄弟會」據說是他們的名字。也有耳語透露，坊間存在著一本極爲驚悚的書，並暗地四處流傳，內容統整了高斯坦所著一切論述的精華；這本書沒有名字，假如有人提起，便稱之爲「那本書」。然而，得知此書存在的人，都是從起源不詳的謠言聽來的，無論是兄弟會或那本書，全是一般黨員非不得已才會涉及的主題。

當仇恨跨入兩分鐘時，場面形同暴動。眾人原地亂跳，聲嘶力竭的喊叫，試圖以最大音量壓過那些從顯示幕傳出、聽了讓人想抓狂的胡言亂語。嬌小的褐髮女子已經喊得面紅耳赤，嘴巴不停張張闔闔，活像隻擱淺的魚。連向來穩重的歐布萊恩也跟著情緒高昂，他直挺挺的坐在椅子上，雄壯的胸膛鼓脹顫抖，好似正在對抗某種無形的攻擊。溫斯頓後方的黑髮女孩開始破口大罵：「賤人！賤人！賤人！」接著，她忽然拿出一本厚重的新語字典往顯示幕丟過去，字典擊中高斯坦的鼻子後彈開，那可憎的聲音仍無動於衷的繼續擴散。過程中，溫斯頓一度清醒，發現自己也隨著其他人嘶吼，用鞋跟猛踢椅腳。

仇恨兩分鐘的可怕之處並不在於人們有配合演出的義務，相反的，它令所有人都無法自拔的加入——三十秒內，一切僞裝全被拋諸腦後。復仇與恐懼的變態狂喜、殺戮與折磨的殘忍渴望，以及用榔頭擊碎對方臉的那種快感，像電流般貫穿整群人，讓每個人的心理狀態更加分裂，統統變成面目猙獰的瘋子。不過，這種憤怒的感覺如瓦斯噴燈火焰，既抽象又無方向性，能轉移至不同的物體上。因此有一剎那，溫斯頓憎惡的對象完全不是高斯坦，而是老大哥、黨及思想警察；那一刻，他認同了顯示幕上這名遭到眾人嘲笑的異教徒，此人成了謊言世界裡唯一捍衛眞理與正道的人。可是下一秒，他又再度與周遭的人融爲一體，重新擁抱批判高斯坦的所有說法；此時，他對老大哥的態度又從暗中討厭轉爲崇拜，老大哥的形象似乎也隨之強化，猶如一個無敵無畏的守護者，像顆巨石般堅定的抵禦亞洲部族與高斯坦。而高斯坦儘管處境孤絕，存在的眞實性也受到質疑，卻仍像個高深莫測的邪僧法師，只憑妖言惑眾的本事便足可破壞現有的文明體系。

有些時候，你甚至可能下意識的自行切換憎惡對象。突然間，藉由某種強烈的心理能量（類似從惡夢中掙脫甦醒的那股猛勁），溫斯頓將自己投射到顯示幕上那張臉的憎惡，成功轉移至坐在他後方的黑髮女孩身上。鮮明而美麗的幻覺在他腦海一閃而過——他想用橡膠警棍把這個女孩拷打至死；他想把這個女孩全身赤裸的綁在柱子上，再用亂箭射死她，就像聖賽巴斯蒂安⑤的遭遇那樣；他想強姦這個女孩，並且趁高潮時一

---

⑤ 聖賽巴斯蒂安（Saint Sebastian, 256～288）：天主教的聖徒，原本是古羅馬禁衛軍的隊長，在教難期間被羅馬帝國皇帝戴克里先（Diocletian）下令亂箭射死，卻奇蹟似的生還。

刀劃斷她的喉嚨。此外，他比以前更知道自己爲什麼恨她，原因是——這個女孩年輕貌美卻一副守身如玉的樣子，想與她同床共枕的願望永遠無法成眞；腰際纖柔，似誘人環抱，卻又礙眼的綁著散發濃濃貞潔意味的深紅色細緞帶。

仇恨於此時到達巔峰。高斯坦所說的一字一句全都變成眞正的羊叫，他的面孔轉瞬間被置換成一張羊臉。接下來，羊臉融化，重新塑型，結果出現一個高大威猛的歐亞國士兵輪廓，看起來正步步進逼，身上的衝鋒槍咆哮著，整個人簡直快要從顯示幕闖出來，讓部分坐在前排的人不禁嚇得往後退縮。但約莫同一時間，每個人又放心的鬆了口氣，因爲來勢洶洶的士兵再次幻化蛻變，取而代之的是老大哥深髮黑鬍、自信力量與深沉冷靜兼具的面孔，這張臉極爲龐大，幾乎占滿整個顯示幕。沒有人聽見老大哥在說什麼，應該只是簡單幾個字的鼓勵，像是喧囂戰場上的發言，無法清楚分辨每個字，然而光是行爲本身就能產生加油打氣的作用。隨後老大哥的臉逐漸消失，黨的三句口號以粗體字形式自背景中冒出——**「戰爭即和平　自由即奴役　無知即力量」**。

不過，老大哥的臉仍如殘影般在顯示幕上停留了好幾秒才完全退散，彷彿先前的畫面深深烙印在每個人眼球上，無法立刻去除一般。嬌小的褐髮女子激動攀上前一排的椅背，張開雙臂迎向顯示幕並虔敬的低語，聽起來好像在唸「我的救世主」，然後將自己的臉埋入掌中，顯然正在禱告。

此刻，眾人開始用緩慢低沉的聲調一起規律的唱誦著「老大哥……老大哥」，不斷重複，非常緩慢，字與字之間有一段很長的暫停——那種低沉的音頻竟醞釀出一股有趣的原始氣氛，似乎感覺得到赤腳跺地與擊鼓共鳴的顫震。這個步驟大約持續了三十秒，此乃他們情緒高昂時經常可聞的橋段。這當中有一部分是對老大哥英明睿智的讚美，但卻更像一種自我催眠，一種刻意利用規律噪音麻痺自我意識的手段。溫斯頓的五臟六腑感到一陣寒意。在仇恨兩分鐘裡，他無法克制住自己陷入群體共同的精神錯亂之中，然而那樣不帶人性的「老大哥……老大哥」，總令他心生恐懼。當然，他會加入其他人一起唱誦的行列，除此之外根本別無選擇，掩飾你的感覺、控制你的表情及做出和其他人如出一轍的行爲，全出於直覺反應。但是，或許有那麼幾秒鐘，他的眼神不小心露出破綻；也正是在此刻，發生了一件重大的事——如果說，確實發生了什麼的話。

就在那短暫的一瞬間，他引起了歐布萊恩的注意。剛取下眼鏡的歐布萊恩站起身來，正準備用招牌動作仔細的將它擺回鼻梁上。兩人的目光意外於這千分之一秒交會，當下溫斯頓便感應到（沒錯，他眞的感應到了），歐布萊恩和自己有相同的念頭。那是個不容錯認的訊息，感覺就像兩個人的心靈之門同時開啓，思想透過彼此的眼睛進行交流。歐布萊恩似乎如此告訴他：「我和你同一陣線，我非常清楚你的感受，我知道你對這一切的鄙視、仇恨與嫌惡，但是你不需擔心，我和你站在同一陣線。」交換訊息的通道一閃即逝，隨後歐布萊恩又恢復成面無表情的撲克臉，就和所有其他人一樣。

整個過程便是如此，溫斯頓已開始懷疑事情究竟有沒有發生過。這類小插曲從來不會有後續發展，它們的作用只在於讓自己堅信、或希望自己不是黨唯一的敵人。也許關於龐大地下陰謀組織的謠言並非空穴來風，也許兄弟會確實存在！儘管有數不清的逮捕、招供與處決行動，然而要接受「兄弟會不是個虛構的組織」這說法仍過於困難。他有時相信，有時懷疑。他毫無證據，只有那或許含義深遠、也可能不具任何意義的驚鴻一瞥；偷聽來的片段聊天內容；廁所牆壁上模糊的塗鴉痕跡；甚至某次兩個陌生人見面時，手部的小動作看起來就像在打暗號……以上這些純屬臆測，很可能只是他想像力作祟罷了。溫斯頓隨即走回自己的辦公小間，沒有再往歐布萊恩的方向看。剛才兩人眼神的短暫接觸並未帶給他繼續往下探究的想法，就算他知道怎麼進行下一步，那種處境必定帶有難以想像的危險；所以結論就是，他們視線相接，恰巧產生了一、兩秒的曖昧交集，如此而已——不過，生活在孤獨閉鎖的環境中，即便是這樣的小事情也令人印象深刻。

他振作起精神，身體挺直坐好，還打了一個嗝，琴酒的氣味從他的胃裡冒出來。

他重新將注意力移回書頁上。他發現自己無助沉思的同時，手上的筆卻未消停，彷彿無意識的動作一般，字跡也不像先前那樣扭曲笨拙。他的筆奔放馳騁於滑順的紙面，留下一串整齊端正的文字——「打倒老大哥打倒老大哥打倒老大哥打倒老大哥打倒老大哥」，這五個字不斷重複，直到它們填滿半個頁面。

他不禁感到一陣恐慌。實在太離譜了，雖然寫下這幾個特定字眼並不比開始寫日記的行動危險，他卻一度想撕下那胡言亂語的頁面，進而放棄整個計畫。

他沒有這麼做，因爲他知道此舉純屬多餘。無論他寫了打倒老大哥還是忍住沒寫，其實都不重要；無論他繼續寫日記，還是就此打住，也都不重要。思想警察必定會抓到他。即便從未下筆，他也已經觸犯了一項統括所有基本法則的滔天大罪，當局稱之爲「思想犯罪」。思想犯罪，是一種無從隱匿的罪行，藏得了一時，躲不了一世，他們遲早都會找上你。

永遠在夜裡進行。逮人行動總毫無例外的在夜裡悄悄來襲——從睡夢中驚醒，被粗糙的手猛搖肩膀，手電筒的光束直射眼睛，床邊站滿一圈凶神惡煞。大部分的案例都不需審判，也沒有逮捕的報告說明，人就這麼憑空消失，而且一定發生在夜裡。你的名字直接從登記簿上刪除，任何有關你生平的記錄都被塗銷，你過往的存在遭到否認，接著被遺忘。你被廢除了，消滅了，一般的說法是人間蒸發。

溫斯頓忽如歇斯底里症發作，急忙握起筆來亂寫一通——「他們會槍斃我我不在乎他們會朝我後腦開槍我不在乎打倒老大哥他們一向朝你的後腦開槍我不在乎打倒老大哥……」

身體往後靠在椅背上，他有點慚愧的放下了筆。過沒多久，他又發狂似的開始下筆。此時傳來一陣敲門聲。竟然這麼快就來了！他像老鼠般靜止不動，一廂情願的期望不管敲門的人是誰都可以趕快放棄走開。然而事與願違，敲門聲再度響起。拖延時間對他來說絕對是最壞的選擇。他心臟猛跳，彷彿有人在裡頭打鼓，但臉龐由於經年累月的訓練，幾乎看不出異狀。他站起身，步伐沉重的走向門邊。

2

溫斯頓的手碰到門把時，這才看見放在桌沿的日記沒有蓋起來。攤開的書頁上寫滿了「打倒老大哥」幾個字，字體不小，約莫從房間的另一端就能清楚辨識。犯下如此愚蠢的錯誤實在太不可思議。但他發現自己儘管陷入驚慌，也不願在墨水未乾的情況下闔上日記，弄髒細緻的乳白色紙張。

他先深呼吸一口氣，接著將門打開。一股如釋重負的暖流立刻平撫他的情緒。站在門外的是個面容慘白枯槁、披頭散髮的滿臉皺紋女人。

「啊，這位同志，」她開始以一種陰鬱哀怨的聲音說道，「我原本還以爲是自己幻聽，沒想到你眞的在家，可以麻煩你幫忙檢查一下我家流理臺水槽嗎？它似乎堵住了……」

她是帕森斯太太，同一層公寓某個鄰居的老婆（黨並不贊同使用「太太」這個字彙，人人都該互稱彼此「同志」，但面對某些婦女，你會忍不住稱呼她們「太太」）。帕森斯太太大概三十歲左右，不過她的外表比實際年齡蒼老許多，她給人的印象就是臉上皺紋裡頭總是卡著灰塵。溫斯頓跟著她前往走道的另一端。這份惱人的兼職修繕工作，幾乎每天都有事得處理。凱旋大廈是一棟老建築，建造於一九三〇年那段期間，如今已快要倒塌。天花板和牆壁上的灰泥三不五時自動剝落，水管常因天氣嚴寒而凍裂，屋頂一旦稍有積雪立刻漏水，暖氣如果不是爲了節約能源而關閉，便是意興闌珊的半速運轉。除非你有辦法自己解決修繕工作，否則必須得到遠在天邊的委員會批准才能進行——就算只是維修一扇窗戶，也要有花兩年時間等待施工許可的心理準備。

「都是因爲湯姆不在家的關係。」帕森斯太太含糊的帶過。

帕森斯家的內部空間比溫斯頓的公寓略大，不過看起來有些陰暗。所有物品都顯得飽受破壞蹂躪，這地方彷彿剛被一頭巨大猛獸肆虐過。曲棍球棒、拳擊手套、破掉的足球，還有一件汗濕淋漓、內裡朝外的運動短褲……這些雜七雜八的東西四處散落於地，桌上疊放了一堆髒盤子和頁角翻摺不整的作業簿。牆壁上掛著青年團和少年糾察隊的深紅色橫幅，以及一幅全版的老大哥海報。整間屋子飄散著大廈內無所不在的水煮白菜氣味，又隱約透出一股更刺鼻的汗臭（雖然很難形容，但肯定一進門就聞得出來），來自一位此時此刻不在這兒的人所贊助的汗水。另一個房間裡，有人正拿著一把纏著衛生紙的梳子當作樂器，試圖跟隨顯示幕播放的軍樂曲演奏。

「是我們家的小孩，」帕森斯太太說，她略顯不安的往房門方向看了一眼，「他們今天還沒有出去過，而且，當然……」

她有種話說到一半就停住的習慣。廚房洗碗槽的綠色髒水就快要滿溢出來，味道比剛才的白菜加汗臭更難聞。溫斯頓跪在地上，檢查水管的轉彎接合處。他討厭用手，也不喜歡彎腰，因爲這個動作總令他咳嗽的老毛病發作。帕森斯太太無奈的在一旁看著。

「當然，如果湯姆在家的話，他一定會立刻處理好，」她說，「他最愛那種差事了，他很擅長親自動手的工作，湯姆確實是……」

帕森斯是溫斯頓在眞理部的同事，身材肥胖，社交方面十分活躍，不過腦袋癡愚，空有滿腔低能的熱忱（比起思想警察，黨的穩定更仰賴這種從不質疑、埋頭苦幹的盲目服從）。他今年三十五歲，不久前才被迫退出青年團，而且在成爲青年團一員之前，也有曾逾齡多當了一年少年糾察隊的記錄。他在部門裡擔任低階職務，負責一些不需用腦的工作；但另一方面，卻是運動委員會和所有有關規畫遠足、自主遊行、儲蓄競賽、義工活動等其他委員會的要角。他會一邊抽著菸斗呑雲吐霧，一邊驕傲的告訴你，過去這四年來，他每天晚上都參加社區中心的活動。無論他身在何處，那股強大的汗臭味永遠如影隨形，即便離開後也久久不散，這顯然是他生活中充滿體能勞動的無形證明。

「你家裡有沒有扳手？」溫斯頓問道，並用手隨意擰著水管轉彎接合處的螺帽。

「扳手？」帕森斯太太突然變得有些怯懦，「我不知道，或許孩子們……」

接著傳出一陣靴子猛力踩踏地板，外加梳子樂器發出的刺耳聲響——應該是孩子們衝進客廳所造成的。帕森斯太太取來了扳手。溫斯頓順利洩除了髒水，再清掉一團堵住水管的噁心人類毛髮。他打開水龍頭，竭盡所能洗淨自己的雙手，隨後才走進另一個房間。

「把你的雙手舉起來！」一道凶惡的聲音喝住他。

有個外表俊秀剽悍的九歲男孩從桌子後方蹦了出來，手握一把玩具自動手槍，指著溫斯頓作勢威脅；旁邊站著年紀約小他兩歲的妹妹，手裡也拿了一塊短木片擺出相同的動作。兩人都身著藍色短褲、灰色上衣，配上紅色領巾，也就是少年糾察隊的制服。溫斯頓將雙手高舉過頭，感覺不太自在，因爲男孩舉止暴躁，完全不像在開玩笑。

「你這個叛徒！」男孩高喊道，「你這個思想犯！你是歐亞國的特務！我要斃了你，我要滅了你，我要送你去鹽礦勞改。」

下一秒，兄妹倆開始繞著溫斯頓亂跳，大聲吼叫：「叛徒！」、「思想犯！」（小女孩無時無刻都在模仿哥哥）。此情此景不免令人驚心，眼前如嬉鬧幼虎般的兩個小孩，很快就會長成吃人的巨獸。男孩的眼神中存著某種冷酷的算計，明顯帶有一股以拳腳攻擊溫斯頓的慾望，也意識到以自己的身材體型幾乎能夠辦到。幸好他手上握的是一把玩具槍，溫斯頓心裡不禁這麼想。

帕森斯太太神情緊張，目光不斷在溫斯頓與孩子之間游移。客廳的光線比較充足，溫斯頓注意到她臉上皺紋裡確實有灰塵。

「他們眞的很吵，」她說，「他們非常失望不能去現場看絞刑，所以乾脆在家裡胡鬧。我太忙了沒時間帶他們去，等到湯姆下班又太晚了。」

「爲什麼我們不能去看絞刑？」男孩拉高嗓門咆哮。

「我想去看絞刑！我想去看絞刑！」小女孩跟著起鬨，繼續又蹦又跳。

一些獲判戰爭罪的歐亞國囚犯，當天傍晚將在公園被絞死，溫斯頓記得此事。這種公開處決差不多一個月舉行一次，是十分受歡迎的節目，小孩經常要求家長帶他們參觀。溫斯頓向帕森斯太太告別後離開。才走出門沒幾步，後頸忽遭不明物體高速擊中，那痛楚之劇烈就像有根燒紅的鐵絲刺進他肉裡一樣。他轉過身去，剛好看見帕森斯太太把兒子拉回屋內，男孩正收起彈弓放入口袋。

「高斯坦！」門被關上時，男孩還發出一聲怒吼。不過，最令溫斯頓難忘的是，那位面色死灰的母親臉上無助驚恐的表情。

返回自己的公寓後，溫斯頓快步通過顯示幕，重新坐回桌邊，還一邊揉搓頸背。顯示幕已停止播放音樂，取而代之的是一則以軍事化口吻、不帶感情唸著「有關新型漂浮式堡壘於冰島和法羅群島之間下錨，進行整備」的敘述。

溫斯頓暗自推測，與那種小孩一起生活，日子必定過得膽戰心驚，可憐的女人。再一年，也許再兩年，他們就會全天候監視自己的母親是否露出思想不純正的馬腳。如今的小孩，十之八九都讓人不寒而慄。最糟的是，透過少年糾察隊這樣的組織，可以有系統的將他們改造成無法無天的小惡魔，卻不會導致任何反抗黨紀的副作用；情況甚至相反，他們對黨，以及一切與黨有所連結的事物全都敬愛不已。各式各樣的歌曲、列隊遊行、橫幅旗幟、遠足、假步槍真操練、呼喊口號、對老大哥的崇拜等等，都是他們心中無比光榮的遊戲。他們向外發射所有憎恨，瞄準國家的仇敵、外國人、叛徒、破壞份子及思想犯。年過三十的大人害怕自己的小孩沒什麼好大驚小怪的；理由很簡單，平均一週不到、每隔幾天，《泰晤士報》就會刊登一則文章，報導一些小暗樁（通常是用「英雄小子」稱之）如何偷聽他們父母有害社會的言論，並通報思想警察。

遭到彈弓襲擊的刺痛感逐漸消退。溫斯頓無精打采的拿起筆，思索著能否找到其他題材寫進日記裡。這一瞬間，歐布萊恩再度出現在他腦海。

好幾年前（到底是多久以前，應該是七年前吧），溫斯頓曾夢見自己穿過一個漆黑的房間，他一邊走，有個坐在房間一側的不知名人士對他說：「我們將會在一個黑暗徹底絕跡的地方相逢。」那人語調平靜得近乎隨興，聽起來像一種陳述而非命令。夢境中的他仍繼續行進，腳步未停。有趣的是，在夢裡那一刻，那句話並沒帶給他太多感觸，是隨著時間推移才逐漸發酵。溫斯頓現在已經記不得第一次見到歐布萊恩，是這個夢發生之前或之後，也忘了自己何時恍然驚覺那個聲音屬於歐布萊恩。無論如何，他有把握自己不會認錯，在黑暗中對他說話的人正是歐布萊恩。

即便經過今天早上的眼神交流，溫斯頓還是沒辦法確定或判斷歐布萊恩究竟是敵是友。當然這件事從來就無關緊要，比起友情或偏袒，他們之間存在著互相理解的連結更爲重要。他不明白歐布萊恩所說「我們將會在一個黑暗徹底絕跡的地方相逢」是什麼意思，他只知道不管怎樣，話中情景終將成眞。

顯示幕裡播放的節目忽然暫停，停滯的空氣被一道清脆響亮的小喇叭奏鳴聲劃破。原本喋喋不休的那個人開始慷慨激昂的唸出一則消息：「注意！請各位注意！我們剛收到來自馬拉巴前線的快訊。我軍在南印度的部隊打了一場光榮的勝仗。我獲准在此宣布，根據此報導中的行動，我們推估距離戰爭結束的日子可能不遠了。這裡是即時新聞中心……」

壞消息來了，溫斯頓心裡如此想著。果然，馬上就聽到血腥的內容——一支歐亞國軍隊被殲滅造成的驚人傷亡，以及所獲的俘虜人數。隨後並且公告，自下週起，巧克力的配給量從三十公克減爲二十公克。

他又打了一個嗝，琴酒的味道已經消散，僅剩下一種排出氣體的感覺。顯示幕裡（或許是爲了慶祝勝利，或許是爲了掩蓋巧克力減量的事實）突然播放起〈大洋國，這是爲了你〉這首歌。在此情況下通常應該立正站好，然而他目前所處位置是個沒人能看見的死角。

〈大洋國，這是爲了你〉結束之後，轉爲播放輕鬆的音樂。溫斯頓走到窗前，背對著顯示幕。外面的天空看起來依舊寒冷澄澈，遠方某個地點傳來火箭彈爆炸所產生的悶滯回音。如今每週大概會有二、三十顆火箭彈掉落在倫敦。

街道上，那幅破了一角的海報繼續在風中鼓動翻飛，底下的「英社」二字不斷被遮蔽又出現。英社。英社神聖的原則。新語，雙重思想，變動無常的過去。他覺得自己宛如漫步海底森林，迷失在一個奇幻怪異的世界，而他自己正是那裡的魔王。他孤獨飄盪。過去已死，未來不可想像。要怎麼知道當下有沒有任何活著的人與自己同一陣線？要怎麼知道黨的統治並非天長地久？彷彿答案揭曉一般，眞理部白色外牆上那三句口號浮現在他腦海——**「戰爭即和平　自由即奴役　無知即力量」**。

溫斯頓從口袋拿出一個二十五分錢硬幣，上面同樣以細小字體清楚鑄有這三句口號，另一面則是老大哥的頭像。就算在硬幣上，他的目光仍緊盯著你。硬幣上、郵票上、書籍封面上、旗幟上、海報上、香菸盒上……他無所不在。你永遠被那雙眼睛監視著，被那個聲音包圍著。不管是睡眠中或清醒時，工作中或吃飯時，室內或戶外，洗澡或躺在床上，你都無所遁形。除了腦袋裡的一點空間以外，沒有什麼東西是你自己的。

太陽走到另一側之後，陽光照射不到眞理部密密麻麻的窗戶，此時它們看起來如堡壘上冷酷的槍眼。他的心在巨大的金字塔前感到畏縮，它太強大了，根本難以撼動，即便上千顆火箭彈也摧毀不了它。溫斯頓忍不住再度懷疑自己的日記究竟寫給誰看。給未來，給過去（一個或許只存在於想像中的時代？）。事情發展至此，在前方等待他的，並非死亡而是消滅。日記將變成一團灰燼，他的下場則是人間蒸發。在這些文字被徹底從現實與記憶中抹除之前，唯有思想警察曾看見他寫了什麼。如果你是一個不存在的人，甚至連匿名潦草的隻字片語都沒留下，要如何對未來發出呼籲？

顯示幕發出了十四響，再過十分鐘就該出門。他必須在十四點三十分之前回到工作崗位。

奇怪的是，鐘響聲似乎讓他萌生了新態度。他像個孤魂野鬼，說著永遠沒人聽得見的事實。然而只要他繼續努力，以某種迂迴的角度看，文明的軌跡就不會中斷。這不代表你必須四處宣揚，事實上，光是讓自己的頭腦保持正常就等同傳承了人類的文化。他走回桌邊，下筆寫道——「獻給未來或過去，獻給一個人們彼此相異，且不再孤獨、思想自由的時代。獻給一個眞理存在、既成事實不可篡改的時代。來自一個制式化的年代，一個寂寞的年代，一個老大哥的年代，一個雙重思想的年代，向你問好！」

他仔細一想，自己早就死了。因爲直到現在，他才終於可以開始組織自己的想法，跨出決定性的這一步。每個行爲所產生的結果，其實都是行爲本身的一部分。他如此寫道——「思想犯罪和死亡並非互爲因果——思想犯罪和死亡，是同一件事。」

此刻，他覺悟到自己做爲一個已死之人，目前最重要的就是活得越久越好。他右手兩根手指上殘留了些許墨漬，正是諸如此類的小細節容易露出馬腳。部門裡一些嗅覺敏銳的狂熱份子（也許是某個女人，像是那位個頭嬌小的褐髮女子，或編造局那個黑髮女孩），可能會開始懷疑他爲何在午休時間寫東西，爲何使用老式鋼筆，他究竟寫了些什麼，然後尋機打小報告。溫斯頓走進浴室，拿起粗糙的咖啡色肥皂使勁洗手，祛除墨漬，就像用砂紙打磨皮膚那樣，這種強效去污力正好是他現在所需要的。

他把日記收進抽屜裡。雖然把它藏起來的想法略顯多餘，但至少能夠確定它有沒有被發現。在底頁擺一根頭髮太明顯了，他用指尖沾起一粒大小適中的白色粉末置於封面邊緣，一旦日記遭人移動，粉末肯定會被抖落。

3

溫斯頓夢見自己的母親。

記憶中，母親應該是在他十或十一歲時失蹤的。她身材高䠷、輪廓深邃，平日沉默寡言，動作慢條斯理，有一頭漂亮的金髮。至於父親，溫斯頓只模糊記得他皮膚黝黑、體格偏瘦，臉上掛著眼鏡，總是一身整齊的深色服裝（他對父親的鞋底總是很薄這件事，印象特別深）。他們倆肯定是在五〇年代第一波大淨化時被吞噬了。

此刻，母親正坐在下方深處的某個地方，懷中抱著妹妹。他不太記得自己的妹妹，只有些微印象告訴他，那是個安靜虛弱、睜著一雙好奇大眼睛的小嬰兒。她們倆都抬頭看著溫斯頓。她們位在地表以下的一個空間，很像在一口井底或很深的墓穴中，那是個離溫斯頓很遠的地方，而且仍在繼續往下漂。她們在沉沒中的船艙大廳裡，隔著逐漸變深的海水仰視著他。船艙中還有空氣，他們依然能彼此相望，但船一直下沉，朝綠色海水深處而去，再過不久就要超出他的視線，永遠看不見了。她們被死亡漩渦吸入的同時，他人則在光線和空氣充足的船外，她們會在那底下是因爲他在這上面。他知道原因，她們也知道，他能夠從她們臉上的表情看出來。她們臉上和心裡毫無責備之意，只有一種「她們必須死，他才能夠活」的覺悟，而這是一項無可避免的定律。

他不記得發生什麼事，可是他明白夢裡母親與妹妹的犧牲是某種讓他活命的代價。這樣的夢，是一個人精神生活的延續，它保留了特定的情境；在夢裡，人可以察覺一些事物和想法，並在醒來後仍感到新奇，覺得重要。這一瞬間，母親的死突然湧現他腦海，近三十年前的悲傷哀痛仍鮮明得無以復加。在他的認知裡，悲劇屬於遙遠的過去，那是個「隱私、愛情、友誼仍存在，家人朋友相聚不需理由」的年代。他把心中有關母親的記憶全都撕碎——當年她放棄了自己的生命來愛他，但太年幼也太自私的他卻不懂得回報；況且他已記不得那時究竟出於什麼原因，讓她願意爲了一種極爲個人的不可妥協忠誠概念犧牲。在他看來，這樣的事情如今不可能再發生了，現在只剩下害怕、仇恨、痛苦，而沒有可貴的情感，也沒有深沉複雜的悲傷。然而，當母親與妹妹在幾百英尺深的海裡不斷下沉、隔著綠色海水抬頭仰視他的同時，他似乎從她們的眼神感受到了如此的心情。

忽然間，場景轉換成一個夏日的黃昏，夕陽餘暉均勻灑下，他站在一片鬆軟的短草皮中央……眼前的景象頻繁出現在他夢裡，連他自己都不敢確定是否曾在眞實世界見過這個地方。清醒時，他也常想起此地，便乾脆名爲「黃金國度」。那是一片被兔子啃過、到處布滿鼴鼠丘的牧場，有道足跡蜿蜒穿越其上。草地另一側，幾棵生長在老舊破爛籬笆旁的榆樹，隨著微風輕輕擺動，樹葉濃密得像女人的秀髮，搖曳生姿。而儘管位於視線範圍之外，但他知道附近某個地點有條水流淺緩的清澈小溪，溪流會匯入柳樹林間的一個小池塘，池裡有許多鯉魚悠游其中。

那個黑髮女孩正從草地另一端朝這邊走來。她幾乎只用了一個動作就脫光衣服，並輕蔑的丟在一旁。她的身體潔白光滑，卻絲毫無法引起他的慾望；事實上，他連一眼都沒多瞧。那一瞬間，眞正令他讚嘆不已的是她隨手拋卻衣服的姿態，好像整個文化、整個思想體系都被如此高雅又草率的動作毀滅丟棄，彷彿老大哥、黨、思想警察全都被一個精彩的手臂動作一掃而空。同樣的，那是個屬於古早年代的姿態。溫斯頓醒來，嘴裡還唸著「莎士比亞」。

顯示幕正發出刺耳的單音鳴笛聲，總共持續了三十秒。現在是七點十五分，依規定，辦公人員應該在這個時間起床。溫斯頓赤身裸體的從床上爬起（儘管外黨成員每年有三千單位的服裝津貼，但一套睡衣就要六百單位），伸手從椅子上抓了件又皺又黃的背心和一條短褲。體操運動再過三分鐘就要開始。下一秒，總在起床後不久發作的劇烈咳嗽，再度讓他咳得彎下腰去。肺裡的空氣幾乎要被他咳乾，只有躺回床上並用力喘個好幾口氣，才能恢復正常呼吸。這一咳令他青筋鼓脹，靜脈曲張的患部也癢了起來。

「三十歲至四十歲的這一組！」有個女人尖聲喝道，「三十歲至四十歲的這一組！請就定位。三十歲至四十歲的這一組。」

溫斯頓趕緊衝到顯示幕前立正站好，畫面中出現了一個年輕女人的影像，身材細瘦但非常精實，穿著束腰上衣和運動鞋。

「手臂彎曲然後伸直！」她邊說邊唱，「跟著我的口令一起來！一二三四！一二三四！同志們，一起來，手臂伸直，一二三四！一二三四……」

劇烈咳嗽引起的痛楚並未驅散溫斯頓腦海裡留下的夢境，規律的體操動作反倒更加深了殘存印象。他一邊機械化的前後擺動雙臂，識相裝出體操時間該有的愉悅表情，一邊試圖回想記憶模糊的童年。可惜難度實在太高，五〇年代以後的一切事物都消逝殆盡了。沒有任何當時外在記錄可供參考，就連你自己的人生軌跡也朦朧不清。你記憶中的重大事件可能從未發生過，儘管記得日常生活的某些小細節，卻對那一刻的周遭環境毫無印象，更別說還有許多長度可觀、內容不詳的帶狀空白時間。所有事情都不一樣了，甚至連國家的名字和它們在地圖上的形狀都和過去不一樣了。舉例來說，一號航空起降區這個名詞以前並不存在，過去它被稱為英格蘭或不列顛，但他相當確定倫敦一直都被稱為倫敦。

溫斯頓無法確切記得自己的國家有多少歲月不是在打仗，但童年時期顯然曾度過一段天下太平的日子，因為年幼的其中一塊記憶裡，所有人都被一場突如其來的空襲嚇了一跳——或許就是在那時，科徹斯特被投下了原子彈。他對空襲行動本身沒有印象，只記得父親牢牢抓住他的手，拉著他急忙往下逃，一路沒命的往底下某個地方逃，腳下的螺旋梯不知繞了幾圈，終於，他因腿痠走不動而開始哭泣，他們只好停下來休息。溫斯頓的母親仍一派緩慢恍惚模樣，遠遠跟在後頭，懷裡抱著妹妹（也可能僅僅只是一坨毛毯，他並不確定當時妹妹出生了沒），最後他們來到一個又吵又擠的地方，他才發現那是一座地鐵車站。

鋪著石板的地面四處坐滿了人，所有雙層鐵床全被各自成群的人占據。溫斯頓和父母在地板角落找到一個位置，旁邊鐵床上有對老夫婦並肩坐在一起。老先生身穿高級深色西裝，頭上黑色鴨舌帽底部露出了蒼蒼白髮——他的臉很紅，藍色眼睛裡滿是淚水。他整個人散發著琴酒的氣味，酒氣似乎從他冒汗的皮膚滲了出來，不難想像他淚水中的酒精濃度有多高。儘管略帶醉意，仍無法沖淡他身上某種椎心刺骨、難以平復的悲傷。他剛才一定碰上了什麼令人害怕的事情，不可原諒且永遠無法彌補，溫斯頓孩子氣的胡亂猜想著，又好似真的知道發生了什麼事——老先生深愛的某個人（或許是他的小孫女）死掉了，每隔幾分鐘他都會重複道：「我說過，我們當初就不該相信他們，是不是，孩子的媽？相信他們的下場就是如此，我一直都是這麼說的。我們當初就不該相信那群王八蛋。」然而，老先生口中那群不該被相信的王八蛋到底是誰，溫斯頓已經不記得。

大概從這個時候開始，戰事便不曾停歇，不過嚴格說來，進行的並非總是同一場戰爭。在他童年時期，倫敦曾經歷過數個月的混亂巷戰，某些畫面至今仍鮮明的留在腦海。但縱觀此段歷史，要釐清某個時間點底下誰與誰交戰，肯定不太容易，因爲除了當前締結的同盟以外，無論透過文字記錄或口耳相傳，都找不到任何有關過往結盟策略的資訊。例如，以此刻一九八四年來說（如果確實是一九八四年無誤的話），大洋國正與歐亞國交戰，而與東亞國結盟。無論是官方或非官方言論，三個強權從不曾承認彼此間有所謂合縱連橫的關係。然而溫斯頓心裡其實很清楚，就在四年前，大洋國與東亞國才剛打過仗，那時的盟友是歐亞國；不過，這僅是未臻完善的思想控制下，他記憶中碰巧保有的一小塊祕密情資罷了。按照檯面上說法，大洋國結盟的對象始終如一，大洋國目前正與歐亞國交戰，所以自始至終大洋國作戰的對象都是歐亞國；當下的敵人永遠代表著絕對的邪惡，因此無論過去或未來，都不可能與對方有所共識。

雙肩用力往後撐開，直到產生痛楚感（此時，雙手則擺在臀部兩側，輔助轉動上半身，據說這個動作對背部肌肉有益）；同時，他不禁想起心中反覆思索過無數次的驚悚結論——那些事情可能都會變成眞的。如果黨能夠把手伸進過去，修改某些事件，然後說它們從未發生過，比起單純的拷問或死刑，這種作法無疑更令人畏懼。

根據黨的說詞，大洋國從不曾與歐亞國同盟。他，溫斯頓．史密斯卻知道，才不過四年前，大洋國曾與歐亞國同盟。但那些資訊存於何處？只存在他的意識之中，而且無論如何很快就必須刪除。假設其他所有人都接受黨編織的謊言（假設所有的記錄都為同一個假象背書），當謊言匯入歷史就變成事實。黨的其中一句口號如此寫著──「誰控制了過去，便控制了未來；誰控制了現在，便控制了過去」。儘管過去從不曾改變，本質上它仍然能夠被修改。現在的事實就等於永恆的事實，多麼簡單明瞭的邏輯，你只需不間斷戰勝自己的記憶即可。他們稱此為「事實管控」，新語中的說法是「雙重思想」。

「稍息！」那位女指導員略微柔和的發出口令。

溫斯頓放下雙臂，緩緩的重新把氣吸入自己肺中。他的心思飄到了雙重思想的迷宮裡──嘗試釐清與不去釐清，在瞭解眞相的情形下說出謹慎構築的謊言，同時具備兩種相互衝突的見解，明知互為矛盾卻毫不懷疑的接納，使用邏輯來顚覆邏輯，否定道德又提倡道德，認定民主不可行的黨卻擁護民主價値，選擇性遺忘不該遺忘的事物，需要的時候便回塡至記憶中，並隨即再次將它遺忘；更厲害的是，又把相同的程序應用於程序本身，那實在是終極妙招──有意識的誘導無意識，接著，又把剛才呈現的自我催眠變成無意識的行為。基本上，要理解「雙重思想」這個字的意義，就必須套用雙重思想的觀念。

此時那位女指導員再度呼喚大家。「現在，讓我們一起來試試誰可以碰到自己的腳趾！」她興致勃勃的說，「同志們，請以臀部為軸心，把身體下彎，一二！一二！……」

溫斯頓很討厭這個動作，它所造成的疼痛會從腳跟一路蔓延到屁股，而且常引起二次咳嗽，冥想的樂趣也隨之減掉一半。在他認知中，過去不僅僅被修改，實際上已遭摧毀。即便是最簡單明顯的事實，如果除了自己的記憶以外，沒有其他任何記錄可供佐證，你要怎麼建立它存在的基礎？溫斯頓試著回想，大約從什麼時候開始聽見別人提起「老大哥」這個名詞？他直覺認為應該是六〇年代左右，不過要確切指出是哪一年實在太困難。當然，在黨的歷史中，從一開始老大哥就被視爲領袖與革命的守護者，他的功動隨著時間逆向推移而逐步追加，溯至美好的三○和四○年代——那時資本主義者仍戴著怪異的柱狀高禮帽，搭乘豪華閃亮的汽車或兩側設有玻璃窗的馬車，馳騁於倫敦街頭……但此一傳說的眞實性究竟如何，無從得知。溫斯頓甚至不記得黨創建的日期，他不認爲自己在一九六○年以前聽過「英社」這個字，但它可能是舊語中「英國社會主義」的意思，換句話說，它更早之前就已開始流傳。所有事物皆化作一團雲煙，但偶爾你眞的能夠輕易看穿某個謊言。舉例來說，根據黨史書籍記載，黨發明了飛機，這絕非事實，他在年紀還很小的時候就看過飛機了。可惜你什麼也無法證明，從來沒有任何證據獲得保存。過去曾有那麼一次機會，他手中的一份文件足以佐證某個歷史事實遭到了扭曲篡改，而當時……「史密斯！」顯示幕傳來潑婦罵街般的聲音，「六○七九史密斯．溫斯頓！是的，就是你！請再往下彎一點，你可以做得更好！你只是沒有盡力而已！請再彎低一點，同志，這樣好多了。全體注意，現在所有人稍息並且面向我。」

溫斯頓瞬間爆出一身汗。他臉上依舊看不出一絲情緒，絕對不能顯出慌張的模樣，絕對不能露出厭惡的神情，眼神若稍有閃爍就會被識破。他原地站好，看著那位女指導員將雙臂高舉過頭（動作不算優雅，但十分俐落敏捷），然後彎下身子，以指尖觸碰自己的腳趾。

「就像這樣，同志們！我要看見你們都做到這種程度。再看一次我的姿勢。我已經三十九歲，還生過四個小孩。仔細看著。」她又彎下腰重複了一次剛才的動作，「你們看，我的膝蓋並沒有彎曲。如果願意，你們都做得到。」她挺起身子，並且不忘補充，「任何一個四十五歲以下的人，都該毫無困難的碰觸到自己的腳趾。我們並非每個人都享有上前線作戰的機會，但至少我們可以保持強健的體魄。別忘了那些身在馬拉巴前線的子弟們！別忘了那些身在漂浮式堡壘上的海軍弟兄們！想一想他們忍受了多少的痛苦。現在，讓我們再試一次，做得很好，各位同志，大家做得非常好。」她語帶激勵的表示。此時，溫斯頓猛力一彎，在膝蓋打直的情況下成功碰到了自己的腳趾，這是他近年來首度克服了這個動作。

4

溫斯頓不自覺深嘆了一口氣，即便顯示幕近在咫尺，也壓抑不住開始每一天工作的鬱悶。他把聽寫轉換器拉近，吹掉話筒上的灰塵，隨後戴起眼鏡。接著，攤開四綑早已從書桌右側高壓氣動管路落下的小紙捲，並把它們夾在一起。

每個辦公小間的牆壁上都有三個孔洞，聽寫轉換器右邊的高壓氣動管路，用來輸送文字訊息；聽寫轉換器左邊略大一些的管路，爲輸送報紙專用；而約莫在溫斯頓伸手可及的側邊牆面，則有個橢圓形的狹長管路，開口處還加裝了鐵絲網柵蓋予以保護，最後這個——是廢棄紙張的投入孔。類似的開口，在建築物內部有成千上萬個，不僅每個房間都有，就連走道也每走幾步就會發現一個；不知何故，它被暱稱爲「記憶之洞」。當有文件需要銷毀，或看見廢紙碎屑散落在地，人人會直覺尋找離自己最近的記憶之洞，掀起蓋子把東西丟下去，然後這些廢棄物就會被一股溫熱的高壓空氣，推進到某個暗藏於建築物中的隱密地點，送進大型火爐燒掉。

溫斯頓依序檢查那四張攤開的紙條，上面寫著一些部門內溝通使用的訊息（並非全是新語，但確實包含大量新語字彙），每張紙都以專門術語縮寫而成，僅一、兩行文字，內容分別如下——

泰晤士報　八四・三・十七　老大哥演說誤報非洲校正
泰晤士報　八三・十二・十九　預估三年計畫第四季八三誤印驗證本期出刊
泰晤士報　八四・二・十四　富部誤引巧克力校正
泰晤士報　八三・十二・三　報導老大哥當日命令雙加不好涉及非人重寫全部審查存檔前上提

帶著一絲得意的快感，溫斯頓先把第四項訊息擱在一旁（它特別複雜且責任重大，留到最後再處理），其他三項訊息都只是例行公事，儘管第二項可能得費力乏味的核對一大堆數字。

溫斯頓撥了顯示幕上「過期刊物」的號碼，要求派送與這四項訊息日期相關的《泰晤士報》；才幾分鐘不到，高壓氣動管路便完成了投遞任務。紙條上那些訊息所提及的文章或新聞，出於某種原因需進行修飾，若以官方用語表達則是「校正」。例如，三月十七日的《泰晤士報》登載，老大哥在前一天的演講中，預測南印度前線維持平靜，歐亞國將自北非發動一波攻勢；結果正好相反，歐亞國的最高指揮官在南印度展開攻擊，北非則按兵不動。因此，老大哥演講的段落必須重寫，這樣才能顯示出他的預測與真正發生的狀況不謀而合。另外，十二月十九日的《泰晤士報》有則新聞，報導了官方預估的一九八三年第四季（即第九個三年計畫第六季）各消費性商品的產量；今天報紙上刊登了實際數字，與當初的預估根本相差十萬八千里。溫斯頓的工作便是負責校正原來的數字，使它們和後續出現的實際值一致。至於第三項訊息，算是個很簡單的錯誤，僅需一、兩分鐘就可解決。不久之前，在二月份的時候，富裕部曾保證（官方說法是「明確承諾」），一九八四這個年度將不會減少巧克力的配給量；事實上，依溫斯頓的瞭解，最快從本週末開始，巧克力的配給量會從三十公克下調至二十公克。他只需把原本的「保證」，替換成「四月份，可能必須減量」的提醒即可。

溫斯頓處理完這些訊息後，將聽寫轉換器修改好的文字夾在各相關日期的《泰晤士報》上面，再一起推入高壓氣動管路中。隨後，他盡可能表現得若無其事，將原始紙條和自己所做的注解全部揉成一團，丟進記憶之洞交給烈焰吞噬。

他不太清楚，位於高壓氣動管路終端、外人難以一窺究竟的迷宮，到底是個什麼樣的地方，然而一些概略情形他是知道的。無論哪一天的《泰晤士報》需要更正，只要完成修改，經過整理校對，就會進行重印；原始版本將被銷毀，修正過的版本則存檔備查。這種持續修改的程序不僅適用於報紙，所有書籍、期刊、小冊子、海報、傳單、電影、唱片、卡通、照片等等在政治上或思想上被認定可能具有意義的各種資料文獻，皆比照辦理。每天，甚至每分鐘，「過去」都為了配合現狀而不斷被更新。如此一來，在白紙黑字加持下，更能證明黨所做的預測完全正確，任何一條新聞或意見表達若與此刻的條件衝突，均不允許保留在記錄上——整部歷史，就像一張可依需要隨意刮除、再銘刻上去的羊皮紙。一旦這種作法成為標準程序，就絕不可能留下曾經偽造事實的證據。

因此，與紀錄局當中規模最大的部門相比，溫斯頓所屬的單位簡直小巫見大巫。那個最大的部門，所有人都在做搜尋、回收及銷毀的工作，對象是「一切流通在外、如今已被取代的書籍、報紙和文件」。有些時候，某天的《泰晤士報》也許會因政治立場改變，或老大哥預測失準而被重寫十幾次，但仍舊以原始日期存檔，至於造成矛盾的其他版本則消失無蹤。相同手法亦見諸書籍，儘管不斷回收與重寫，再版時卻概不承認曾經修改過。即便是溫斯頓經手後總儘速銷毀的那些書面指令，用語也從未出現明言或暗示「僞造行爲」的字句，而且理由總千篇一律——爲提升準確性，必須更正某些疏失、錯誤、誤印或誤引。

然而事實上，這根本不算僞造，充其量只能說是一場無意義的代換罷了；溫斯頓一邊調整富裕部提供的數字，心裡忍不住如此想著。你所處理的絕大部分資料，和眞實世界的任何事物都沒有關聯，甚至和那些直白的謊言也沒有關聯。無論是初始值的預估還是校正後的數字，兩者同樣虛幻不實，大多數時間裡你的任務是憑空編造數據。舉例來說，富裕部預測本季度的靴子產量是一億四千五百萬雙，根據最新資料顯示實際產量是六千兩百萬雙；溫斯頓重寫時，便將預估值降爲五千七百萬雙，這樣一來就可以讓黨如同往常宣稱目標已超額完成。無論如何，那些數字並不重要，因爲——六千兩百萬雙也不見得比五千七百萬雙或一億四千五百萬雙，更接近眞正的產量，說不定，其實連一雙靴子都沒製造出來；更有可能的情況是，沒有人知道究竟生產了幾雙靴子，也沒有人會關心。你只知道每一季度報表上的靴子產量皆爲天文數字，但大洋國卻有一半以上的人打赤腳。基本上，所有留下記錄的事實不分大或小作法全部一樣，一切都消散在一個影子世界裡，最終，連現在是哪一年也搞不清楚了。

溫斯頓往大廳另一端望去，那邊有一間與他相對的辦公小間，有個名叫提勒森的矮小男人正在裡面努力工作著。此人下頷膚色暗沉，看起來一絲不苟，膝蓋上放了一疊摺起來的報紙，嘴巴離聽寫轉換器的話筒很近，神態之小心謹慎彷彿和顯示幕之間有什麼不可告人的祕密。提勒森抬起頭，眼鏡底下一道不友善的目光，瞬間朝溫斯頓的方向投射過來。

溫斯頓和提勒森並不熟，也不知道他負責什麼工作。紀錄局的人不喜歡談論自己的工作。在這個沒有窗戶的長型大廳兩側各有一排辦公小間，裡面永遠充滿紙張瑟瑟作響與對著聽寫轉換器低語的聲音，儘管溫斯頓每天看見同事們在走道上來去匆匆，或在仇恨兩分鐘的時候拚命手舞足蹈，有十幾個人的名字他至今還是不認識。他知道隔壁那個體型嬌小的褐髮女子鎮日忙進忙出，僅僅爲了在出版物上尋找那些已經人間蒸發的失蹤者，好刪除他們的名字，以便把這些人的存在一筆勾銷。這個工作確實很適合她，因爲她丈夫兩年前也人間蒸發了。而與溫斯頓相隔幾個位置的辦公小間裡，有個名叫安普佛斯的傢伙，他個性溫和，喜歡做白日夢，耳邊長了許多毛，非常善於改編節奏和韻律，他的職務是將一些在意識形態上過於偏激、卻因某些理由必須保留在詩集中的詩歌，重製成一個曲解的版本（他們稱之爲「確定文本」）。

而這個約莫五十人編制的大廳，也不過是龐大複雜紀錄局中的一小部分，一個單細胞而已。其他區域和樓層還有一群群辦公人員，從事著大量難以想像的工作。此外，一些大型印刷室也設有助理編輯、排版專家，以及配備了精密器材、專門用來僞造相片的攝影棚。另外還有負責電視節目的單位，他們擁有自己的工程師、製作小組，和一群經過仔細篩選、善於模仿聲音的演員。還有數量難以估計的資料處理人員，那些人唯一的工作就是擬定應回收書籍與期刊的清單。也有用來存放已修正文件的巨大庫房和銷毀舊版報刊書冊的隱藏式火爐。至於不知位在何處、身分不詳的主腦，則負責協調運作與制定政策，將過去分門別類，決定哪些片段必須留存，哪些必須僞造，哪些必須徹底抹除。

但紀錄局畢竟只是眞理部底下的一個分支單位，主要任務並非重建過去，而是提供大洋國人民報紙、電影、教科書、電視節目、戲劇、小說等等所有可能取得的資訊、教育或娛樂，無論雕像或口號，情詩或生物學論文，兒童拼寫課本或新語字典全包含其中。眞理部，不但得滿足黨五花八門的需求，也必須配合無產階級的條件重製另一套低階產品。有一整串部門專責供應無產階級獨享的文學、音樂、戲劇和一般性娛樂，產品包括體育新聞、犯罪報導、星座運勢、幾乎毫無內容可言的垃圾報紙、廉價煽情的短篇小說、輕度鹹濕的色情電影及抒情歌曲（透過一種外型類似萬花筒的「詩律合成器」，完全以機械方式編寫而成）。甚至還有一個子部門（在新語中的說法是「色科」）專門生產最下流的黃色書刊，並且用密封包裝郵寄，除了相關工作人員之外，不准任何黨員偷看。

稍早從高壓氣動管路送來的四則訊息，其中三則都只是簡單的交辦事項，溫斯頓三兩下就解決了，並未讓仇恨兩分鐘打斷工作步調。仇恨結束之後，溫斯頓回到他的小隔間，從書架拿下新語字典，把聽寫轉換器推到一旁，再將眼鏡擦拭乾淨，準備開始進行今早的主要工作。

溫斯頓生活中最大的樂趣來自於工作。儘管絕大部分都是單調乏味的例行公事，但偶爾也會出現讓人深陷其中不可自拔、如數學難題般複雜的艱鉅挑戰；意即，得在毫無參考資料的狀況下，僅依本身對英社原則的理解及自行揣摩黨意所得結論，完成細膩精緻的造假。溫斯頓對這類型工作極爲上手（他過去曾被指派，負責校正全以新語寫成的《泰晤士報》社論），他將剛才暫放在桌邊的訊息攤開，上面寫著「泰晤士報　八三・十二・三　報導老大哥當日命令雙加不好涉及非人重寫全部審查存檔前上提」，以舊語（傳統的英語）來說，意思大概是——**「一九八三年十二月三日，《泰晤士報》有關老大哥當日命令的報導極爲不妥，內容提及不存在的人，所以全部重寫，存檔前將草稿提交上級審查。」**

溫斯頓把那篇報導從頭到尾唸了一遍。老大哥當日命令的主要用意，似乎是讚美一個名爲「FFCC」的組織，他們的貢獻是——供應香菸和其他療癒物品給漂浮式堡壘的士兵。內黨的一位明星人物威瑟斯同志，因表現卓越而特別被授予二級勳章以示獎勵。

三個月後，「ＦＦＣＣ」突然解散，原因不詳。你可以大膽假設威瑟斯和他的夥伴已經失寵了，但報紙或電視上都沒有報導——此乃預料中的事，因爲政治犯通常不需接受審判，也絕少遭到公開譴責。被大淨化行動牽扯進來的人數近萬，全部遭指控叛國與思想犯罪，在公開審判之後只能無奈認罪，接著便被處決，然而那是好幾年才會上演一次的特別戲碼。比較常見的情形是，讓那些對黨不滿意的人直接消失，自此音訊全無，而且從來找不到任何線索足以證明他們發生了什麼事。但某些案例的當事人可能根本沒死，在溫斯頓認識的人之中，扣掉雙親不算，陸陸續續失蹤的大概有三十個人。

溫斯頓拿了根迴紋針輕撫自己的鼻子。對面辦公小間的提勒森，依舊神祕的縮成一團坐在聽寫轉換器前——突然，他抬頭張望了一下，眼鏡底下那道不友善的目光再度一閃而逝。溫斯頓忍不住猜想提勒森同志負責的工作是否和自己一樣。這種可能性非常高。如此棘手的任務絕不會單獨指派一個人執行；但另一方面，若交由一個委員會來處理，不就等於公開承認進行造假。此刻，很可能有十幾個人正認眞的替老大哥過去的發言研擬各種版本；接下來，再由內黨的一些首腦挑選出某個版本，加以重新編輯，並啓動繁複的交叉比對手續；大功告成後，被選中的謊言就可以化身爲永久記錄，變成事實。

溫斯頓不清楚威瑟斯失寵的原因，可能是因爲貪污腐敗或失職怠惰吧；也說不定，老大哥只是想除掉太受歡迎的部屬罷了；但也不排除，是威瑟斯或他身邊的人被懷疑有信仰不純正的傾向；甚至（也許是最有可能的狀況），這件事不需要任何道理，因爲淨化與清除行動是政府機制不可或缺的一部分。唯一的線索是訊息中「涉及非人」這幾個字，意思其實是威瑟斯已經死了。不過，並非所有人被逮捕後都是這樣的下場。有時他們獲得釋放，在外面苟延殘喘又多活了幾年才被處決；偶爾也會發生非常詭異的情形——你認為早已死亡的某個人突然自陰間復活，現身公開審判場面，並提出對其他一大票人不利的證詞，隨後又再度下落不明，而這一次，他眞的永遠消失了。無論如何，威瑟斯已經成為「非人」——他不存在，他從頭到尾都不曾存在。溫斯頓覺得光是顚倒老大哥講詞中的語意還不夠，最好將主題轉移至與原始內容不相干的事情上。

他可以使出慣用手法把演講主題改為指責叛國者和思想犯，然而那樣似乎有點太明顯；但如果虛構一場前線的勝利，或第九個三年計畫生產進度超前的大好消息，又會對既有存檔記錄造成複雜影響；最適合的方案是——一個完美的夢幻故事。剎那間，彷彿預先想好似的，他腦中浮現出一位同志的身影，此人名叫奧格威，不久前才英勇戰死沙場。有時，老大哥的當日命令是向一些身分卑微的普通黨員致敬，因為他認定那些人的生平與犧牲足以做為追隨典範。今天，應該獲得致敬的是奧格威同志。的確，事實上根本沒有奧格威同志這號人物，不過只要印上幾行文字敘述和幾張合成照片，立刻就能以假亂眞。

他思索了一下，然後將聽寫轉換器拉到自己面前，開始用大家熟悉的老大哥語氣進行口述。那是一種類似軍人又像學者的說話風格，而且由於採取自問自答方式（各位同志，這件事情讓我們學到什麼教訓？我們學到的教訓，同時也是英社的基本原則，那就是……），所以很容易模仿。

奧格威同志從三歲開始，除了一面鼓、一把輕機槍、一架直升機模型之外，就不再對任何玩具感興趣。六歲時，依特別放寬規定提早一年的緣故，他加入了少年糾察隊，九歲時已經成為小隊長。十一歲時，他偷聽到自己叔叔的一段談話，認為其犯罪傾向明顯，便找了思想警察告發。十七歲時，他當上青年反性聯盟的區主管。十九歲時，他設計的手榴彈獲得和平部採用，首次實際測試，僅投擲一顆就炸死了歐亞國三十一個囚犯。二十三歲時，他在一場行動中喪生。當時他正攜帶機密文件準備飛越印度洋，搭乘的直升機卻在中途受到敵軍戰機追逐，於是他把機槍綁在身上，接著躍出機艙，和機密文件一起沉入海底深處……老大哥說道，這樣的人生結局，令人不想嫉妒也難。老大哥又補充說明了奧格威同志一生的高潔與忠誠——他是個菸酒不沾的人，除了每天固定上健身房運動一個鐘頭以外，沒有其他休閒娛樂，他宣示奉行獨身主義，不相信維持婚姻與照顧家庭能夠兼容於二十四小時的勤務。他對和英社原則無關的話題完全不感興趣，除了擊敗死敵歐亞國，追捕間諜、破壞份子、思想犯及叛國者外，人生沒有其他目標。

溫斯頓內心交戰，究竟要或不要授予勳章給奧格威同志——答案是否定的，因爲這樣就不需啓動交叉比對手續。

他再次偷瞄了一眼對面辦公小間的競爭者。似有某些跡象明確告訴自己，提勒森目前正在進行和他一樣的工作。雖無從得知最終會是誰的作品受到青睞，但他深信自己的版本會脫穎而出。一個鐘頭前不過只是一道靈感的奧格威同志，現在已成爲事實——你能夠創造死人，但活人則不行，這個想法帶給他一種奇特的衝擊。奧格威同志從不曾在這世上待過任何一天，如今卻在過去留下許多足跡；一旦造假背後的眞相被遺忘，根據相同的檢驗標準，他的眞實性便等同於查理曼大帝或凱薩大帝。

5

正午時分，位於地底深處的員工食堂裡，準備用餐的隊伍在低矮的天花板下方緩慢前進。食堂大廳幾乎已經客滿而且非常吵雜。燉菜混雜著金屬酸味的蒸氣，自鐵窗內的餐檯冒出，但仍比不過凱旋牌琴酒的氣味。食堂遠處有個小酒吧，嚴格說來，它只是牆上的一個洞，花十分錢可以在那裡買到約莫一大口的琴酒。

「這不正是我要找的人嗎？」溫斯頓背後有個聲音說道。

他轉過身一看，原來是一位任職於研究局的朋友，名叫賽姆；或許用「朋友」這個字來形容並不貼切——現今社會裡，你沒有朋友，只有同志，只是某些同志之間的交際互動比較愉快罷了。賽姆是個語言學家，擅長的領域是新語。事實上，他隸屬於第十一版新語字典編譯大型專業團隊，是個小不點，比溫斯頓還小一號，髮色很深；說話時，總習慣用他那雙既大且凸、看起來令人同情又有些可笑的金魚眼，湊近你的臉，彷彿在搜尋什麼似的仔細端詳著你。

「我想問你還有沒有刮鬍刀片。」賽姆問道。

「一片都沒有！」溫斯頓因心虛而趕緊回答，「我試過各種可能的地方。它們在市面上已經完全絕跡了。」

每個人都不斷詢問你有關刮鬍刀片的事。實際上，溫斯頓替自己暗藏了兩枚還沒使用過的刀片。過去幾個月來刮鬍刀片持續缺貨；不管任何時候，黨營的商店裡有些生活必需品總無法充分供應，有時缺鈕扣，有時缺紗線，有時或許缺鞋帶，現在則缺刮鬍刀片。你只能偷偷溜到「自由」市場，或多或少搜刮一些當作庫存，當然，前提是你必須找得到東西才行。

「同一枚刀片我已經撐了六個禮拜。」溫斯頓故作哀怨的補充道。

隊伍又往前進了一步，站定後，他再次轉過身來面對賽姆，兩人從餐檯上一整疊油膩的金屬托盤，各拿一盤端在手上。

「你昨天有沒有去現場看囚犯受絞刑？」賽姆問道。

「我昨天必須上班，」溫斯頓冷淡的說，「況且，我在電影裡也看得到同樣的場面。」

「那可差太多了！」賽姆說。

他用嘲笑的眼神打量著溫斯頓的臉，眼神中似乎傳遞出「我瞭解你，我看透了你的心思，我非常清楚你爲什麼不去看囚犯接受絞刑」這樣的訊息——以一個知識份子的角度看，賽姆的正統幾近惡毒。他會以一種讓人反感的語調，自得的暢談直升機突襲轟炸敵方村落，或思想犯的審判與自白過程，或友愛部地窖中的處決祕辛等情事。和他聊天最好遠離這些主題，如果可能，用新語的技術性問題纏住他，畢竟，他對此極爲熱中、又是這方面的權威。溫斯頓稍微把頭別開，以免正面承受那雙深色大金魚眼的視線掃描。

「昨天的絞刑很精彩，」賽姆回想道，「我認爲他們把囚犯的腳綁起來實在失策，我喜歡看受刑者死命亂踢的畫面。不過，眞正的高潮是欣賞受刑者最後舌頭外吐發青、青得發紫的慘狀。這些都是吸引我的細節。」

「下一位！」一個手拿勺子、身穿白色圍裙的無產階級勞工吆喝道。

溫斯頓和賽姆各自將托盤推進鐵窗底下，那個廚工立刻在兩人的托盤粗魯擺上制式午餐——一份用鐵碗盛裝的紫灰色燉菜，一大塊麵包，一小塊乳酪，一杯無奶精的凱旋牌咖啡，一片糖精。

「那邊有張空桌，在顯示幕下面，」賽姆說，「我們順便買杯琴酒過去吧！」

琴酒被倒入沒有握把的瓷杯中，然後遞給了他們。兩人左彎右拐的穿越擁擠的食堂大廳，來到一張桌面覆有金屬貼皮的餐桌，各自放好午餐，桌面一角有坨不知是誰留下的燉菜，看起來又髒又黏，應該是嘔吐物。溫斯頓舉起自己的琴酒，停頓了一下，接著鼓起勇氣把這杯帶有油騷味的東西一飲而盡。他痛苦的閉上眼睛讓淚水流乾之後，突然發現肚子好餓。他開始用湯匙舀起燉菜往嘴裡送，其中大部分是糊狀的菜泥，還有幾小塊很像淺紅色海綿的物體，大概是肉製的加工食品。兩人在清空自己碗內的食物之前，都未再交談。溫斯頓左後方的鄰桌，有個人像機關槍般嘮叨個不停，聲音刺耳又急促如鴨子亂叫，穿透了人聲鼎沸的大廳。

「字典的狀況如何？」溫斯頓高聲問道，試圖蓋過四周吵雜的噪音。

「進度很慢，」賽姆回答，「我正在處理形容詞的部分，真的非常有趣。」

一聽見有人提到新語，賽姆整個人馬上亮了起來。他把鐵碗推到一邊，用秀氣的雙手分別拿起麵包和乳酪，隔著桌子俯身前傾，如此才不必扯開嗓門講話。

「第十一版是最終確定版，」賽姆說，「我們正在將語言整理歸納出一個終極形態，在這個形態底下，再也不會有人使用新語以外的其他語言。當我們完成後，像你這樣的人都必須從頭學起。我敢說，你一定認爲我們的主要任務是發明新單字，那你可就錯得離譜！我們的工作其實是消滅舊單字，每天去除幾十個、甚至幾百個，我們差不多把這個語言砍到見骨了。在第十一版字典裡，你絕看不到任何一個會在二〇五〇年以前變成廢語的單字。」

賽姆狼吞虎嚥的啃著麵包，繼續長篇大論，流露出一股書呆子式的熱情。他又瘦又黑的臉上，表情轉爲生動，眼神也不再輕蔑，取而代之的是有夢最美的光芒。

「消滅文字是一件多麼巧妙的創意。當然，最浪費的自然是動詞和形容詞，但另外的幾千個名詞一樣逃不過被刪除的命運。不只同義詞如此，反義詞也比照辦理——倘若某個單字純粹只是爲了代表另一個單字的相反意義而存在，豈不多此一舉？一個單字本身即可包含自己的反義，例如以『好』（Good）這個字來說明，假如你已經有了一個『好』，那又何必再生出一個『壞』（Bad）？『不好』（Ungood）就足以表達同樣的意思，而且效果更佳，因爲它在字面上直接以相反的形式呈現，但對照組的『壞』則不然。另外，假如你想要加強版的『好』，也沒有道理選擇一堆像是『精彩』（Excellent）或『出色』（Splendid）等語意模糊、無用多餘的字，『加好』（Plusgood）便能涵蓋那些字的語意範圍；如果還不夠，『雙加好』（Doubleplusgood）則是更強化的版本。當然，我們目前已經在使用這些形式的單字。不過，最終版的新語中，其他單字將會一個不留的被淘汰掉。到頭來，一切與好壞有關的概念僅需六個字就能一網打盡——事實上，一個字即可辦到。難道你看不出其中的迷人之處嗎，溫斯頓？當然，那原本是老大哥的點子。」賽姆不忘強調最後一句。

聽到老大哥三個字的時候，一種索然無味的神情快速閃過溫斯頓的臉，但賽姆立即察覺到他這份缺乏熱忱的冷淡。

「溫斯頓，你還不懂得欣賞新語的好。」賽姆有些沮喪的說，「儘管你用它寫作，心裡卻仍想著舊語。我曾經讀過一些你爲《泰晤士報》寫的報導，文筆雖好，然而它們僅是文字翻譯。你內心深處依然偏好各式各樣語意模糊不清、幾乎看不出差別的舊語。你並未眞正領略消滅文字的優點。你知道，新語是世界上唯一能讓字彙逐年減少的語言嗎？」

當然，溫斯頓的確知道。不過他相信此刻最好閉嘴，所以笑而不答，只希望自己虛假的表情並未露餡。

賽姆又在深色麵包上咬了一口，隨便咀嚼幾下，然後繼續說道：「難道你看不出新語的目標就是要限縮思想的範圍嗎？到最後，我們就可以把思想犯罪的發生率降到零，因爲那時已經沒有適合的字彙可以對應。一切所需概念都只要一個語意被嚴格限定、附屬涵義都遭到抹除遺忘的單字，便足以表達。依目前狀況來看，第十一版字典的內容距此目標已經不遠。儘管如此，消滅文字的程序仍會繼續進行，就算未來你和我死去很久之後還是一樣——字彙逐年減少，意識範圍亦隨之變小。當然，即便是現在，也沒有理由或藉口去從事思想犯罪活動，這只是自我紀律與事實管控的問題；不過，到最後，甚至連那些都不需要了——當語言臻至完美，革命便成功了。英社即新語，新語即英社。」他以一種既滿足又略帶神祕的口吻補上末尾這兩句，「你曾經想像過這樣的情形嗎，溫斯頓？最遲大約二〇五〇年，將不會有任何活人能理解我們現在所進行的對話。」

「除了……」溫斯頓有點猶豫該不該答腔，最後他決定踩煞車。本來在他舌尖上準備脫口而出的是「除了無產階級的窮人以外」，但他克制住自己，不太確定這說法會否令人產生某種非正統的聯想，然而，賽姆已經猜到他想說的話。

「無產階級的窮人不算是人，」賽姆漠然的說，「到了二〇五〇年，或許更早一些，所有和舊語相關的知識可能都已屍骨無存。過去的一切文學也早就全部被毀棄。喬叟、莎士比亞、米爾頓、拜倫等人的作品只會有新語的版本，而且不僅僅是被略微修飾，實際上是徹底改變成和原作完全相反的東西。甚至黨的文學書籍也要改變，甚至黨的口號也要改變。當自由的概念已不復存在，又怎麼有辦法體會『自由即奴役』這句口號？整個思想體系的氛圍將會不同。按照目前我們所瞭解的情況來推斷，到時候根本連思想是什麼也不會有人知道。正統所象徵的意義就是——不去思考，不需要思考。正統等於無知無覺。」

此刻溫斯頓突然深信，賽姆某天必將人間蒸發。他太聰明了，看得太清楚，話講得太直白。黨不喜歡這種人。有一天他會消失。光看他的臉就猜得到。

溫斯頓把麵包和乳酪吃完，稍微側身調整了一下坐姿，拿起咖啡來喝。左後方鄰桌那個聲音刺耳的男人仍滔滔不絕的說個沒完。有個年輕女子背對著溫斯頓，端坐在椅子上聆聽，她似乎對男人所說的一切都大表贊同——大概是他的祕書吧。溫斯頓三不五時便聽見女子以傻妹的語調說著「我覺得您的觀點眞是正確啊，我非常佩服您的想法」這類意見。不過，那男人的聲音始終不曾間斷，即便在女子說話的同時亦然。溫斯頓認得那個男人，但所知有限，唯一的印象是他在編造局擔任某個重要職務。他大約三十歲，頸脖粗厚，還有一張能言善道的大嘴。他的頭部略往後仰，因坐姿角度的關係眼鏡產生了反射，溫斯頓只看見泛著光的玻璃鏡片，無法看見他的眼睛；更令人懊惱的是，幾乎無法聽懂他嘴裡連珠炮般發射出的一連串語詞，溫斯頓僅勉強辨識出「最終完成的高斯坦毀滅計畫」這一段。他說話非常快，全都黏在一起，好像一整排澆鑄成形的鉛字，其餘內容全是鴨子呱呱般的噪音。雖然無法聽清楚男人說的話，但絲毫不必懷疑那些內容的屬性——他可能是在批判高斯坦，主張加重懲罰思想犯與叛國者；也可能是在譴責歐亞國軍隊的殘暴行徑，更可能是在頌揚老大哥或馬拉巴前線的英雄們。他說了什麼其實不重要，因爲無論是什麼言論，你可以確定他的每字每句都是純粹的正統，純粹的英社。溫斯頓看著鄰桌男人彷彿沒有眼睛的臉及不斷快速扯動的下顎，心中湧現一股有趣的感觸——這不是人類而是個傀儡，控制他說話的部位不是大腦，而是喉頭；從他嘴裡冒出來的東西確實由單字組成，但並非眞正理智的語言，那只是無意識產生的雜音，就像鴨子的叫聲。

賽姆沉默了一會兒，拿著湯匙在燉菜泥裡翻來攪去。後方鄰桌持續傳來喋喋不休、放言高論的聲音，即便周遭眾人喧囂大譁仍可輕易聽見。

「新語中有一個字，」賽姆說，「我不知道你認不認識——鴨語，像鴨子一樣呱呱叫。它同時具備兩種互相矛盾的意義，是個奇特的單字。用在討厭的人身上，是貶抑；用在喜歡的人身上，是讚美。」

無庸置疑，賽姆絕逃不過人間蒸發的命運——溫斯頓再度確認了這個想法。儘管賽姆有點看輕他，有點不喜歡他，甚至假設發現他做了什麼可疑的事，必定毫不手軟的舉發他是思想犯……但，溫斯頓仍有點悲傷。賽姆有個細微的人格缺陷，他欠缺「謹慎、超然」這類特質，欠缺一種藏拙的心態。你不能說他思想不正統，他篤信英社的原則，他景仰老大哥，他喜好勝利，他憎恨異端，他不僅眞心誠意，而且有用不完的熱忱，他對最新情報的執著更是普通黨員所做不到的。不過，他總隱約給人一種不良印象——他經常說出不該說的話，讀了太多書，太常光顧一家名爲「栗子樹」的咖啡館，那裡是眾多畫家和音樂家出沒的熱門地點。當然，既沒有法律、也沒有不成文規定人民不得經常出入栗子樹咖啡館，但那裡依舊被視爲不祥之地。那位遭唾棄的老一輩黨領導人，最終被淨化之前便曾經在那兒出沒（據說是幾年前還是幾十年前，偶爾曾有人目擊高斯坦本尊現身咖啡館）。賽姆的下場其實顯而易見。不過，假如賽姆看穿他內心眞正的想法，即便只有三秒鐘，肯定會毫不遲疑立刻向思想警察告發。這件事換成其他任何人來處理也一樣——光有熱忱還不夠，正統必須無知無覺。

賽姆抬頭看了一下，「帕森斯來了。」他說。

他的語氣中似乎隱含「那個無敵大傻瓜出現了」的意思。帕森斯是溫斯頓在凱旋大廈的鄰居，是個中等體型、身材臃腫、髮色很淺、容貌有如青蛙的男人，他正試圖穿越大廳人潮走過來。他才三十五歲，頸脖和腰腹就已經多了一大圈脂肪，但他動作依然輕快且孩子氣。他的外表儼然是個放大版的小男孩，實在非常像，因此儘管著制式工作服，還是很難不讓人聯想起身穿藍色短褲、灰色上衣、紅色領巾的少年糾察隊。談到他的形象，膝蓋上囤積的肥肉、捲起袖子時露出的短胖前臂，必然是你腦袋首先蹦出的畫面；確實，只要一遇上團體健行或各項體育活動，帕森斯一定會找藉口換上短褲。「哈囉，哈囉！」他開心的問候著兩人，接著便一屁股同桌坐下，濃烈的汗臭味隨即撲鼻而來，發紅的臉上布滿了汗珠——他流汗的功力著實驚人。從社區中心桌球拍握把的潮濕感，就可知道剛才是他打過桌球。賽姆用手指夾住一枝彩色鉛筆，專心研究著一張上面寫了很長一行字的紙條，那是他剛剛才拿出來的。

「你看他午餐時間也在認眞工作呢！」帕森斯一邊說，還一邊推了溫斯頓一下，「嗯，了不起，你手裡拿的是什麼，老兄？我猜，是我這個老粗看不懂的東西吧。史密斯，老弟，我告訴你爲何我要到處追著你，因爲你忘了繳費。」

「繳什麼費？」溫斯頓問道，反射性的把手伸進口袋拿錢。每個人四分之一左右的薪水，必須預留下來充作各式各樣、名目多到記不清的自願捐款。

「仇恨週要用的錢啊，你知道的，每戶都要繳基金。我是我們那一區的財務員。我們正在全力衝刺，到時候一定要讓大家刮目相看。我告訴你，假如凱旋大廈這棟老房子掛出來的旗幟數量不是整條街上最多的，絕不會是我的錯。你答應過的兩塊錢，拿來。」

溫斯頓找出兩張又皺又髒的紙鈔，帕森斯收到錢之後便取出一本小簿子，生澀的一筆一畫登記上去。

「另外，老弟，」帕森斯接著提到，「聽說我家那個小流氓昨天用彈弓射了你，我狠狠教訓了他一頓。事實上，我警告他，如果下次再犯就沒收他的彈弓。」

「我想，他大概是因爲不能去現場看絞刑，所以很沮喪吧！」溫斯頓說。

「噢，是啊——我的意思是說，他表現出正確的精神，不是嗎？他們兩個都是調皮搗蛋的小流氓，不過如果談到熱忱這種東西，我敢肯定，他們只關心少年糾察隊和戰爭而已。你知道，上個禮拜六我們家那個小女孩和她們小隊，去伯克翰斯德小徑遠足時做了什麼嗎？她要其他兩個女孩陪她偷偷脫隊，花了一下午跟蹤一名陌生人。她們尾隨他穿越樹林，走了兩個鐘頭抵達阿默舍姆，這時她們才通知巡邏員警逮人。」

「她們爲什麼要那麼做？」溫斯頓問道，顯得有些驚訝。帕森斯則一臉得意的繼續往下說。

「我的小孩確定他是敵軍的間諜，例如可能是利用跳傘空降下來的，但重點在下面，老弟，你認爲是哪一點引起她的注意？她發現這個人腳上的鞋子很特別，她說從未見過有人穿那種鞋子，所以他很可能是個外國人。對一個七歲的小鬼來說，這樣算是挺機靈的吧？」

「那個人後來怎麼了？」溫斯頓又問道。

「嗯，當然，這件事我不能說。但假如他……我一點也不會驚訝。」帕森斯擺起舉槍試瞄的姿勢，彈了一下舌頭，發出象徵開槍射擊的聲響。

「很好。」賽姆心不在焉的說，頭也不抬的繼續看著紙條。

「當然，我們不能掉以輕心。」溫斯頓順勢恭敬的回答道。

「我的意思是，戰爭現在正如火如荼的進行中。」帕森斯接著補充道。

彷彿爲了回應這句話似的，三人頭上的顯示幕傳來一陣小喇叭尖鳴聲。然而這次並非宣揚軍事勝利消息，只是富裕部的一個公告——

「各位同志！」一個年輕的聲音急切呼喊著，「請注意，各位同志！我們有一項好消息要告訴大家。我們在生產製造領域打了一場勝仗。根據目前整理出來的所有類別消費性商品產量顯示，去年的生活水準提升了百分之二十以上。今天早上，大洋國各地均出現熱烈的自發性遊行，工人們離開工廠和辦公室，成群結隊走上街頭，並且高舉標語旗幟，感謝老大哥英明的領導爲大家帶來了幸福新生活。更完整詳細的數字如下，食物類……」

「幸福新生活」一詞重複出現了好幾次，這是富裕部最近喜歡的一個用語。小喇叭的聲音吸引了帕森斯的注意，他目瞪口呆的坐著聆聽，神情略顯嚴肅，也有點像是受不了諄諄教誨感到厭煩的樣子。他不明白那串數字的意義，不過他知道在某些方面，它們造就出一個令人滿意的結果。他取出一根髒兮兮的大菸斗，裡面裝了半滿的燒焦菸草。菸草的週配給量是一百公克，所以不太可能有機會將菸斗塡充到滿。溫斯頓則抽凱旋牌香菸，他小心翼翼的把菸平拿在指間；新一輪的配給從明天才開始，而他現在只剩四根香菸。此刻他讓自己的耳朵避開遠處的吵雜聲，專心接收顯示幕播報的訊息。內容似乎還提到，人們遊行感謝老大哥將巧克力的週配給量增爲二十公克的事；只不過，他回想了一下，昨天的命令可是將巧克力的週配給量減爲二十公克啊！難道他們眞的能夠接受事情在二十四小時內有這種轉變？是的，他們眞的可以。如動物般愚蠢的帕森斯就毫無疑惑的接受了；另一桌那個無眼男不僅狂熱的接受，甚至帶有一股強烈衝動，希望找出任何一個膽敢指稱上週配給量是三十公克的人，予以譴責，再讓他們從此人間蒸發；賽姆也是如此，即便邏輯比較複雜，但經過雙重思想處理後，他也接受了。這麼看來，莫非他自己是唯一一個擁有記憶的人？

顯示幕中繼續傳來美好的數字。和去年相比，除了疾病、犯罪和精神病患以外，食物、衣服、房屋、家具、鍋碗、燃料、船艦、直升機、書籍、新生兒等所有項目的產出，全都增加了。年復一年日復一日，每個人每件事物都急速向上提升。如同賽姆先前的動作，溫斯頓拿起湯匙，將滴在桌上的蒼白肉汁拉出一道線條，隨後再畫成一個圖案。他沉重思索著日常生活的紋理脈絡……日子從一開始就是如此嗎？食物嘗起來的味道原本就是如此嗎？他抬頭環視員工食堂一圈——低矮的天花板、擁擠的人群，以及被數不清的人碰過摸過而髒污不堪的牆壁；受損嚴重的鐵桌鐵椅緊密擺放，坐著時彼此的手肘幾乎要碰在一塊兒；彎曲的湯匙、凹陷的托盤、廉價的白色馬克杯；所有看得見的平面都是油膩的，縫隙都是污穢的；還有一股以劣質琴酒、低級咖啡、金屬加上燉菜，以及髒臭衣服混合而成的酸味。你的體內與胃袋永遠有種被欺騙的感覺，告訴你，其實應該有其他更好的選擇。溫斯頓確實不記得周遭的一切發生過什麼巨大變化。在他印象中，無論何時，食物總是不夠吃，襪子和內衣褲總是充滿破洞，家具總是半毀近乎解體，房間的暖氣永遠若有似無，地鐵裡永遠人滿爲患，屋子隨時可能倒塌，麵包是黑色的，茶喝起來淡薄如水，咖啡喝起來令人噁心，香菸缺貨屬於常態——可以說，除了化學合成的琴酒之外，沒有什麼東西是價廉且充足的。而隨著一個人的年紀逐漸增長，狀況也會變得越來越艱難，你心裡如果對生活中的不適、污穢、欠乏、無盡的寒冬、濕黏的襪子、永遠不會動的電梯、冰冷的自來水、粗糙的肥皂、一邊抽菸絲會一邊自行分解的香菸、食物味道奇特詭異等種種事物感到嫌惡，不就代表這些並非自然現象嗎？除非，你擁有的是某種古早時期留下的記憶，否則爲何會覺得現狀無可忍受？

他再次抬頭環視了員工食堂。絕大部分的人都醜陋無比，即便脫下藍色工作服，換上其他衣物也不意外的同樣那麼醜陋。大廳遠側的一張桌子，有名身材矮小、看起來有點像金龜子的怪異男人，正獨自坐著喝咖啡，他的一雙小眼睛散發出懷疑的目光，不斷來回掃視全場。溫斯頓心裡不禁想著，如果不仔細察看四周，你很容易就會相信黨所設定的理想體格典型（高大壯碩的少年、前突後翹的少女、金髮、健康、黝黑、無憂無慮）眞的存在，而且占了總人口數相當高的比例。事實上，根據他平日的觀察，一號航空起降區內，居民樣貌普遍矮小、陰鬱且其貌不揚。但說也奇怪，各部門不知爲何充斥著外型有如金龜子的人，他們又矮又胖，從很年輕就開始發福，腿雖短動作卻很靈活迅速，臉上都是肥肉，眼睛通常和芝麻綠豆的大小差不多……這種類型的人，在黨的領導統御之下，似乎最容易繁衍興旺。

富裕部的公告在一陣小喇叭的鳴響後結束，接著便轉換成一種金屬敲擊的輕音樂。經過那些數字的狂轟濫炸，帕森斯竟莫名奇妙的熱血起來，他把菸斗從嘴裡拿了開來。

「富裕部今年的成績眞是不賴，」他一邊說，一邊故作姿態的搖搖頭，「關於那件事，史密斯老弟，我猜你還沒弄到可以給我的刮鬍刀片吧？」

「連一枚也沒有，」溫斯頓回答道，「我已經用同一枚刀片撐了六個禮拜。」

「呃，沒關係——我只是隨口問問而已，老弟。」

「抱歉。」溫斯頓回答。

鄰桌鴨子般聒噪的說話聲在富裕部播放公告時暫停了一下，此刻又重新啓動，音量仍舊惱人。不知爲何，溫斯頓突然想起帕森斯太太散亂的頭髮和她臉上皺紋裡的灰塵——兩年內，這個女人就會被她的小孩檢舉送交思想警察。帕森斯太太的下場是人間蒸發。賽姆的下場是人間蒸發。溫斯頓的下場是人間蒸發。歐布萊恩的下場是人間蒸發。相反的，帕森斯永遠不會人間蒸發。鴨嗓無眼男永遠不會人間蒸發。那些在各部門間迷宮般走道上疾走的小金龜子人亦然，他們也永遠不會人間蒸發。至於編造局的那個黑髮女孩，她也同樣永遠不會人間蒸發。他彷彿可本能的嗅出誰能存活誰會消失——儘管很難說得清楚，到底是什麼因素能決定一個人的死活。

這時他猛然回過神來，鄰桌的女孩早已半轉過身來偷偷打量他——是那個黑髮女孩。她正斜眼瞄著他，目光流露出一股強烈的好奇；而當她發現自己已引起溫斯頓的注意，便立刻移開了視線。

溫斯頓不禁背脊發涼冷汗直冒，一陣驚恐不安的情緒在他體內奔竄——儘管這種折磨馬上就過去，卻留下某種令人擔憂的疑慮。女孩爲何要看著他？爲何要一直跟在他後面？可惜他想不起進入食堂時，女孩是否已經坐在那個位置上，還是比自己更晚些才到達？不過無論如何，昨天的仇恨兩分鐘開始之前，在沒有任何必要的情況下，她幾乎第一時間就走到他後方的椅子坐下，她眞正的目的也許是爲了——監聽他到底有沒有賣力喊叫。

他稍早之前的想法再次浮現——她說不定未必是思想警察編制下的人，然而業餘探員才是最危險的。他不確定女孩究竟觀察了自己多久，應該還不到五分鐘，但自己的臉部表情說露餡也不無可能。在任何公共場合或顯示幕的影像偵測範圍內，讓自己的思緒陷入迷航是非常致命的行爲，再怎麼小的細節也不能掉以輕心。像是因緊張而引起的抽筋、無意間露出的焦慮神色、自言自語的習慣等所有足以和反常、刻意隱瞞一塊兒聯想的狀況，都必須謹慎處理。無論如何，臉上擺出不適當的表情（例如，聽見宣布戰爭勝利的消息，臉上看起來卻有些懷疑），本身就是一項得施以懲戒的罪行，新語中甚至有一個專門對應的單字——「臉犯罪」。

女孩再度轉過身去，背對著溫斯頓。或許她並不是眞的一路跟蹤他，或許連續兩天都坐在離他很近的地方僅僅只是巧合。溫斯頓的菸熄了，他小心的將它擱在桌沿，如果菸絲沒有掉光，下班後還可以繼續和這根菸溫存。說不定鄰桌的男人其實是思想警察的臥底，說不定自己三天內就會去友愛部的地窖報到，但無論如何，沒抽完的香菸頭絕不可以浪費。賽姆把紙條摺起來，放進口袋中。此時，帕森斯又開口說話了。

「我告訴過你嗎，老弟？」他叼著菸斗，笑呵呵的說，「上一次我家那兩個小流氓看見菜市場的一個老太婆拿老大哥的海報包香腸，便放火燒她的裙子，他們先偷溜到老太婆背後再用火柴點燃，我敢說，她肯定給燒慘了。眞是兩個小惡魔，對吧？不過，他們實在非常投入！這是現在的少年糾察隊爲他們精心設計的頂級訓練，甚至比我以前學到的那一套更好。你知道隊本部替這些小鬼準備了什麼最新型玩意兒嗎？一種能夠透過鑰匙孔竊聽的收音耳機！我們家的小女孩前幾天帶了一個回來，她拿去我們家客廳的門上測試，據說音量比她用耳朵聽還要高出兩倍。當然，那只是玩具，別擔心。話說回來，那也算是幫助他們建立一個正確的觀念，對吧？」

此時，顯示幕發出一道尖銳的鳴哨聲，這是休息時間結束、告訴大家返回工作崗位的訊號。他們三人趕緊衝向電梯，加入等候排隊的人潮。溫斯頓終究沒能保住那根菸，裡面的菸絲全掉光了。

6

溫斯頓正在他的日記上寫著——「三年前，一個漆黑的夜晚，某個大型火車站附近的窄巷裡。她站在一盞黯淡無光的街燈下，旁邊牆壁上有道門。她的臉看起來很年輕，漆塗得很厚。我真的認爲那是油漆，白得嚇人，再加上她亮紅色的嘴唇，簡直像一張面具。黨裡的女人是從不化妝的。街上沒有半個人影，也沒有顯示幕，她說兩塊錢，我——」

實在很難繼續往下寫，他停筆，閉上雙眼，用手指按壓眼部，希望將那不斷重複的畫面排擠出去。他有股快要遏擋不住的衝動，想放聲大飆國罵三字經；或者拿頭猛力撞牆，踹翻桌子，把墨水瓶砸向窗外——他想做任何可以宣洩暴力、製造巨響、感受痛苦的事，好暫時忘卻這些煎熬的回憶。

你最大的敵人，是你的神經系統，他如此想著。無論何時，你內在的壓力都可能自行轉化成某些外表可見的症狀。他回憶起幾週前，有個男子在街上與自己錯身而過；那人相貌平凡，像是黨的成員，三十五至四十歲，體型高瘦，拿著公事包。兩人還相距幾公尺遠時，男子的左臉忽然因抽搐而扭曲，兩人交會時又發生了一次——那只不過是一絲細微的顫震或抖動，如按下相機快門般一閃即逝，不過，這顯然是種習慣性動作。他仍記得當時心裡的感想——這可憐的傢伙已經完蛋了；更恐怖的地方在於，那很可能是個不自覺的動作。最危險的，莫過於睡覺時說的夢話，依目前的情況看來，完全沒辦法防備。

他吸了一口氣，繼續往下寫——「我跟著她進入大門，穿過後院，來到一個位於地下室的廚房。靠牆的位置擺了一張床，桌上有一盞檯燈，調得很暗。她——」

他無比厭惡，差點忍不住要吐口水。和那個女人待在地下廚房的時候，他想起了凱瑟琳，他的妻子。溫斯頓已婚（至少以前結過婚），也許他目前依然是已婚狀態，畢竟他知道自己的妻子還沒死。他彷彿又開始聞到地下室廚房裡悶熱的怪味，一種混合著臭蟲、髒衣服、刺鼻廉價香水的氣味，然而卻十分誘人，因爲黨內沒有女人使用香水，或說很難想像她們會這麼做。唯有無產階級的窮人才會用香水；在他心中，香水的味道無可避免的和通姦產生聯想。

和那個女人性交是他兩年多來第一次行爲不檢。當然，找妓女買春是不被允許的事，不過這是一種你偶爾會願意冒險破壞的規矩——雖然危險，但不至於要你的命。被抓到和妓女胡搞可能會遭判處五年的強制勞改，頂多如此，除非你另外犯了其他罪。更何況解決的方法很簡單，只需避免當場被逮就行了。貧民區裡到處都是心甘情願出賣自己靈肉的女人，某些人甚至僅需一瓶琴酒就可以和你上床（再說，無產階級是沒有資格喝酒的）。檯面下，黨的立場其實傾向於鼓勵召妓，讓無法徹底壓抑的性本能有宣洩的出口；稍微縱慾一下並非什麼嚴重的事，只要暗中進行，過程乏味無趣，對象是低賤墮落的下層階級女人即可。但黨內成員亂搞男女關係則毫無可赦；儘管每次大淨化行動中，那些被告皆坦承犯下此罪，還是很難想像眞的會發生這樣的事。

黨如此規範的目的，不僅是爲了防止男人與女人發展出某種可能超越黨紀的忠誠心態，它祕而不宣的眞正意圖是想要扼殺所有性愛的樂趣，要消滅的敵人與其說是愛情，不如說是性慾，而且婚姻關係內外皆然。

所有黨員之間的婚姻必須經由一個專設委員會同意，雖然評估原則從不曾詳細說明，但假如男女雙方散發出感官上相互吸引的感覺，他們的申請百分之百會遭到否決。唯一獲得認可的結婚理由是——孕育能爲黨所用的下一代。如今，性交被視爲令人有點厭惡、一種類似灌腸的小手術；這些事同樣沒有明確文字可參考，而是迂迴的從每位黨員童年時期開始洗腦。甚至還有青年反性聯盟那種組織，倡議絕對的雙性獨身主義——所有小孩都透過人工授精（新語中的說法是「人授」）方式產下，再交由公營育幼機構扶養；關於這一點，溫斯頓也明白並非全然可信，但不知爲何它竟與黨的意識形態如此適配。黨試圖扼殺性的本能，或者，假設無法扼殺它，便扭曲它、醜化它。溫斯頓不清楚黨的用意，只隱約覺得一切似乎很合理，彷彿本來就該如此；若單就女人的部分來說，黨所施行的計畫是十分成功的。

他又想起了凱瑟琳，他倆分開至少已經九或十，還是十一年了。溫斯頓絕少想起她，他經常一連好幾天根本忘記自己結過婚。他們僅僅一起生活了十五個月左右；黨不允許離婚，但如果沒有小孩，則支持夫妻分居。

凱瑟琳是個直筒型身材、動作明快的高眺淺髮色女孩。她的臉龐陽剛英挺，也許有人認爲這種長相充滿貴族氣息，直到你發現那張臉後面的人根本是一具空殼。結婚後沒多久，溫斯頓便歸納出一個結論——此女肯定是他遇見過最笨、最平庸、最無趣的人（儘管或許只是因爲，相較於其餘大部分他所認識的人，他比較能貼近的瞭解她）。她的腦袋裡除了一堆口號什麼都沒有，只要是黨交代的事，不管再怎麼低能愚蠢，她都不會、絕對不會有任何一絲一毫懷疑，溫斯頓心裡因而替她取了個「人體錄音帶」綽號。儘管如此，如果不是因爲「性」這件事，他依舊可以忍受和她住在一起。

當溫斯頓碰觸她的時候，凱瑟琳總是立刻變得僵硬退縮，抱她就像抱了個木頭假人；更奇怪的是，即便換作她摟他，她渾身緊繃的肌肉亦隱約傳遞出「她同時也在用盡力氣推開他」的訊息。她會躺著閉上雙眼，既不反抗也不主動迎合，而是以服從的態度行房；這種感覺非常難堪，持續了一會兒後，簡直形同折磨。但儘管如此，倘若兩人有共識的維持禁慾生活，他還是願意和她一起生活。然而費解的問題又出現了，反對的人竟然是凱瑟琳，她說，如果他們能生育，就必須製造小孩。因此，除非遇上無可避免的突發狀況，兩人的動作場面總是相當規律的一週一次持續進行著。她甚至會在早晨提醒他，彷彿那是一件當晚應該完成、絕不能忘記的待辦事項。她為此事想出了兩種說法，一種是「製造小孩」，另一種是「黨賦予我們的任務」（沒錯，這就是她用的字眼）。很快的，只要約定日子一近，他便會生出一股迫切的恐懼感。幸運的是，並沒有小孩蹦出來，最終她也同意放棄嘗試，不久後，兩人就分居了。

溫斯頓不禁無聲嘆息。他拿起筆，繼續往下寫——「她直接躺到床上，隨即，沒有任何預備動作，她以一種你所能想像最為粗俗醜陋的方式拉起裙子。我——」

他看見自己站在黯淡的燈光下，混合著臭蟲和廉價香水的氣味占據了鼻孔；即便在那個時候，他仍可感受到自己心中的挫折與怨恨，夾雜著一股對「凱瑟琳雪白的身軀，被黨的催眠力量冷凍封印」的怨念。為什麼永遠只能這樣？為什麼他不能擁有一個自己的女人，非得每隔幾年幹一次這件骯髒事？但真正的愛情幾乎是無法想像的奢求。黨內的女人都半斤八兩，節慾和對黨的忠誠在她們心裡同樣根深蒂固。藉由早期的悉心培養，透過各種遊戲和洗冷水澡，以及學校、少年糾察隊、青年團不斷灌輸歪理，再加上鋪天蓋地的說教、遊行、歌曲、口號、軍事音樂等等，她們與生俱來的天性已經蕩然無存。儘管他的大腦告訴自己，凡事必有例外，他的內心卻不相信。她們是牢不可破的銅牆鐵壁，正如黨所計畫的那樣；而他除了想要被愛，更想打倒那面假道學之牆，就算一生只有一次也好。美好愉悅的性行爲，等於造反；慾望，是思想犯罪。但就算他喚醒了凱瑟琳的本能（假設他做得到的話），也會像是在誘姦她，即便兩人之間是夫妻關係。

「我把檯燈調亮一些。我在燈光的照射下才發現她——」

經過了先前的昏暗模糊，煤油燈微弱的光線瞬間讓四周明亮起來。當下，他首度看清了女人的長相，他往前走出一步，隨即停住，淫穢與驚恐的情緒在心中糾結。他沉痛意識到自己來到此處的風險，他很有可能在踏出這裡時，立刻遭到巡邏員警逮捕，那些警察也許正在門外等待機會抓人，而如果他根本沒做自己原先打算做的事，就直接離開——無論如何他想寫下來，無論如何他想懺悔。燈光下，猛然映入他眼簾的是個很老的女人，臉上的妝厚得像用粉刷上去的一樣，彷彿一塊隨時會碎裂的紙板面具。她的頭上有些許白髮，但眞正讓他害怕的畫面，是她微張的嘴巴裡，那空無一物如洞穴般的黑暗空間——她連一顆牙齒都沒有。他開始字跡凌亂的握筆疾寫——「我在燈光的照射下才發現她是一個老太婆，至少有五十歲以上。不過我還是上前幹完那件事。」

溫斯頓再次將手指按壓在眼皮上。他終於寫完了，然而他感受不到任何差別，這個治療方式沒用，他內心想大罵髒話的衝動絲毫未見消退。

7

「如果眞有希望，」溫斯頓如此寫著，「就在無產階級勞工身上。」

如果眞有希望，必定在無產階級勞工身上，因爲唯有在那些占大洋國百分之八十五人口數、滿坑滿谷遭到漠視的群眾身上，才能產生摧毀黨的力量，黨是無法從內部被推翻的。黨的敵人（假設它眞有敵人），絕不可能集體串聯行動，畢竟光要分辨出彼此的身分就很困難。甚至，如果傳說中的兄弟會存在（即便可能性很高），它有沒有辦法組成超過兩、三個人以上的團隊也很值得懷疑。對黨員來說，一個閃爍的眼神、轉折的語氣，再不然頂多是一陣尋常的低聲細語，就足以視同造反。然而無產階級不同，倘若他們能意識到自己的力量，不需密謀起義，只需站出來，像匹馬一樣抖掉身上的蒼蠅；如果他們願意，明天早上就可以讓黨從地球表面消失。當然，他們遲早會想到要這麼做？只是——

他記得有次走在一條擁擠街道上，前方不遠處巷子裡傳出幾百個女人叫喊的巨大噪音。那是一陣陣強勢、憤怒、絕望的嘶吼，深沉又響亮的「喔——喔——喔——」，有如鐘聲迴響個不停。他心中暗自雀躍，開始了！直覺反應告訴他，發生暴動了！無產階級終於要展開反擊了。當他走到事發地點，發現約兩、三百名婦女聚集在街頭市場的攤位四周，人人神情悲慘，宛如難逃沉船死劫的乘客，就在此時，絕望的氣氛突然演變成許多個別的口角。看來——是一家販賣平底鍋的攤商，有批貨剛才意外的提前售完（現在不管什麼種類的烹煮鍋具都很難取得，即便只是些破銅爛鐵），順利買到的婦女試圖帶著鍋子逃離，其他幾十個圍住攤位的婦女卻不斷推擠衝撞，凶悍指責商家獨厚某些顧客不說，還在別處偷藏了庫存。此刻又爆發新一波的喧囂——兩名身形臃腫的婦女正在爭奪一只平底鍋，其中一位已然披頭散髮，兩人都想從對方手上搶下鍋子，她們僵持了好一陣，結果竟扯掉了平底鍋的把手……溫斯頓不屑的看著她們。但就在那幾分鐘裡，不過幾百人的嗓音竟製造出如此震撼人心的力量，爲什麼她們從不針對眞正重要的事如此這般咆哮呢？他寫道——

「他們永遠不會造反除非他們覺醒，他們永遠無法覺醒除非他們造反。」

溫斯頓心想，這根本就像從黨的教科書抄下來的東西啊——當然，黨宣稱自己解放了無產階級的束縛。革命前，那些窮人遭到資本主義者殘酷壓迫，他們挨餓受苦，女人被逼著進入煤礦坑工作（事實上，女人至今仍在煤礦坑工作），小孩年滿六歲便賣給工廠；然而，按照雙重思想原則，黨又同時教導大家——無產階級是天生的下等人，有如牲畜一般，必須施加某些簡單規定使他們屈從。在現實生活中，大家對無產階級的認識十分有限，不需要瞭解太多，只要他們持續的工作與繁殖，其餘行爲完全無關緊要。他們自生自滅，就像阿根廷平原上放牧的牛群，看起來已經回復到一種近似古早時期的原始天然生存方式。他們在貧民窟裡出生成長，十二歲開始工作，經歷短暫的青春期與性成熟階段，二十歲便結婚，三十歲邁入中年，而當中絕大部分的人六十歲會進棺材。辛苦的勞動、照顧家庭與小孩、鄰居之間瑣碎的爭吵、電影、足球、啤酒以及不可或缺的賭博……這一切塞滿了他們的腦袋，要控制他們實在易如反掌。思想警察總是安排幾個暗樁出沒在他們四周，故意散播謠言，藉此找出可能造成危害的人並直接消滅，卻從不曾試圖灌輸他們有關黨的理念。無產階級不適合擁有過強的政治色彩，他們僅需具備單純的愛國情操，只要在必要情況下，無論何時都願意接受加長工時或減少配給即可。即便有時他們終於心生不滿，通常也都無疾而終，因爲他們缺乏整體概念，只在意各式各樣雞毛蒜皮的小委屈，眞正的大奸大惡他們永遠看不見。大多數無產階級窮人的家裡甚至沒有顯示幕，一般民警也不太管他們。倫敦充斥著大量犯罪活動，小偷、強盜、妓女、毒販及形形色色的詐騙集團到處橫行，宛如另一個世界；但既然所有事情都發生在他們身上，便無關緊要。所有道德上的問題，他們都可依循老祖先的律法處置，黨的禁慾主義無法強制約束他們，既不懲罰男女亂交，也不禁止夫妻離婚。倘若無產階級展現出需求，甚至也允許信奉宗教，因爲他們連被懷疑都不配，就像黨的口號所言——「無產階級和動物都是自由的」。

溫斯頓的手往下輕輕抓著腳踝上靜脈曲張潰瘍患部——它又發癢了。你之所以沒法釐清問題，是因爲你對革命之前的實質生活軌跡毫無印象。他從抽屜拿出一本從帕森斯太太那邊借來的兒童歷史課本，開始將某一節抄寫至日記上——

過去，在光榮的革命以前，
倫敦並不是一個如現在我們所見的美麗城市，
它是一個又髒又暗又悲慘、幾乎沒有人能夠吃得飽的地方，
成千上萬的窮人沒有鞋子穿，沒有房子住。
年紀和你差不多大的小孩必須一天工作十二個小時，
如果動作太慢，殘酷的雇主便用鞭子抽打他們，

而且他們只能喝水和吃乾扁的麵包皮。
但是在這片淒涼貧苦的景象中有幾棟華麗的豪宅，
裡面住的都是一些擁有多達三十名僕役隨伺在側的富人。
這些富人被稱爲資本家。
他們又胖又醜，面貌凶惡，就像下一頁圖片中的人那樣。
你可以看見他穿著一件叫做大禮服的黑色長外套，
頭上戴著一頂外型像煙囪、古怪而閃亮、名爲大禮帽的帽子，
這是資本家的專屬服裝，一般人沒有資格穿上它。
資本家擁有全世界，全世界的人都是他們的奴隸。
他們坐擁所有的土地、所有的房屋、所有的工廠、所有的財富。
如果有誰敢反抗他們，就會被送進大牢，或是被開除而活活餓死。
一般人和資本家說話的時候必須卑躬屈膝，脫帽行禮，並稱他們爲「閣下」。
資本家們的領袖被稱作國王，……

剩下來的內容是什麼他心裡有數，稍後還會提到——穿著上等薄麻布袖的主教、穿著白色貂皮長袍的法官、手銬腳枷、單調沉悶的工作、九尾鞭鞭刑、市長大人的宴會，親吻教宗腳趾的慣例。還有一個兒童教科書中可能不會出現的字眼「Jus Primae Noctis」，即拉丁文的「初夜權」，意思是每個資本家皆有權和任何

一名在自家工廠上班的女子發生性行爲。

你要如何分辨這當中謊言的成分有多少？也許對一個尋常百姓而言，現在的日子確實比革命前要好。唯一相反的證據是你骨子裡無聲的抗議，有種直覺告訴你——當下的生活條件教人難以承受，在過去的某個時期絕非如此。他突然領悟，現代生活眞正的特徵並非殘酷冷血或缺乏安全感，而是毫無隱私，毫無希望，毫無樂趣。環顧周遭，你會發現自己的生活不僅與顯示幕整天放送的謊言沒有任何相似之處，甚至也和黨試圖達成的理想沒有任何相似之處。就算是黨員，很大一部分的生活面對的也都是非政治的中性事務，例如埋首於無聊工作，在地鐵上搶位子，縫補破襪子，索討一片糖精，節省一根菸頭等等。黨設定的目標理想是雄偉宏大、令人生畏、光輝閃耀的，是個到處充斥鋼筋水泥、重型機具、恐怖軍械的世界，是個永不止息的工作運轉、投入戰鬥取得勝利、實施迫害的國度；而且充滿戰士和狂熱份子，他們全都踩踏著整齊劃一的步伐，抱持著相同的想法，喊著相同的口號——嗯，三億個看起來完全相同的人。事實上，人民卻饑腸轆轆、衣衫襤褸、疲憊不堪的穿梭在衰敗灰暗的城市中，住在總是飄著水煮白菜與尿騷味的十九世紀破舊頹圮老房子裡。他眼前彷彿出現了這樣一幅倫敦景象——一個以上百萬個垃圾桶拼湊出的破敗大城市，其中一個角落裡，頭髮散亂、臉上布滿皺紋的帕森斯太太，正無助的和堵塞的排水管搏鬥著。

他的手又往下伸，抓搔著腳踝上靜脈曲張潰瘍患部。顯示幕不分晝夜的用一堆數據攻擊你的耳朵，告訴你，比起五十年前，現在的人有更充足的食物衣服、更理想的住屋、更優質的休閒娛樂；大家都更長壽了，工時更短、更健康、更高大、更強壯、更快樂、更聰明，教育程度也更好；只是，裡面的任何一個字都無法被證明或否認。舉例來說，黨宣稱如今有百分之四十的無產階級成人識字；根據黨的資料，革命之前比例只有百分之十五。黨宣稱，如今新生兒的死亡率已降爲千分之一百六十，革命之前則高達千分之三百等諸如此類的資訊——就像一道一元方程式，卻包含了兩個未知數。歷史書上記載的每個字，甚至是你毫無疑問相信的事情很有可能全是虛假的幻想。在他的印象中，從來沒有類似「初夜權」這種主張的法律，也沒有所謂資本家那種人物，或是被稱作大禮帽的服飾配件。

所有事物皆消失在一片迷霧之中。當過去遭到刪除，刪除的動作又被遺忘，謊言就變成事實。有關造假的具體明證，他人生中至今只取得過一次，而且是在修改造假發生之後（這正是重點所在）。應該是在一九七三那一年（反正無論如何是他與凱瑟琳分開之後的事），溫斯頓曾將這個證據拿在手裡約莫三十秒，然而與事件有關的眞正日期可能要再早個七或八年前。

這個故事其實要從六〇年代中期說起，那段時期的大淨化行動已將原本的革命領導者們徹底清除殆盡；到了一九七〇年，除了老大哥之外，他們已經一個不剩。當時剩下的一些人，均被揭露爲叛徒或反革命份子。高斯坦順利脫逃，並藏身於一個沒有人知道的地點；至於其他人，少數失蹤，大部分則在接連的公開審判上招認罪行後被處決。最後幾位倖存者是瓊斯、阿朗森、魯瑟福三人，他們好像是在一九六五年遭到逮捕；接著就和常見的情況一樣，他們先消失一年甚至更久，沒有人知道他們是生是死，然後忽然間又被帶出來，一如往常的自白認罪。他們坦承通敵（那個時候的敵人同樣也是歐亞國），侵占公款，謀殺數名黨政要員，而且在革命爆發許久前便開始密謀反抗老大哥的領導，策畫造成數萬人民死傷的破壞行動。招供以後，他們獲得赦免，也恢復黨籍，還被指派擔任某個聽起來很重要、但實際上是閒缺的職位。三人都在《泰晤士報》撰寫長篇文章自我反省，分析反叛的原因，並承諾會改過向善。

他們被釋放後不久，溫斯頓曾親眼目睹三人一起出現在栗子樹咖啡館。他記得當時自己懷著既恐懼又崇拜的心情，從角落暗中窺視三人。他們的歲數比溫斯頓要大上好幾輪，是古早年代遺留下來的歷史人物，也是黨過去輝煌時期裡碩果僅存的幾個大人物。他們身上仍隱約流露出一股帶領地下組織拚搏與經歷內戰洗禮的魅力。儘管那段日子裡許多事情的時空背景都已逐漸模糊，溫斯頓卻有一種感覺——早在認識老大哥這號人物之前，便聽說過這些人的名字。然而他們遭到了褫奪公權，是敵人，是不可接觸的對象；他們注定難逃死劫，是一、兩年內必定會絕跡的物種。任何人一旦曾經落入思想警察手中，最後能平安脫身的機率幾乎是零，那些可憐蟲只是等待被送回墳墓裡的活死人罷了。

他們的鄰桌沒有人坐（只要被看見接近這類人，都算是不智之舉），他們安靜的坐著，面前的玻璃杯斟著帶有丁香味的店家特製琴酒。三人之中，溫斯頓對魯瑟福的容貌最難忘。魯瑟福過去是個有名的漫畫家，他的黑色血腥漫畫在革命前和革命期間產生了煽動輿論浪潮的作用。即便是現在，每隔一大段時間，依舊能在《泰晤士報》看見他的漫畫，卻都是一些模仿早期手法的作品；奇怪的是，內容不但謹慎無趣，且缺乏說服力，永遠老調重彈那如貧民窟的破爛公寓、饑餓的兒童、街頭巷戰、頂著大禮帽的資本家（就連出現在防禦工事，也和大禮帽形影不離）……彷彿一種沒有盡頭、沒有希望的堅持，期盼著有朝一日可以回到過去。魯瑟福是個身形龐大的人，蓄著一頭如灰色鬃毛的油膩長髮，臉皮鬆弛皺紋深刻，還有一雙類似黑人的厚唇。他以前必定非常壯碩，那時強健的肌肉已經全部浮腫垂垮，坍塌毀壞。他的軀體彷彿隨時會山崩，在你眼前四分五裂。

當時是寂寞的十五點鐘。溫斯頓完全忘了自己爲什麼會在那個時間光顧咖啡館。裡面空蕩蕩的，沒幾個客人。顯示幕中緩緩流瀉著微弱的音樂。他們三人坐在專屬角落，幾乎沒有動作也沒有交談。侍者隨即自動送上琴酒。他們旁邊的桌子擺著一張棋盤，棋子都放好了，卻沒有人展開棋局。隨後大概過了半分鐘，顯示幕出現了某些改變——原本播放的音樂換了，旋律曲調都換了，換成一種很難描述的東西，一種奇特、沙啞、粗野、嘲弄的音調，溫斯頓在心裡暗自命名爲「黃色音調」。接著，顯示幕裡傳來一道歌唱人聲：「**在繁盛的栗子樹下，我出賣你你出賣我，他們躺在那裡，我們躺在這裡，在繁盛的栗子樹下。**」他們三人毫無反應。不過，當溫斯頓再度偷瞄魯瑟福那張崩壞的臉，竟看見他雙眼滿是淚水。這時伴隨著一陣發自內心、不知從何而來的戰慄，溫斯頓首次注意到，阿朗森與魯瑟福兩人皆鼻青眼腫，滿臉傷痕。

不久後，三人再度被捕，顯然他們獲釋後又參與了另一項新的陰謀。第二次審判時，他們又再次承認過去所有的犯行，並再加上一串新的罪名。他們最終被處決，下場被記錄在黨史文獻中，讓後代子孫引以爲戒。

約莫過了五年，一九七三年某天，溫斯頓正打算攤開一捲剛從高壓氣動管路彈出、掉落到他桌上的文件，結果意外發現一張明顯被誤夾在裡頭、被遺忘了的紙片。他把紙片攤平，一看，立刻察覺它的重要性。那是從十年前《泰晤士報》撕下來的半頁報紙，而且是印有日期的上半部，還刊登了一張黨代表們在紐約出席活動的照片。瓊斯、阿朗森、魯瑟福三人醒目的站在一群人中間；應該是這三個人沒錯，畢竟他們的名字就標註在照片下方。

問題在於，前後兩次的審判過程，他們三人都供稱自己當時身在歐亞國境內——他們從加拿大的祕密機場起飛，前往西伯利亞的某處約定地點，與歐亞國參謀總部的成員會面，向對方洩漏重要軍事機密。溫斯頓清楚記得報紙上的日期（因爲那天剛好是仲夏節），但完整的故事想必同樣記載在其他無數地方，所以可能的結論只有一個——他們的自白全是謊言。

當然，這件事本質上並不算是一項發現。畢竟溫斯頓也不認爲，那個時候，所有在大淨化行動遭到清除的人，確實都犯下了被指控的罪名。然而擺在眼前的卻是一項鐵證，它屬於被廢除的過去所留下的一個碎片——像一根在錯誤地層出土的骨頭化石，摧毀了某個區域的地質學理論。假如有辦法將它公諸於世，並引起各界重視，光是這張紙便足以把黨炸到外太空去。

溫斯頓回頭繼續工作。當他一看見照片、領悟到其中代表的意義後，便立刻用另一張紙蓋住它。幸好他當時一攤開紙捲，從顯示幕的視角來看，其實是上下顛倒的畫面。

他把草稿本放到膝蓋上，再將椅子往後撤，讓自己盡可能遠離顯示幕。故作面無表情並不困難，如果認眞練習，甚至連呼吸也能控制；但你無法控制心跳，而顯示幕可以敏銳的探測出來。他刻意讓自己等待了十分鐘，心情如坐針氈，深怕會有什麼狀況發生（像是一陣氣流突然吹過他的桌子，害他露出馬腳）。接著，他再沒有把照片拿出來多看一眼，便將它連同其他廢紙一併丟進了記憶之洞；也許一分鐘後，它就化爲一堆灰燼了。

那是十或十一年前的事情。若在今天，他可能會把照片留下來。有趣的是，對他而言，曾經將證據握在手中這項事實似乎別具意義，儘管照片本身及它所記錄下的事件，如今都只是回憶。一張此刻已不復在的證據事實上曾經存在，他心想，這是否象徵黨對過去的掌控度愈來愈弱了？

不過，假設今天那張照片能從一堆灰燼中復原，它或許也不能算是證據了。因爲當他發現照片時，大洋國與歐亞國早已停戰，如此一來，這三個死人肯定是向東亞國的間諜出賣自己的國家。從那時起，局勢又經過數次改變（兩次或三次，他已經記不得了），三人的自白極有可能被重新改寫過好幾遍，終致難以比對出原來的事實和日期。過去不但被修改，而且是接力式的修改。如惡夢般揮之不去、最令人痛苦的，是他從來無法理解爲何要進行這場瞞天大騙局。僞造過去的直接利益顯而易見，但黨的終極動機則是個謎。他又拿起筆來繼續往下寫——「我知道方法，但我不知道原因。」

他不禁懷疑（像過去無數次產生的懷疑一樣），自己究竟是不是一個神經病；也許，神經病就是沒有同路人的少數派。以前曾有一段時間，相信地球繞著太陽轉的理論是一種發瘋的徵狀，今天，認定過去不能塗銷變更也同樣被視爲瘋狂。抱持著如此的信念，或許是孤獨的，他如果孤獨，便是神經病。自己是個神經病的想法並不困擾他，令他恐懼的地方在於——自己可能也是錯誤的。

他拿起兒童的歷史課本，看著書名頁上老大哥的畫像。那雙眼睛彷彿意圖施展催眠般注視著你，感覺好像有股巨大力量正在壓迫你，那是某種能穿透你的頭顱、衝擊你的大腦、嚇退你的信念，幾乎要說服你否認一切理性證據的精神攻勢。到最後，黨會宣布「2＋2＝5」，而你必須相信它；無可避免的，黨早晚都會如此裁示。他們的地位需要這種邏輯，不僅是有效的經驗法則，連客觀現實也全被他們的哲學理念肅然拒絕，普通常識成了異端邪說的惡中之惡。你需要害怕的不是因爲想法不同被判死刑，而是他們的想法可能比你正確。畢竟，我們怎麼知道「2＋2＝4」？或者，眞有地心引力那種東西？或者，過去是不能改變的？假如過去與客觀世界兩者都只存在於人的思想之中，而思想本身又可以被控制，那會有什麼結果？

但是，不行！他的勇氣似乎在這一剎那自動湧上來。在沒有任何明顯聯想的狀態下，他的心裡浮現歐布萊恩的臉。他比過去更加確定，歐布萊恩是自己的同路人。他忽然領悟到，自己的日記是爲了歐布萊恩而寫，也等於是寫給歐布萊恩——就像一封沒有盡頭、永遠不會有人閱讀的信，卻因爲寫給一名特定對象而產生意義。

黨告訴你，不可相信一切眼見耳聞的事實，那是黨最終、也最重要的命令。當他想起自己面對的這片龐雜勢力，或黨的任何一名知識份子都能輕易駁倒自己，或那些他既聽不懂也沒有答案的狡猾爭辯……心便爲之一沉。然而，他才是正確的一方！黨是錯誤的，他是正確的。淺顯的、簡單的、眞實的事物必須被捍衛，眞理是恆常不變的價値，要勇敢堅持下去！實體世界依舊存在，自然法則始終如一——岩石是硬的，水是濕的，懸空的物體一定會朝著地心方向落下。他感覺自己像是在對歐布萊恩說話，也在闡明著一個重要的道理，他如此寫道——「自由，就是可以不受限制說出『2＋2＝4』的自由。同意這一點，其餘的便可比照辦理。」

8

從通道底端某個地方飄來烘焙咖啡的香味（眞正的咖啡，不是凱旋牌咖啡），一路向外飄散到街上。溫斯頓不自覺停下腳步，大概有兩秒鐘左右，他重新回到已經遺忘大半的童年世界。接著，一道門轟然關上，那道香味好像瞬間被截斷，彷彿剛才溢出來的是某種音樂而非氣味。

他沿著人行道走了好幾公里，腳上的靜脈曲張潰瘍又開始隱隱作痛。這是近三週來他兩度錯過社區中心的晚間活動——此乃十分魯莽的行爲，因爲你應該知道社區中心會仔細查核每個人的出席次數。按規定，身爲一名黨員是沒有空閒時間的，除了睡覺之外絕不會單獨行動。依照黨的假設，他不是正在工作、吃飯、睡覺，就是在參與某種社區集體休閒活動。從事一些隱含獨處意味的事情（甚至是自己去散步），都會被視爲略具危險性的舉動；對此，新語中有一個專屬名詞稱之爲「孤活」（ownlife），意思是「個人主義加上古怪行徑」。不過，今晚他走出部門大樓時，四月的涼爽空氣令他有些心動。當時，天空的色調是這一年裡他所見過最溫暖的藍色，忽然間，冗長吵鬧的社區中心之夜、無聊累人的遊戲、演講說教，以及靠琴酒掩飾的虛假同志情誼……種種的一切都變得無法忍受。他一時衝動便從公車站牌處掉頭離開，接著隨意亂走，闖入倫敦錯綜複雜如迷宮的街道，先南再東，隨後往北，讓自己迷失在不知名的巷弄間，一點也不煩惱要朝哪個方向走去。

「如果真有希望，」他曾經在日記裡如此寫著，「就在無產階級勞工身上。」這些字句一直盤旋在他心底，訴說著一個奧妙的事實與明顯的荒謬。他來到聖潘克拉斯車站舊址東北方，某處幽暗的深褐色貧民窟附近。他正走在一條鵝卵石鋪成的街道上，雙邊都是整排的兩層樓小房子，它們破爛的大門入口直接面對人行道，不知為何，此情此景竟讓人聯想起老鼠洞。鵝卵石路面到處都是髒水坑。無論是漆黑的入口處裡外，還是沿著窄巷兩側蔓延分岔出去的小弄之間，聚集了滿坑滿谷的人，有嘴上搽著俗豔口紅的花樣年華少女、追逐著少女嬉戲的男孩，有身材肥滿、步伐虛浮的婦女（提醒著你，十年後那些女孩會變成什麼模樣），還有腳步外八、晃悠不已的佝僂老頭，以及一堆光著腳在髒水坑之間玩耍的小孩（隨後他們的母親發出一聲怒吼，孩子們便四處逃散）。街上的破窗戶約有四分之一以木板做修補。大部分人對溫斯頓的出現並不在乎，少數人則警戒而好奇的看著他。兩名體型魁梧、身穿圍裙的婦女，各自環抱著她們通紅的雙臂，站在一扇門外聊天。溫斯頓接近她們時，聽見了一些零碎的內容：「是啊，我對她說：『那樣是很好，但如果你知道我的處境，你也會和我做一樣的事。批評別人最容易了，你可沒遇到我的問題。』」另一位婦女接腔：「嗯，就是那樣。就是你說的那樣。」

刺耳的交談聲戛然停止。當他從旁邊經過時，兩位婦女換上了一種懷有敵意的沉默，閉上嘴巴打量他。然而，那應該不能算是敵意，大概只是一種警戒心態，一種暫時的肢體僵硬，好像看到一頭平常少見的動物路過那樣。黨的藍色工作服出現在這樣的街道肯定不太尋常；確實，被人看見在這個地方活動很不明智，除非你有充分而正確的理由。假如碰巧遇到巡邏員警，你也許會被攔下來：「能讓我看一下你的證件嗎，同志？你在這裡做什麼？你是幾點下班的？這是你平常下班走的路線嗎？」接受諸如此類的問話。沒有任何規定禁止你選不同的路線回家，不過，倘若讓思想警察得知此事，勢必引起他們的注意。

街道上突然發生一陣騷動，四面八方傳來警告的呼喊聲，所有人像兔子般竄進了屋內。有個年輕女子從溫斯頓前方不遠處的房門跳了出來，一把抓住某個還在水坑邊玩耍的小孩，隨即用圍裙包住孩子，再一同跳回房門裡——動作乾淨俐落一氣呵成。同一時間，有個身上衣服又黑又皺的男人，從旁邊巷子朝溫斯頓奔來，激動的以手指著天空，大叫：「蒸氣鍋！小心，先生，上頭有炸彈！趕快趴下！」

「蒸氣鍋」是無產階級幫火箭彈取的暱稱，原因不明。溫斯頓立刻撲倒在地。當無產階級的窮人對你發出類似警告時，準確率接近百分之百。儘管火箭彈的速度應該比聲音還快，但他們似乎天生擁有某種本能，可以在炸彈來襲前幾秒預先察覺。

溫斯頓雙手緊扣，抱住自己的頭。接下來一聲巨響，彷彿快把人行道給掀翻，一大堆細小的物體高速掉落在他背上。再站起來時，他發現自己全身上下都是附近窗戶的玻璃碎片。

他繼續往前走。剛才的炸彈摧毀了兩百公尺範圍內的整片房子。一道黑煙直達天際，下方則被霧濛濛的灰泥粉塵籠罩，群眾已開始聚集在斷垣殘壁四周。眼前的人行道躺著一堆灰泥瓦礫，他看見中間有個紅色條紋狀的東西。趕過去一瞧，才認出那是隻從腕部以下被炸斷的人類手掌（與血腥身軀失散的斷掌看起來極為蒼白，儼然如石膏模型）。

他把那個東西踢進排水溝裡，然後避開人群，拐進右邊一條小巷中。三、四分鐘後，便脫離了炸彈威力所及區域，街道上污穢擁擠的生活也好像什麼事都沒發生似的照常進行。這時大約將近二十點鐘，無產階級喜歡去的冷飲店（他們稱之為小酒館）全都人滿為患，骯髒的雙向彈簧門不斷開開關關，傳出一股混合著尿液、木屑及劣質啤酒的味道。有棟房屋正面側邊角落裡，三個男人挨得很近，中間那個人手上拿了一份對摺的報紙，旁邊兩個人的頭則湊近他的肩膀，急著想一探究竟。儘管溫斯頓還沒來到能辨識他們三人表情的距離，但已能從肢體動作看出他們的認眞與投入——他們顯然正在閱讀某些非常重要的新聞。當溫斯頓走到距離他們僅幾步之遙，三人團體猛然散開，其中兩人當場爆發激烈爭論，雙方一度就要拳腳相向。

「你能不能該死的好好聽我說話？我告訴你，尾數是『７』的號碼，已經十四個月沒開出來過了！」

「有，明明就有開出來過！」

「沒有，根本沒有開出來過！我把兩年內的號碼全都抄下來了，寫在我家裡的一張紙上。我像個時鐘一樣準時的記錄它們，我告訴你，尾數是『７』的號碼——」

「有，『７』有開出來過！我還可以很好心的告訴你那個該死的號碼——４０７，尾數是７。它是二月開出來的，二月的第二個禮拜。」

「你他媽的二月！我全都白紙黑字記下來了。我告訴你，尾數是——」

「夠了！夠了！」第三個人說。

他們在說的是樂透彩。再往前走約三十公尺，溫斯頓忍不住回頭再看一眼——他們還在吵，表情依舊鮮明激動。每週派彩、獎金可觀的樂透彩，是無產階級眞正關心的公眾事務。大概有幾百萬個無產階級窮人，把樂透彩當成（就算不是唯一，也必定是最主要）生存下去的理由。那是他們的快樂，他們的癡愚，他們的止痛藥，他們的大腦興奮劑。只要事關樂透彩，即便近乎文盲的人也能展現高超的數學天分與特異功能般的記憶力。有一大群人光靠販售投注系統、報明牌、買賣招財的幸運寶物就能爲生。溫斯頓和樂透彩的營運無關，這方面是富裕部的業務範圍，不過他知道（事實上，黨內每個人都知道）派彩獎金大部分都是假的，實際發放的只有小額獎金，大獎得主全是一些不存在的人——畢竟，大洋國內部各區域缺乏橫向聯絡機制，想動點手腳並不困難。

然而如果眞有希望，就在無產階級勞工身上；這個想法你必須牢記於心。當你用嘴巴說出來時，聽起來言之成理；當你看著人行道上與自己擦身而過的芸芸眾生，這個舉動便成了一種信念的實踐。溫斯頓所在的街道此時開始轉爲下坡，他有種感覺，彷彿自己以前來過這兒，不遠處好像還有一條大馬路。前面某個地方傳來喧鬧的喊叫聲。街道忽然轉了個大彎，盡頭是一座階梯，階梯下方是一條陷於兩側房屋之間的窄巷，路邊有幾個攤販賣著枝黃葉枯的蔬菜。此刻，溫斯頓想起了自己身在何處。小巷子會通往外面的大馬路，下一個轉彎處，不到五分鐘路程的地方有家舊貨商，他就是在那裡買下這本現在用來寫日記的空白筆記簿，也曾在離此不遠的一處文具店買過筆桿和墨水。

溫斯頓站在階梯上猶豫了一下。巷子的另一端有家燈光昏暗的小酒館，窗戶看起來都結霜了，仔細一瞧才發現只是附著了灰塵。有個彎腰駝背卻精神抖擻、臉上白色鬍子像明蝦觸鬚般剛硬挺立的老頭子，推開彈簧門進了店內。溫斯頓在一旁觀望的同時，心裡也閃過一個念頭——老人肯定超過八十歲了，革命發生時應該已經是個中年人。他與那些歲數相近、凋零已極的老人，是當今世界與消失的資本主義時代之間僅存的媒介。即便在黨內，革命前就培養出思考邏輯的人如今也所剩無幾。老一輩的人大多在五〇至六〇年代期間的大淨化行動中被清除，極少數殘留下來的人也早已完全放棄心智層面的對抗。若想找到一個現在還活著、而且能詳述本世紀初眞實情況的人，只能把希望寄託在無產階級了。這一瞬間，他從兒童歷史課本抄進日記上的那段句子又浮現腦海，一陣發神經般的衝動占領了他。他想進去小酒館，他想和老人攀談並且提問，他想對老人說：「告訴我，你的童年時期生活是什麼樣子？日子過得比現在好嗎？還是更壞？」

趁自己還沒失去膽量前，他趕緊走下階梯，穿過狹窄的巷子。當然，這實在太瘋狂了。一般來說，並沒有規定禁止黨員與無產階級交談，或光顧他們的酒館，只是如此的舉動太不尋常，很難不引起注意。如果巡邏員警出現，他可以辯稱自己暈眩發作，但基本上不會被採信。他推開門，一股可怕的發酸啤酒味立刻迎面襲來，當他一踏入店內，眾人說話的音量也隨即降低一半。他感覺到，背後每個人都緊盯著他身上的藍色工作服猛看，店裡另一側原本正在進行的射飛鏢遊戲還因此暫停約莫三十秒。早他幾步進門的那個老人則站在吧檯前，似乎和酒保爭論著什麼事情。酒保是個高大結實、前臂粗壯，生著鷹勾鼻的年輕人。有群手拿酒杯的人擠成一團在旁邊看熱鬧。

「我很有禮貌的問了你，不是嗎？」老人豎起肩膀，凶惡的說，「你的意思是說，你這整間該死的酒館裡沒有半個一品脫的啤酒杯？」

「你他媽的一品脫是什麼鬼東西？」酒保回答，並俯身向前，兩隻手撐在吧檯上。

「你們看他，自稱是酒保，竟然連一品脫是什麼都不知道！聽著，一品脫是二分之一夸脫，四夸脫是一加侖。搞不好接下來還要教你ＡＢＣ。」

「那些我聽都沒聽過，」酒保短促的回答，「一公升和半公升，我們只提供這兩種。酒杯就在你面前的架子上。」

「我要一品脫的，」老人堅持，「要打發我很簡單，只要給我一品脫就好了。我們年輕的時候才沒有什麼該死的公升不公升。」

「當你年輕的時候，我們全都還住在樹上。」酒保說，順便瞄了一下在場其他客人。

此話一出引來一陣哄堂大笑，溫斯頓進門之後造成的緊張感也消失了。老人布滿白色鬍碴的臉被氣得漲紅。他轉身離開，口中還唸唸有詞，結果撞上了溫斯頓。溫斯頓很客氣的拉住老人的手臂。

「我可以請你喝一杯嗎？」他問道。

「你眞是個紳士，」老人再度聳了一下肩膀回答，他好像沒察覺到溫斯頓的藍色工作服。「一品脫，」他轉頭挑釁的對酒保說，「一品脫的眞快樂。」

酒保取出兩個放在吧檯下桶子裡的厚重乾淨玻璃杯，各注入半公升深褐色的啤酒。啤酒，是你在無產階級酒吧裡唯一能喝到的飲料，無產階級沒有資格喝琴酒，儘管他們很輕易就可以弄到手。射飛鏢遊戲又如火如荼的重新展開，吧檯前的一群人也開始談起樂透彩。溫斯頓的存在已經暫時被遺忘了。窗戶底下有張松木製的桌子，那邊位置隱密，溫斯頓毋須擔憂自己和老人的對話不小心被聽見（儘管此舉極危險，但至少他一進門便先確認過這屋子裡沒有半個顯示幕）。

「他只要用一品脫就可以打發我，」老人一邊抱怨，一邊放好酒杯坐下，「半公升不夠，無法令人滿意。一公升又太多了。價錢是其次，害我忍不住想跑廁所才是麻煩。」

「你年輕的時候一定見識過許多重大改變吧！」溫斯頓試探著說道。

老人一邊聽，一雙淡藍色眼珠從標靶移至吧檯，再從吧檯移到洗手間的門上，彷彿酒館空間裡曾發生過他原本期待的改變。

「以前的啤酒比較好，」他終於開口，「而且更便宜！當我還是個年輕小夥子的時候，淡啤酒（我們以前都稱「眞快樂」）一品脫四便士。當然，那是戰爭爆發前的事。」

「哪一場戰爭？」溫斯頓繼續問道。

「全部的戰爭。」老人含糊帶過，舉起杯子，再度聳了一下肩膀，「來，我敬你，祝身體健康！」

尖銳的喉結在老人細瘦的頸子上飛快的往復運動，酒杯轉眼見底。溫斯頓走去吧檯，又帶了兩杯半公升的啤酒回來。老人似乎已經把飲用一公升啤酒的偏見，拋到九霄雲外了。

「你的歲數比我大非常多，」溫斯頓說，「我出生之前你應該就已經是個成年人了，你必然記得革命發生前的日子是什麼模樣。像我這種年紀的人對那個時代的事情幾乎一無所知，只能靠著書本上的資訊認識過去，而書上說的一切也許不盡然是事實。我很希望你可以給我一些意見。歷史課本上說，革命之前的生活和現在完全不同，說當時社會上的各種壓迫、不公、貧窮遠超乎我們的想像。在倫敦，大部分的人終其一生都無法免於挨餓，半數以上的人沒有鞋穿。他們一天工作十二個鐘頭，九歲離開學校，十多個人睡一個房間。同一時間有少數人，僅有幾千個人是所謂的資本家，掌握了大量財富與權勢。他們恣意占有一切事物，絲毫不留餘地。他們住在配備三十名僕役的奢華豪宅中，他們出門時以汽車或四馬馬車代步，他們喝香檳，他們戴大禮帽——」

老人突然爲之精神一振。「大禮帽！」他說，「眞有趣，你竟然提到它。我昨天才想起一樣的東西，也不知道爲什麼；我或許是在想，已經好多年沒見過大禮帽了。它們早就被淘汰了，上一次戴它是在我弟媳的葬禮上，那是——呃，我無法告訴你日期，不過少說也有五十年前了吧。當然，你也知道，那是爲了特殊場合去租來的。」

「大禮帽倒不是非常重要，」溫斯頓耐心的說，「重點在這些資本家身上，他們和那些仰賴他們吃穿的律師、牧師等等職業的人一樣，是世界之王。所有好處全被他們占盡。而你這樣的勞工階級平民百姓，則是他們的奴隸；他們可以對你爲所欲爲，他們可以把你像畜生一樣運到加拿大；如果他們喜歡，可以強要你的女兒陪睡；他們有權命令你接受九尾鞭的懲罰；遇見他們的時候，你必須脫帽。每個資本家身邊隨時跟著一群奴才——」

老人的精神再度爲之振奮。「奴才！」他說，「這個字我可眞的好久沒聽人提起過了。奴才！這個字總是可以讓我回到過去，眞的。我記得，嗯，好多好多年以前，我經常在禮拜天下午去海德公園聽一些傢伙演講。救世軍、天主教徒、猶太人、印度人，各式各樣的人都有。其中一個傢伙，我不記得他的名字，一個感染力很強的演說者，他火力全開的批評那些人：『奴才！資產階級的奴才！統治階層的走狗！』這樣叫罵著，『寄生蟲』是他常用的另一個說法；還有『土狼』，他絕對說過那些人是土狼。當然，據說他和工黨有關係，你知道的。」

溫斯頓感覺他們兩人的對話似乎牛頭不對馬嘴。「我眞正想知道的是，」溫斯頓說，「你認爲現在的生活是否比過去更自由？你所受的待遇是否更像一個人？以前的富人，金字塔頂端的人——」

「貴族院。」老人從回憶中找出這個字。

「沒問題，貴族院也可以。我想問的是，這些人究竟會不會只憑他們有錢而你沒錢，就待你如下等人？舉例來說，你必須稱呼他們爲閣下，遇見他們的時候必須脫帽，這是眞的嗎？」

老人陷入一陣沉思。他喝掉杯子裡約四分之一的啤酒，接著開始回答。「是眞的，」他說，「他們喜歡你掀一下帽子致意，那代表一種尊敬或什麼的。我本身是不同意啦，不過我還是經常這麼做。沒辦法，人要識時務。」

「另外，我從歷史課本上看到一些內容，不知道是不是常態——那些人和他們的手下，會把你從人行道上推落到水溝裡去嗎？」

「他們之中有個人曾經推過我一次，」老人回答，「我還記得，就像昨天發生的事一樣。那是個舉辦船賽的夜晚，以前只要是舉辦船賽的夜晚，必定到處又吵又鬧。我和一個年輕小夥子在沙福茲貝里大道⑥撞成一團。他看起來是個紳士，身穿襯衫，頭戴大禮帽，外加黑色外套。他忽左忽右的走在人行道上，結果被我不小心撞上了。他說：『你走路爲什麼不看路啊？』我回他：『你以爲這條該死的人行道是你家的嗎？』他說：『你給我放尊重一點，別逼我把你這渾蛋的頭扭下來。』我又回：『你喝醉了，三十秒內不滾我就把你交給警察。』你相信嗎，他竟然用手往我胸前一推，差點害我成了一臺巴士的輪下鬼。我那時年輕，可不好惹，正打算教訓他一頓，可惜——」

溫斯頓很無奈。老人的記憶只剩下一堆無關緊要、形同垃圾的細節，即便和他問答一整天也得不到任何有參考價值的資訊。如果不要吹毛求疵，黨史文獻說不定很接近事實，它們甚至可能完全符合事實。溫斯頓

⑥沙福茲貝里大道（Shaftesbury Avenue）：倫敦西區一條重要街道，通過擁擠的聖吉爾斯與蘇活區，為一南北向的交通大動脈，兩側有許多大型劇院林立。

嘗試著最後一搏。

「也許我沒有表達清楚，」溫斯頓說，「我的意思是，你在這個世界上活了非常久，你的上半輩子是在革命之前度過的。更具體一點來說，一九二五年的時候，你已經是個成年人了；根據記憶判斷，一九二五年那時的生活比起現在，是要更好？或是更壞？如果可以選擇，你想活在那個時候，還是現在？」

老人像進入了冥想般盯著標靶瞧，接著以比剛才稍慢的速度喝完了啤酒。一開口，某種寬容慈悲的氛圍隨之散發出來，彷彿啤酒撫慰了他的靈魂。「我知道你希望我說什麼，」他平靜的回答，「你希望我說，我想重新再年輕一次。如果你去問他們，大部分的人都會說他們想重新再年輕一次。年輕的時候你身強體健，等到我這年紀毛病就多了。我的腳經常莫名其妙的疼，膀胱更是不行，一個晚上得起床尿個六、七次。另一方面，當個老人也是有優點的，某些事情你再也不必操心，再也不必和女人打交道，這是件好事。你相不相信，我已經將近三十年沒有和女人親熱過了。反正我也不想。」

溫斯頓身體靠著窗臺，頹坐在椅子上。繼續下去只是浪費時間。他正準備再買幾杯啤酒回來，老人卻一溜煙的起身，迅速晃進一旁飄著刺鼻尿騷味的廁所，那多出來的半公升啤酒開始在他身上發揮作用了。溫斯頓望著空酒杯，在椅子上呆坐了大約一、兩分鐘，也沒留意自己後來是怎麼走出店外的。他心想，不出二十年，「革命之前的日子是否比現在好過」這個既簡單又重要的問題，將徹底失去獲得解答的機會。然而實際上，就算是現在也無法找到答案，因爲那些古早時代遺留下來、分散各處的倖存者，恐怕也沒有能力比較兩個時代的差異。他們記得成千上萬無用的片段、同事間的口角、尋找失竊的單車打氣筒、自己已經過世姊妹臉上的表情，還有七十年前某個風勢強勁的清晨出現的沙塵氣旋……但他們眼中卻看不見所有相關的事實。

他們和螞蟻一樣，只忙著注意小東西，對大型物體視而不見。因此當你的記憶消退、文字記錄造假這兩項條件都成立的時候，你便必須接受，黨所宣稱人民生活水準得到改善的說法，因爲過去沒有，以後也不可能再有任何可供對照的標準。

溫斯頓的思考迴路此刻突然中止。他停下腳步仰望。那是條狹窄的巷道，幾處光線黯淡的小商店錯落在兩旁住宅之間。頭頂上方，懸吊著過去可能曾經閃亮、如今嚴重褪色的三顆金屬球——他好像認識這個地方。沒錯！他就站在購買日記簿的那家舊貨商外面。

一陣恐慌竄過他體內。打從買下那本簿子後，他便察覺自己過於魯莽，並發誓再也不到這附近活動。然而一不留神，他就被自己的潛意識牽著走，任由雙腳帶他回到原地。他之所以開始寫日記，正是想防止自己產生這種自殺式的衝動。不過他也注意到，雖然已近二十一點鐘，那家舊貨商仍在營業。他覺得與其在人行道上逗留，進入店裡反而比較不會啓人懷疑，於是他跨進了店家大門。若有人問起，他可以假裝說自己想買刮鬍刀片。

老闆剛好點亮一盞煤油吊燈，空氣中彌漫著一股不是太乾淨的溫暖味道。他大概六十歲，身形瘦弱而且駝背，鼻子很長，一副仁慈的臉，厚重的眼鏡鏡片底下躲著一雙和善的眼睛。他的頭髮近乎全白，但眉毛依舊又黑又密。他的眼鏡、他文雅而挑剔的動作及身上所穿的黑色舊天鵝絨夾克，都給人一種知識份子的感覺，彷彿以前曾是文人或音樂家。他的聲音很輕柔，聽起來像是嗓子啞了，說話的腔調比絕大多數無產階級的人有氣質些。

「在人行道上我就認出是你了，」老闆立刻說道，「你是買下那本輕熟女紀念冊的先生。那紙質眞的很美，很細緻，以前被稱作米色直紋紙，至少已經停產……呃，我敢說超過五十年了。」他透過眼鏡上方的空隙瞧了溫斯頓一眼，「有什麼事情需要我幫忙嗎？或者你只是想隨便逛逛？」

「我碰巧經過，」溫斯頓避重就輕的回答，「所以順便進來看看，並沒有什麼特別要找的東西。」

「這樣正好，」老闆說，「因爲我不認爲店裡還有能滿足你的東西。」一邊用斯文軟嫩的手擺了個道歉手勢，「如你所見，說這家小店僅剩下空殼一點也不爲過。告訴你一個祕密，古物生意快要沒辦法做了，不再有需求，也不再有庫存。家具、瓷器、玻璃杯盤每一樣都逐日減損，更不用提金屬物件，幾乎全被回收熔掉；我已經好幾年沒見過銅製燭臺了。」

事實上，狹小的店面裡塞滿了東西，但找不出任何一件稍有價值的物品。可供踩踏的地板面積頗有限，因每堵牆邊均堆置了許多蒙塵的相框。櫥窗裡眾多托盤上擺著螺絲螺帽、鑿子、過度磨耗的破斷小刀，鏽蝕到甚至無法拿來做裝飾的手錶，還有其他各式各樣的垃圾。唯有角落的一張小桌子擺著一些奇特的玩意兒，如表面上漆的鼻煙盒、瑪瑙胸針等諸如此類的東西，看起來好像藏有意想不到的驚喜。溫斯頓走向小桌，發現有個圓形光滑的物體在燈光下閃爍，他伸手取了過來。

那是一塊沉重的玻璃，一邊有弧度，另一邊則是平面，構成了半球狀的外型。玻璃的顏色與紋理很罕見，有種雨水般溫潤的透明感。玻璃內部正中央，有個被曲面放大的粉紅色形體，姿態奇特旋繞，令人想起玫瑰或海葵。

「這是什麼？」溫斯頓感興趣的問道。

「珊瑚，那是珊瑚，」老闆回答，「它一定是從印度洋來的。以前他們習慣把珊瑚鑲嵌在玻璃裡面。這不是過去一百年內所製造出來的東西，從外觀判斷，年代應該更久。」

「眞是賞心悅目。」溫斯頓說。

「眞是賞心悅目，」老闆也有同感的表示，「不過現在已經很少有人這麼說了。」他咳嗽了一聲，「那麼，如果你喜歡，就賣你四塊錢。我記得類似物品當初可以賣到八英鎊，而八英鎊是……嗯，我算不出來，總之不少錢。但如今誰還在乎眞正的古董，即便它們已經所剩無幾？」

溫斯頓馬上付了四塊錢，順手將這件珍貴寶物放進口袋。這塊玻璃之所以如此吸引他倒不是因爲美麗的外觀，而是它蘊含著某種與現在全然不同、屬於另一個時代的氣氛。他從未見過這種如雨水般溫潤的透明玻璃。儘管他猜得到這東西從前必定是拿來做爲紙鎮，但它的巧妙之處在於——根本看不出有什麼用途。雖然放得進口袋，重量卻不可小覷，幸好體積小巧並不顯眼。這種東西只要出現在一名黨員手中，便會被視爲可疑物品，甚至是違禁品——任何古老（尤其是美麗）的東西，總是容易引起懷疑。收到四塊錢以後，老闆的神色明顯變得愉悅許多；溫斯頓發覺，如果剛才殺點價，也許對方兩、三塊錢就願意成交了。

「樓上還有另一個房間，你可能會有興趣看看，」老闆說，「那裡面沒有多少東西，只剩下幾樣。假如要上去，我們會需要一盞燈。」

他點燃另一盞燈，彎著腰，緩緩領著溫斯頓爬上又陡又舊的樓梯，穿過窄小的走道，進入一個背對街道、正朝鵝卵石廣場與一大堆煙囪的房間。從房間的家具擺設來看原本似乎有人住——地板上有條地毯，牆壁上掛了一、兩幅照片，壁爐前放了一張邋遢的深色扶手沙發，壁爐架上老式的十二刻度鐘面玻璃時鐘仍盡責的走著，窗戶底下擺著一張仍然鋪有床墊的超級大床，差不多占了四分之一個房間大。

「我內人去世之前，我們就住在這裡，」老闆帶著幾分歉意的說，「我把家具逐樣賣掉了……那或許會是一張精緻的桃花心木床架，前提是你必須有辦法解決裡面的蛀蟲，但我敢說，你會發現有些棘手……」

老闆把燈舉高，以便照亮整個房間。在溫暖昏暗的光線下，這個地方看起來意外的讓人喜歡。溫斯頓的腦袋快速閃過一個想法，假如他有膽量冒險，對他來說以每週幾塊錢代價租下這個房間並不困難。但如此狂放不羈、天馬行空的念頭，不能讓它在腦海停留片刻，要立刻刪除；然而，這個房間喚醒了他的鄉愁，某種年代久遠的記憶。他彷彿很清楚安坐在這樣的房間裡是什麼感覺——躺在爐火旁的扶手沙發上，把腳擱在壁爐擋板上，茶壺擺在爐子上燒水，全然孤獨，全然放心，沒有人監視你，沒有人催促你，除了茶壺汽笛和時鐘齒輪合奏的背景音樂，沒有其他聲響。

「沒有顯示幕！」他忍不住暗自低語。

「哈，」老闆聽見之後說，「我從來沒用過那東西。太貴了。而且不知道爲什麼，我始終不覺得需要它。那邊角落有張還不錯的摺疊桌，當然，如果你想要它能收摺，得必須換上新絞鍊才行。」

另一邊的角落有座小書櫃，溫斯頓好奇的走了過去，裡面僅剩下一堆垃圾——和其他所有地方一樣，搜尋並摧毀書籍的行動，在無產階級所屬的區域也被徹底執行；大洋國境內不太可能存在任何六〇年代以前出版的文本。老闆仍提著燈，站在一幅懸掛於壁爐另一側、正對著床的紫檀邊框圖畫前。

「至於這幅畫，假如你恰巧對舊印刷品有興趣……」老闆迂迴的說著。

溫斯頓隨即走過去看那幅畫。一幅鋼雕版畫，上面有棟橢圓形外觀建築，開著長方形窗戶，四周圍著一圈欄杆，前方有座小塔樓，後方立了一尊雕像。溫斯頓凝視了許久，他雖不記得雕像，但感覺畫中景物好像似曾相識。

「邊框是固定在牆壁上的，」老闆說，「不過我有把握可以拆得下來。」

「我知道這棟建築物，」溫斯頓終於開口，「就在正義大廈外面那條街上，如今只剩一片廢墟。」

「沒錯，就在法院外面。它是……呃，好多年前炸毀的。它曾經是一座教堂，名字叫做丹麥聖克萊蒙教堂。」似已先自覺荒謬，老闆接著羞赧的笑著補充：「橘子和檸檬，聖克萊蒙教堂的鐘聲說！」

「那是什麼意思？」溫斯頓問道。

「噢，『**橘子和檸檬，聖克萊蒙教堂的鐘聲說**』，這是我小時候很熟悉的一首兒歌，後面怎麼唱我已經忘記了，但記得最後一句『**拿一根蠟燭帶你上床睡覺，拿一把斧頭將你腦袋砍掉**』，那是一種舞蹈，大家用手臂搭成隧道讓你從底下鑽過去，當他們唱到『拿一把斧頭將你腦袋砍掉』那一瞬間，大家會把手臂放下來捉住你。說穿了，只是把一堆教堂的名字安插在歌詞裡，倫敦所有的教堂都列在裡面——我的意思是，那些重要教堂都列在裡面。」

溫斯頓茫然思索著這座教堂究竟屬於哪個世紀。在倫敦，要判斷一棟樓房的屋齡永遠很困難。任何巨大壯觀的建築，若外表仍新，便自動被歸類爲革命後的產物；任何相對明顯老舊的建築，則一律認定它們歸屬於一段被稱作中世紀的黑暗時期。資本主義的世紀，被定義爲毫無價值貢獻的年代，你無法藉由書籍、也無法透過建築瞭解歷史。雕像、紀念碑、銘文、街道名稱等任何可能洩漏有關過去歷史的事物，皆遭到有系統的修改變造。

「我從來不曉得那裡曾經是一座教堂。」溫斯頓說。

「事實上，還有許多其他教堂留下來，」老闆說，「只是都被拿去做別的用途了。至於那首兒歌，後面到底怎麼唱的？啊！我想起來了：『**橘子和檸檬，聖克萊蒙教堂的鐘聲說，你欠我三個銅板，聖馬丁教堂的鐘聲說**……』就這樣，我只記得這些。至於一個銅板，是一枚看起來像一分錢的銅製小硬幣。」

「聖馬丁教堂以前在哪裡？」溫斯頓問道。

「聖馬丁教堂？那地方還在。就是凱旋廣場的畫廊旁邊，前面有三角形列柱廊和一大段階梯的那棟建築。」

溫斯頓對那個地方很熟。它目前是一座專門負責政治宣傳的博物館，展示各式各樣比例的模型如火箭彈、漂浮式堡壘、說明敵人暴行的蠟像場景等等。

「以前大家習慣稱它田野中的聖馬丁教堂，」老闆補充道，「雖然我不記得那附近有什麼田野。」

溫斯頓沒有買下圖畫，那是比玻璃紙鎮更不恰當的持有，況且也不可能就這樣搬回去，除非把它從外框取出。然而，他還是多逗留了幾分鐘和老闆多聊些；他因此得知，老闆的名字並非威克斯（店門口的題字或許會讓人如此判斷），而是查寧頓。查寧頓先生似乎是個六十三歲的鰥夫，已經在這家小店生活了三十年。儘管一直想改掉窗戶上的名字，卻始終沒去做。談話中，那首少了一半的兒歌不斷縈繞在溫斯頓腦海裡：『**橘子和檸檬，聖克萊蒙教堂的鐘聲說，你欠我三個銅板，聖馬丁教堂的鐘聲說！**』奇怪的是，當你對著自己這麼唱，便眞的產生聽見鐘聲的幻覺——逝去的倫敦鐘聲仍存在某處，只是被掩蓋而遭人遺忘。他的耳裡似乎傳來一座座幽靈尖塔發出的陣陣鐘響，不過，從他有記憶以來，至今還不曾在現實生活中聽見教堂的鐘聲迴盪。

與查寧頓先生告別後，溫斯頓獨自下樓，以免讓老闆看見他踏出店門口前，鬼鬼祟祟偵查外頭情況的舉動。他已下定決心，等過一段合適的時間（大概一個月），他會冒險再次造訪此處。這麼做或許不一定比缺席某個社區中心之夜危險，他最愚蠢的一點應該是，在買下了日記簿、且還不清楚店老闆底細的情況下，便貿然重回此地，但是——

沒錯，他又考慮了一次，結論是他還會再來。他要來買更多廢棄的漂亮垃圾。他要買丹麥聖克萊蒙教堂的鋼雕版畫，把它從畫框拆下，藏在工作服的外套裡帶回家。他要把那首兒歌剩下的歌詞從查寧頓先生的記憶中挖出來。就連承租樓上房間的瘋狂計畫，也一度短暫的令他心動……這約莫五秒鐘的興奮之情使他失去了警覺，竟沒先從窗戶觀察外頭情況，便直接跨出店門站上了人行道。他甚至開始自編自唱起來：「**橘子和檸檬，聖克萊蒙教堂的鐘聲說，你欠我三個銅板，聖馬丁教堂的鐘聲說……**」

但這一刻他的心瞬間結冰，還差點褲底一包——有道身穿藍色工作服的人影，正從十公尺遠不到的人行道朝他迎面走來。是編造局那個黑髮女孩。燈光雖暗，但要辨識出她的模樣並不難。女孩直視著他的臉，然後彷彿什麼都沒看見似的繼續快速前進。

接下來的好幾秒鐘，溫斯頓宛如全身癱瘓，無法動彈。回過神後，他隨即右轉，步伐沉重的離開，渾然不覺自己走錯方向。無論如何，這個問題的答案已經很明顯了，再也不必懷疑女孩是否一直暗中監視他。女孩肯定一路跟蹤他到這裡，因爲實在很難相信，兩人竟如此湊巧在同一個夜晚，行走於同一條幽暗的偏僻街道，而且還是個離任何黨員居住區數公里遠的地方。這絕對不是巧合。無論她是思想警察的暗樁，或僅僅只是個多管閒事的業餘探員，都不重要。女孩看見了他，光憑這點就足以讓他大難臨頭；說不定，剛才進入小酒館時，女孩也在一旁觀察。

此刻他連走路都很費力，每走一步，口袋裡那團玻璃便撞擊他的腿一次，令人忍不住想把它拿出來丟掉。最糟糕的是，他的腸胃竟莫名其妙的劇烈翻攪——有幾分鐘的時間，他覺得如果再找不到廁所就會腹痛而死，但這種地區不可能有公廁。不久之後，痙攣消退，只剩下單純的疼痛感。

這是一條死胡同。溫斯頓停下腳步，呆立了幾秒鐘，毫無頭緒的思索著該怎麼做，接著轉身沿原來的路走回去。此時他忽然想到，女孩三分鐘前才與他擦身而過，如果用跑的搞不好還能追上她。他可以先尾隨女孩到某個僻靜的地點，再趁機拿一顆卵石砸爛她的頭（口袋裡那塊玻璃夠硬夠重，也是個替代選項）。不過他馬上放棄了這個念頭，畢竟他連實際執行的體力都沒有——他跑不動，更無法揮拳攻擊。此外，女孩年輕體健，一定會設法保護自己。他又想到，可以衝到社區中心並待到它關門，製造一部分的不在場證明；然而，這個方法只是一廂情願，百分之百行不通。他覺得疲憊不堪，現在唯一想做的就是趕快回家，坐下來讓頭腦冷靜一番。

他回到公寓時已經超過二十二點，燈光總開關在二十三點三十分會關閉。他晃進廚房，喝了將近一整個茶杯的凱旋牌琴酒。隨後走到牆面凹處坐下，從抽屜拿出日記，但並未立刻翻開。顯示幕裡傳來一首以女性沙啞嗓音演唱的愛國歌曲。他動也不動的盯著日記的大理石紋封面，試圖用意念封鎖那女人的聲音，可惜不成功。

他們總是在夜晚動手抓人，毫無例外。最好的對策，是在他們逮捕你之前自我了斷；不必懷疑，某些人確實選擇這麼做。許多失蹤人口實際上是自殺造成的，但想在一個槍械彈藥、強效毒藥皆受到嚴格把關的世界自殺，需要必死不活的決心。他驚訝的意識到，生理上的痛苦與恐懼竟完全發揮不了作用，人的肢體永遠在緊要關頭臨陣倒戈不聽使喚，害你變得遲鈍僵硬。假如動作夠快，他本來有機會封住那女孩的嘴，只是他恰巧身陷極危險的情況，失去了反應能力。他頓時領悟，人在面臨危機的當下，眞正的敵人不是外部的對手，而是自己的身體。即便是現在，儘管有了琴酒的加持，肚子裡模糊的疼痛感依舊令他思路斷斷續續，無法連貫。然而他終於明白，所有看似英雄或悲劇的片刻，也是同樣的道理。戰場上、刑房裡、沉船中，你所捍衛的立場最後總是遭到遺忘，因爲身體會無止盡的膨脹，意識無法與之對抗；就算你沒被自己內心的恐懼或周遭淒厲的哭喊嚇傻，人生依舊是一場從不間斷的掙扎，無論是饑餓、寒冷、夜不成眠、胃酸過多，還是該死的牙痛，都不會輕易饒過你。

他打開日記。無論如何，此時此刻應該要寫些什麼。顯示幕裡的女人開始唱起另一首歌，她的聲音像塊刺入他腦中的玻璃碎片。他試著把注意力放在寫日記的動力與對象上，也就是歐布萊恩身上，卻反而開始想像自己被思想警察帶走後會發生的事。假設他們馬上殺了你則沒關係，被殺是預料中的事；儘管從不曾有人說過，但每個人都知道死前還有逃不掉的既定招供流程——卑躬屈膝趴在地上發出求饒的慘叫、骨頭碎裂的聲音、被打斷的牙齒，以及頭髮上凝結的血塊。

如果結局永遠一樣，爲何仍要忍受這一切？爲何不能將人生提前砍掉幾天或幾週？沒有人躲得過調查，沒有人不俯首認罪，一旦你屈從坦承了思想犯罪，便注定要死，差別僅是時間早晚罷了。既然如此，爲何這麼恐怖，而且這改變不了的事實只能在未來的某個時刻才會發生？

他比剛才更努力拼湊歐布萊恩的模樣。「我們將會在一個黑暗徹底絕跡的地方相逢」——歐布萊恩曾這樣對他說過，他知道（或者認爲自己知道）這句話是什麼意思。那個黑暗徹底絕跡的地方，是你永遠看不見、卻可藉由預知而神祕參與的想像中的未來。不過煩人的是，顯示幕裡的聲音一直在耳邊嘮叨干擾他的思路。他往嘴裡塞了一根菸，有一半菸絲掉落在他的舌頭上，那是種帶著苦味的粉末，沾了之後便很難再把它吐掉。老大哥的臉緩緩從他腦中冒出來，取代了原本歐布萊恩的相貌。如同幾天前曾做過的事一樣，他從口袋掏出一枚硬幣仔細審視，那張沉著、冷靜、謹慎的臉也同樣專注的望著他，然而黑色鬍鬚底下究竟藏著什麼樣的微笑？猶如喪鐘的悶沉聲響，那幾行字再度陰魂不散的浮現眼前——「**戰爭即和平　自由即奴役　無知即力量**」。

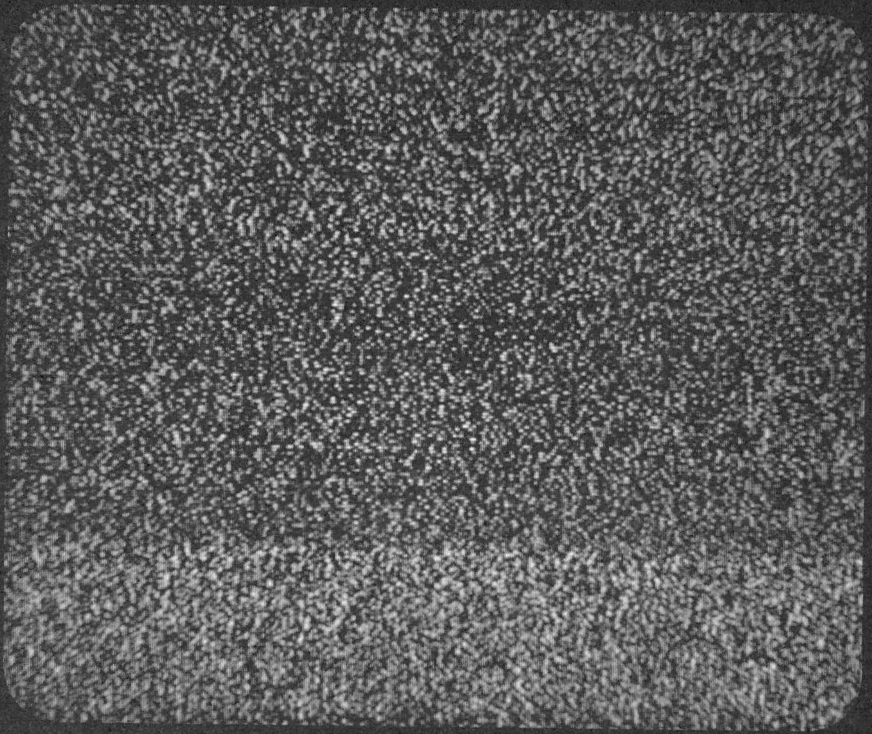

PART2.
第二部

1

上午過了一半，溫斯頓離開自己的辦公小間前往廁所。深長明亮的走廊另一端，有道孤單的人影朝他走來。是那個黑髮女孩。自從那晚在舊貨商店鋪外撞見她，又過了四天。當她再走近些，溫斯頓發現女孩的右臂吊著繃帶，由於和工作服顏色一樣，從遠處看不清楚。她可能是在安排小說結構、搖動大型萬花筒時，弄傷了自己的手——這是編造局常見的意外事故。兩人之間大約還剩四公尺距離，忽然，女孩冷不防的失足跌倒，整張臉差點貼到地面。她發出一聲慘叫，肯定是壓在自己受傷的手臂上了。溫斯頓立刻止步，女孩隨即跪坐起來——她臉色蠟黃，嘴唇看起來則比以前更加紅豔。此刻，兩人四目相交，女孩的神情與其說是痛苦，倒不如說是害怕，一副惹人憐愛的模樣。

一種奇特的感覺在溫斯頓心中流動——他眼前的人，是個想要殺死自己的仇敵；他眼前的人，也是個受了傷、甚至骨折的人類。他直覺的趨前打算幫助她，因爲當看見女孩跌在自己纏著繃帶的手臂上時，那種疼痛他彷彿感同身受。

「你受傷了嗎？」他問道。

「沒事。我的手臂還好，過一下子就好了。」她回答的時候好像非常緊張，臉色變得十分蒼白。

「眞的沒有哪裡受傷嗎？」

「沒有，我很好，過一下子就不痛了，眞的。」

她伸出安好無恙的那隻手，讓溫斯頓拉她起來。女孩的氣色稍見恢復，比剛才好了許多。

「沒事，」她又簡短的重複一次，「我只是手腕輕微撞到，謝謝你，同志！」

話一說完，她便腳步輕快的繼續朝原本方向走去，似乎眞的一點問題也沒有。整件事從頭到尾不超過半分鐘，但要將臉部表情與內心情緒切割開來，需要一種出自本能的習慣，而且他們當時正好站在一個顯示幕前方。只是，面對突如其來的驚嚇依舊非常難以掩飾——就在他扶起女孩那兩、三秒之間，女孩偷塞了一樣東西到他手裡；毫無疑問，她是故意這麼做的。那是個扁平細小的物體。進了廁所後，他便將此物放入口袋，用指尖摸索著——原來是一張摺成正方形的小紙條。

他站在小便斗前，試圖不動聲色攤開口袋中的紙條，上面顯然寫了些什麼訊息。他一度想挑一間盥洗室，馬上在裡面把紙條拿出來看，但那麼做就笨得太超過了，他也明白不可行——眾所皆知，廁所比其他任何地點更受到顯示幕的監控。

他回到自己的辦公小間坐下，把小紙條隨手丟在桌上一堆紙張中間，接著戴上眼鏡，拉近聽寫轉換器。「五分鐘，」他告訴自己，「至少要等五分鐘！」他劇烈的心跳聲簡直快要被周遭的人聽見，幸好手邊的工作是件例行公事，僅需改正一串數字，不必全神貫注。

無論紙條上寫了什麼，肯定帶有某方面的政治意涵。目前他能想出兩種可能性。第一種可能性比較高，即此女是思想警察的探員，正如他所害怕的那樣。但他不清楚思想警察爲何選擇這種方法遞送訊息，或許有其特殊理由。寫在紙條上的文字可能是一項威脅、一張傳喚通知、一道逼他自殺的命令，還是一個刻意安排的陷阱。至於另一種天馬行空的可能性，儘管努力壓抑仍無法阻擋它從思考迴路闖出來，那就是——該訊息完全不是思想警察所傳遞，而是來自某個地下組織。說不定兄弟會眞的存在！說不定女孩是兄弟會的一份子！當然，聽起來非常離譜，但從他觸碰到紙條那一刻開始，大腦始終擺脫不了這個想法。經過了幾分鐘時間，他仍想不出另一個更合理的解釋。即便是現在，雖然理智告訴自己這項訊息也許代表死亡（可是他內心並不相信，不願放棄任何荒誕無稽的希望），就算心臟猛跳，他還是拚命克制自己顫抖的聲音，朝聽寫轉換器低聲唸出眼前的數字。

他將所有完成的工作捲成一束，投入高壓氣動管路中。八分鐘過去了。他調整一下鼻梁上的眼鏡，嘆了一口氣，把下一批待辦文件移到自己面前，那張小紙條就擺在最上面。他攤開紙條，上面寫著幾個筆跡潦草的大字——「我愛你」。他因爲太過震撼而愣住好幾秒，忘了立刻將此罪證丟進記憶之洞。當回神要這麼做時，即便明白表現得過於急切可能惹禍上身，還是忍不住又瞄了一次，確認自己沒有眼殘看錯。

上午剩餘的時間他根本無心工作。比起強迫自己專注於手邊繁瑣的工作，更難的是必須在顯示幕前隱藏興奮的情緒——他肚裡彷彿有一把火在燃燒。中午在擁擠悶熱、喧譁吵鬧的員工食堂用餐，簡直是種折磨；他原本期盼午餐時間可以獨處，可惜事與願違，傻瓜帕森斯跑來他旁邊一屁股坐下，並開口大談仇恨週的準備活動，身上強烈的臭酸汗味瞬間蓋過了四周微微飄散的燉菜氣味。帕森斯特別熱中自己女兒所屬的少年糾察隊，還特別精心製作寬達兩公尺的老大哥頭部紙材模型。更令人惱怒的是，在一片吵雜聲中，他很難聽清楚帕森斯究竟說了什麼，只得不斷要求對方重複一些智障無腦的敘述。兩人談話間，他一度瞥見女孩和另外兩名女性友人同坐在食堂遠處的一張桌子。女孩似乎沒看見他，他也沒再往那個方向望去。

下午的時間更難熬。午餐後，溫斯頓收到一份相當複雜精細的工作，可能得先把其他事情排開、好專心花上幾個鐘頭處理；其中包含僞造一系列兩年前的生產資料，藉此醜化一名優秀的內黨成員，大損其形象。這是溫斯頓最擅長的拿手好戲，兩個鐘頭的時間裡，他成功的把女孩忘得一乾二淨。隨後又不自覺想起女孩的臉，心中升起一股渴望獨處、按捺不住的狂暴衝動。除非獨自一人，否則無法釐清該如何面對事情接下來的發展。今晚得出席社區中心的活動，他隨便吃完無味的一餐，急忙趕赴嚴肅而愚蠢的小組討論，打兩場桌球，喝幾杯琴酒，花半個鐘頭聽一堂名爲「英社與圍棋的關係」課程。儘管心裡萬般厭倦，但這次卻沒有中途落跑的念頭——在看見「我愛你」那幾個字之後，一股求生意志激勵了他，爲一點小事就輕易冒險實在不怎麼明智。直到超過二十三點鐘，他才踏入家門，躺上自己的床，他，可以不受干擾的思考——在黑暗中，只要保持安靜，你基本上是安全的，顯示幕也奈何不了你。

首先，有個現實面的問題需要解決——如何與那個女孩聯繫並安排雙方密會。他已完全排除了女孩故布疑陣的可能，他知道事情並非如此，因爲女孩塞紙條給他的那一刻，身上散發出一股不容錯認的激動——她顯然非常害怕，她應該要害怕。此外，他也絲毫不排斥和女孩進一步接觸；五天前的夜晚，他企圖用卵石砸爛女孩的頭那件事如今再也不重要了。他想像著女孩年輕赤裸的肉體，就像曾經在夢裡看見過的那樣。他原本以爲女孩和其他人一樣無知可笑，腦袋裝滿謊言與仇恨，內心冷酷無情。這時他突然一陣恐慌，擔憂自己可能會失去她，讓那年輕雪白的肉體從指間溜走。他最怕的是，自己沒有儘快回應，結果女孩改變心意。但兩人實際會面的難度實在太高了，就像下棋時，被將了軍還想走下一步那麼困難。無論到哪裡，顯示幕都會監視著你⑦。事實上，所有可能與女孩溝通的管道，他在收到紙條的頭五分鐘內就全想遍了；不過，現在他有時間一個接著一個，彷彿將器材排列於桌上一般，重新仔細過濾一次。

顯而易見，今早發生的那件意外不可能再度上演。假設她在紀錄局工作，事情會相對的好辦些，畢竟溫斯頓不是很有把握編造局的所在，而且也沒有藉口前往該區域。如果他知道女孩的住處、何時下班，便可在女孩回家途中現身，設法攀談；然而，跟蹤她也不全然妥當，因爲這樣代表他必須在眞理部大樓外徘徊，很容易引起注意。至於寄信給她更不用列入考慮；所有信件在寄送過程中，照例都要打開檢查，此乃公開的祕密。實際上，很少人會寫信，若偶有需要郵寄某些訊息，就去購買一種已經印好一大堆語句的明信片，再將上面不適合的文字刪掉即可使用；況且，他連女孩的名字都不知道，更遑論她的住址。想來想去，依他判斷，最安全的地點是食堂。假如有機會看見女孩獨自一人坐在靠近食堂中央、遠離四周顯示幕的桌子，而旁邊的人聊天吵鬧的音量夠大，那麼，說不定會有三十秒的空檔可以交談幾句。

往後的這一週，他的生活有如一場焦躁不安的夢境。第一天中午，等到鳴哨聲響起，他離開食堂的那一刻，才看見女孩走進來，她的用餐時間大概被往後挪了一個梯次；他們擦身而過，卻沒有互瞧一眼。隔天，她在正常時間抵達食堂，但旁邊還有另外三名女孩，而且她們就坐在一個顯示幕的下方。再過來的三天更糟，女孩根本沒有出現。他的身心變得極神經質，整個人充滿一種被輕易看穿的不安全感，每個動作、每個聲音、每個接觸、每個他所說或聽見的字，都令他痛苦不堪；甚至連睡夢中，也無法忘懷女孩的身影。這幾天他完全沒興致寫日記，假如有任何事物能舒緩他的症狀，大概就是工作吧，有時他可一口氣連續麻痺自己十分鐘。他毫無頭緒女孩究竟發生了什麼事，他不知道該怎麼打聽。女孩或許人間蒸發了，或許自殺了，或許被調派到大洋國遙遠的另一端去了；最嚴重、同時也是最有可能的情況是——她改變心意，決定避開他。

隔天，女孩又再度出現。她手臂上的繃帶拆掉了，手腕則貼著一塊膠布。看見她終於現身，溫斯頓萬分欣慰，無法克制的盯著她看了好幾秒。次日，他差點成功和女孩說上話；當時他正走進食堂，女孩就坐在一張遠離牆壁的桌子，而且獨自一人。時間還早，用餐的人還不太多，排隊行列緩緩向前挪動，快要輪到溫斯頓時，餐檯邊的某個人抱怨自己被漏發了糖精，隊伍因而暫停了兩分鐘。溫斯頓領完餐盤，準備前往女孩所在的那一桌，這時仍只有她一人獨坐。他若無其事的走向女孩，視線假裝越過她找尋合適的桌子。女孩距他大約只剩三公尺遠，再給他兩秒即可達陣，結果背後忽然傳來一個聲音喊道：「史密斯！」他假裝沒聽見。「史密斯！」那個傢伙又喊了一次，這回的音量更大。看來只能到此爲止了。溫斯頓轉過身一看，原來是個平常沒什麼交情、長相傻裡傻氣的金髮年輕人，名叫威爾謝，他笑著邀請自己到他那桌的空位同坐。如此狀況下拒絕對方並不安全，被認出身分後，他不能再去和一個落單的女孩共桌而坐——那樣太明顯了。他面帶微笑的坐下，眼前的金髮白癡也回以燦爛的傻笑；溫斯頓不禁在心裡想像自己拿出一把十字鎬，從這張臉的正中央劈下。幾分鐘後，女孩身邊的位子便坐滿了人。

女孩剛才應該看見了溫斯頓朝她走來，或許她會懂得那個暗示。隔天，他特別提早到達食堂，女孩果然坐在和昨天差不多位置的桌子，又是獨自一人。隊伍中，排在溫斯頓前面的是個矮小敏捷、眼睛很小但目光

---

⑦ 無所不在的顯示幕，是本小說能見度最高的一個具體意象，代表著黨永不間斷的監控。同時，它也有影射極權主義政府為了自身的利益濫用科技、卻不思改善文明的批判意味。

多疑，外型像金龜子的扁臉男人。當溫斯頓取完餐、拿著托盤從餐檯轉身離開之際，他看見那個矮子直接走向女孩的桌子——他的希望又破滅了。儘管再過去不遠的一張桌子就有空位，但從矮子男的外表判斷，此人非常可能帶有某種私領域潔癖，八成會挑一張人最少的桌子坐。心涼了一截的溫斯頓默默跟在矮子男後面，除非能夠和女孩單獨相處，否則只好按兵不動。此時猛然發出一聲巨響——矮子男摔了個四腳朝天，托盤也飛出去，熱湯和咖啡灑了一地。他隨即站起身來，還瞪了溫斯頓一眼，似乎認定是溫斯頓絆倒了他。然而事情並不嚴重，沒什麼大礙；五秒鐘後，雖然心跳破百，溫斯頓已經坐在女孩這桌的位子上。

視線刻意避開女孩，他馬上拿起托盤上的食物開動。在其他人到來之前，趕緊開口交談是首要任務，但他的勇氣此時又被一陣恐懼斬斷——從上一次女孩主動接近他至今已過了一週，她可能改變心意了，她一定改變心意了！這場邂逅不可能會有好結果，眞實世界中不可能發生這種事。如果不是此刻剛好瞄到那位外號飄髮哥詩人、本名安普佛斯的男人，正有氣無力的端著托盤在食堂裡四處亂走找位子坐，溫斯頓應該會臨陣退縮，一個字也不敢說。安普佛斯對溫斯頓有種說不出的好感，倘若看見溫斯頓在這裡，肯定會想過來一起坐。大概還有一分鐘時間可以採取行動。溫斯頓和女孩兩人皆淡定的吃著午餐，他們所吃的食物是扁豆煮成的燉菜，稀疏得像菜湯一樣。溫斯頓開始低聲說話，兩人都沒有抬起頭；他們沉著的用湯匙把稀疏的菜湯舀進嘴裡，並利用每次吞嚥後的空檔，以精簡詞彙與平靜語調低聲交談。

「你幾點下班？」

「十八點三十。」

「哪裡可以見面？」

「凱旋廣場，紀念碑附近。」

「那裡有很多顯示幕。」

「人多的話就沒關係。」

「暗號？」

「不需要，除非看見我混在一堆人裡否則別過來。還有，別直視我，待在我旁邊就好。」

「幾點？」

「十九點。」

「明白了。」

安普佛斯並沒有看見溫斯頓，東晃西晃去了另一桌坐下。溫斯頓和女孩之間也恢復靜默，未再開口交談；儘管兩人在同一張桌子相對而坐，始終沒有互看彼此一眼。女孩快速吃完午餐閃人，溫斯頓則留下來抽了一根菸。

溫斯頓在約定時間之前抵達凱旋廣場。他繞著巨大雕花石柱的基座亂逛，上面是一尊朝南望向天際的老大哥雕像，象徵著他曾於一號航空起降區的戰役中，在那片空域擊退歐亞國的戰機群（幾年前的說法是東亞國的戰機群）。正前方的街道上還有一尊男人騎在馬背上的雕像，應該是指奧立佛・克倫威爾⑧。超過了約

⑧ 奧立佛・克倫威爾（Oliver Cromwell, 1599~1658）：英國資產階級革命領袖、軍事家與政治家，創建了英國歷史上第一支正規軍。

定時間五分鐘，女孩仍未出現，那種恐懼感再度占據溫斯頓全身——她不會來了，她一定改變心意了！溫斯頓緩步走向廣場北側，意外認出了聖馬丁教堂，為此有些開心——當它的鐘還在時，它的鐘聲會說「你欠我三個銅板」。隨後，他看見女孩站在紀念碑下方，觀看或假裝觀看貼在石柱表面、一路螺旋向上延伸的海報。現在貿然接近並不妥當，最好等她四周聚集了人潮再說。建築物山牆上的每個角度均設置了顯示幕。這時他左手邊某處傳來一陣喧鬧叫囂與重型車輛疾駛的聲音。突然間，似乎所有人都開始飛奔穿越廣場。女孩身手矯健的繞過紀念碑下方的獅子雕像，加入了奔跑的人群。溫斯頓也趕緊跟上。奔跑時，他從某些人呼喊的內容得知，押送歐亞國囚犯的車隊即將通過。廣場南側很快就圍滿看熱鬧的群眾。溫斯頓是那種遇見混亂、推擠、碰撞場面通常自動迴避到最外圍的人，這時卻拚命扭著身體往人群中央鑽。沒多久，他便來到和女孩只相差幾步的地方，不過中間還隔著一個身材魁梧的無產階級男人，和另一個體型同樣龐大、可能是他老婆的女人，兩人彷彿共築了一道無法穿透的人肉城牆。溫斯頓側身蠕動，奮力一跨，試圖用肩膀從他們之間闢開一道空隙。有一瞬間，他覺得自己的五臟六腑簡直要被這兩個壯碩的臀部碾碎，所幸他終究順利擠了過去。女孩就站在他旁邊，兩人肩並肩，目不轉睛的直視前方。

一整排卡車正緩緩駛過街道，每個角落都有面無表情手持衝鋒槍的警衛戒護站崗。卡車裡蹲滿身穿破舊綠色制服、個頭矮小的黃種人。那些帶著蒙古人血統的面孔，個個神情哀戚，漠然的從卡車車側向外凝視。卡車偶爾會因路面顛簸發出叮噹作響的金屬撞擊聲——所有俘虜都被裝上了腳鐐，一車又一車悲傷的人臉依序通過。溫斯頓知道是囚車經過，但只能斷斷續續的看見。他和女孩受到周圍人潮的壓迫，兩人的肩膀和上臂緊靠著，他幾乎感受得到女孩臉頰的溫度。女孩立刻採取主導姿態，和她在食堂的方式一樣，開始以當時那種平靜的語調說話，嘴唇盡量保持不動並放低音量，讓自己的話能輕易被群眾交談與卡車行駛的噪音淹沒。

「你可以聽見我說話嗎？」

「可以。」

「你禮拜天下午可以請假嗎？」

「可以。」

「那你仔細聽好。你必須把這些記下來。去帕丁頓車站——」

一連串如軍事命令般精確的指示令他驚訝，女孩爲他說明著路線規畫。搭半個鐘頭的火車——出了車站左轉——沿著大街走兩公里——頂端缺少橫木的柵門——穿越田野的小路——草木繁茂的古道——灌木叢之間的小徑——長滿苔蘚的枯樹……她的大腦宛如內建了一份地圖。

「剛才那些你都記得嗎？」她最後低聲問道。

「記得。」

「你先左轉，再右轉，然後再左轉。那道柵門頂端缺少橫木。」

「好的，什麼時間？」

「大概十五點。你可能需要在那裡等一下。我會走另一條路過去。你確定全部都記得？」

「記得。」

「趕快從我身邊離開。」

她原本不需要特別提醒溫斯頓這件事，全因他倆被圍困在群眾之間動彈不得！押解囚犯的車隊繼續通過，眾人仍意猶未盡的駐足觀望。一開始噓聲不斷，然而都來自人群之中的黨員，不久便停止了。現場僅剩下好奇的情緒——無論是來自歐亞國或東亞國的外國人，皆被視爲一種奇特的動物；除非他們以俘虜模樣出現，否則你一輩子也看不到半個外國人，甚至即便他們成爲俘虜，你能瞥見他們的機會都非常短暫。扣掉少數獲判戰爭罪遭吊死的人犯之外，沒有人知道其他俘虜的下場——全都下落不明，據信應該是被送去強制勞改營。在那些蒙古圓臉的俘虜經過之後，接下來是一些骯髒、蓄鬍、疲憊，比較接近歐洲風格的面孔。這些滿臉鬍碴的俘虜，投射過來的目光偶爾會令溫斯頓察覺到一種怪異的緊張感，不過，瞬間即逝。這時押解車隊已經快要全部駛離。最後一輛卡車上有個老人，他散亂的灰髮蓋住了半張臉，昂首挺立，雙手垂放身前自然交叉、好像很習慣被銬在一起。溫斯頓差不多該和女孩分開了，臨別一剎那，趁人群仍包圍著他們，女孩以指尖輕觸溫斯頓的手，並快速的捏了一下。

他們實際牽手的時間不可能超過十秒鐘，但兩人的手彷彿緊密相扣了很久。他仔細感受著女孩手的每一處，摸索著那修長的手指、細緻的指甲、因工作而粗糙長繭的手掌及手腕附近光滑的肌膚；若只是看而沒有實際觸碰，不可能知道這麼多細節。就在同一刻，他想起自己不太清楚女孩眼睛的顏色，或許是咖啡色，但有時髮色深的人眼珠卻是藍色的；此刻若偏過頭去看女孩，是個笨到不可思議的舉動。兩人緊扣的雙手隱藏在擁擠人群中，眼睛則直視前方；自始至終，女孩的視線未曾停留在溫斯頓身上，反倒是一頭鳥巢般灰髮的老囚犯一直悲哀的凝望著溫斯頓。

2

溫斯頓悠閒行走於古道上，刻意循著斑斕的樹影前進；若樹蔭中斷了，便踩在布滿陽光的金黃區塊繼續緩步向前。他的左手邊有幾棵樹，四周地面長滿了整片風信子。空氣似乎親吻著你的臉。今天是五月二日。樹林裡傳來斑尾林鴿的合唱聲。

他比約定時間早了幾分鐘抵達。這趟路途非常順利，女孩顯然考慮周詳，因此實際進行並未如他預期那麼可怕。他認爲應能放心讓女孩選擇安全見面地點；一般而言，你不能假設荒郊野外比倫敦市區安全。這裡雖沒有顯示幕，但最令人防不勝防的是可以擷取並辨識人聲的竊聽器。此外，單獨旅遊也很難不引人注意；若移動距離不超過一百公里，便毋須特別爲護照申請許可，不過有時巡邏員警會在火車站附近閒晃，他們有權核對任何黨員的身分文件或提出奇怪的問題。但今天沒有巡邏員警出現，而且從火車站一路走來，他很小心的回頭偷瞄好幾次，確認自己並未遭人跟蹤。火車上塞滿了沉浸於夏日氣息的心情大好無產階級。他所搭乘的木製座椅車廂被一個陣容龐大的家族擠爆，從年紀最老連一顆牙都不剩的老奶奶，到年紀最小剛出生一個月的嬰兒都有，他們準備花一個下午的時間到鄉下的親戚家作客，順便弄一些黑市的奶油回來，他們毫不掩飾的如此告訴溫斯頓。

古道逐漸變寬，一分鐘內他就來到女孩所說的偏僻小徑，那充其量只是一條在灌木叢間被家畜踩踏出來的凹溝。他沒有手錶，不過現在肯定還沒十五點。腳下到處是盛開的風信子，很難避開——他開始跪下來撿選，一方面打發時間，另一方面則是心裡隱約有個念頭，希望等會兒兩人見面時可以送一束花給女孩。他收集了一大把風信子，正低頭聞著淡淡的素雅花香，此刻背後突然一陣沙沙作響讓他瞬間停止動作，他很清楚那是腳踩在樹枝上造成的聲音。他繼續拾取風信子，這是最明智的決定，或許是女孩來了，但也可能是他被跟蹤了。四處張望只會更顯心虛，他一朵接著一朵撿拾。不久，一隻手輕柔的放在他肩上。

他抬頭一看，是女孩來了。女孩搖頭示意，提醒溫斯頓不要出聲，然後撥開灌木叢，迅速帶領他沿著狹窄的小徑走進樹林。女孩顯然曾經來過此地，只見她動作老練的閃避那些泥濘坑洞。溫斯頓跟在後方，手中仍緊握著花束。他一開始的感覺是放心，可是看著前方結實健美的身體，腰間綁得恰如其分的深紅色細緞帶，女孩美好的臀部曲線展露無遺，他的自卑感不禁油然而生——即便到了這個關頭，女孩在轉過身來面對他之後，依然很有可能瞬間反悔。空氣中的香味和青草綠葉使他沮喪。從火車站走來的路途上，五月的陽光，已讓他這個全身毛細孔被倫敦煤煙灰塵堆積堵塞、文弱不堪的室內生物，覺得污穢慘白；此刻他又想起，女孩至今好像還不曾在白天的開放空間看見自己。他們終於到達女孩說過的那棵枯樹。女孩躍過倒在眼前的枯木，費勁的鑽入看似沒有入口的灌木叢。當溫斯頓隨著女孩通過這片天然障礙之後，發現他們置身於一片自然而然形成的空地，這是一塊全爲高聳樹木環繞、地面長滿綠草的小土丘。女孩停下腳步並轉過身來。

「就是這裡。」她說。

他和女孩正面相對，距離僅幾步之遙，卻不敢再靠近。

「我不想在剛才那段路上說話，」她繼續說道，「以防附近藏有麥克風，雖然在那裡安裝竊聽器的可能性不高，不過還是小心為上。你永遠無法確保那些死豬當中的某一隻不會認出你的聲音。這個地方很安全。」

他依舊沒有更進一步與她互動的勇氣。「這個地方很安全？」他如傻瓜般重複了一次。

「是啊，你看這些樹。他們都是幼小的梣樹，從前不知何時被砍掉了，後來又重新發芽生長，樹幹全都變得又細又瘦，沒有任何一棵比人的手腕粗。四周根本找不到足以塞入麥克風的大型物體。況且，我以前曾經來過這裡。」

到目前為止，他們仍處於聊天階段，現在溫斯頓打算湊近她一點。女孩筆直的站在他面前，臉上的笑容帶著些許嘲弄意味，彷彿在挖苦他為何遲遲不敢採取行動。風信子從他手中慢慢滑落，好像自願投入地面懷抱似的……他牽起了女孩的手。

「你相信嗎，」他說，「直到此刻，我才知道你的眼睛是什麼顏色。」他注意到它們是咖啡色的，略淺的咖啡色，眼睫毛則是深褐色。「現在你看清楚了我的長相，你還是願意接受我嗎？」

「是的，我不覺得有什麼問題。」

「我今年三十九歲，結過婚，娶了一個擺脫不掉的老婆，有靜脈曲張的毛病以及五顆假牙。」

「我不在乎。」女孩說。

下一秒，很難判斷是誰先主動，女孩已經躺在他懷中。起初，除了完全無法相信的心情之外，溫斯頓的腦袋一片空白。這個青春軀體依偎在他身旁，一頭濃密黑髮就靠在他臉旁，而且，更棒的是，女孩真的把臉轉過來，讓自己親吻她紅嫩的嘴唇。女孩雙臂環抱著他的頸子，口中輕聲喊他達令、親愛的，還有寶貝。女孩被他推倒在地，絲毫不抵抗，準備讓他為所欲為。但除了些許肢體碰觸帶來的滿足外，實際上他並未產生肉慾方面的衝動。他只覺得不可思議與自豪，他很高興事情如此進展，卻沒有生理上的慾望。這一切發生得太快了，女孩的年輕貌美讓他害怕，不知為何，他確實已不習慣和女人獨處。女孩坐起來，撥掉頭髮上的一朵風信子，她和溫斯頓並肩坐著，一隻手攬住他的腰。

「別擔心，親愛的，不必急，我們有一整個下午的時間。這不是一個很棒的藏匿地點嗎？是我有次參加團體健行迷路時發現的。如果有任何人靠近，在一百公尺外就能聽見。」

「你叫什麼名字？」溫斯頓問女孩。

「茱莉亞。我知道你的名字，溫斯頓——溫斯頓‧史密斯。」

「你怎麼會知道？」

「親愛的，我想，我比你更擅長搜查的工作。告訴我，在我傳紙條給你那天之前，你對我的印象是什麼？」

溫斯頓完全無意對她說謊。從最糟的開始說起，或許也算是一種愛的表現。

「我痛恨看見你，」他說，「我想強姦你，然後再殺了你。兩個禮拜前，我非常認真的考慮要拿一顆卵石砸爛你的頭。假如你真有興趣知道，我當時認為你和思想警察有某種關聯。」

女孩很開心的笑了，好像把這件事當作對她高超偽裝功力的肯定。「不會吧！你真的認為我和思想警察有關？」

「嗯，或許不是直接相關。不過，從你的外表判斷……畢竟你年輕、健康，又有活力，你知道的，所以我覺得有可能……」

「你以爲我是一個好黨員，言行純潔，熱中旗幟、遊行、口號、競賽、團體健行那類東西。你以爲我只要找到一丁點破綻，就會檢舉你爲思想犯，讓你被消滅？」

「是啊，大概是這樣吧。很多年輕女孩都是如此，你知道的。」

「全是這條爛東西的功勞，」她一邊說，一邊把身上象徵青年反性聯盟的深紅色細緞帶扯下，再拋掛到一根樹枝上。接著，彷彿是剛才觸碰腰部的動作提醒了她，女孩把手伸進工作服口袋翻找，結果變出了一小塊巧克力。她把巧克力折成兩半，分一半給溫斯頓。在拿到手裡之前，他光憑氣味便聞得出那不是一般的巧克力，它的顏色較深而且有光澤，還用銀紙包裝。你一般看見的巧克力通常呈暗褐色碎裂狀，至於味道，你所能想出最接近的形容詞大概是「燃燒垃圾時的煙焦味」。然而，溫斯頓很久以前曾吃過女孩遞給他的這種巧克力，一聞到香氣，立刻挑起某些印象強烈卻又困擾的模糊記憶。

「你在哪裡弄到這些的？」他問道。

「黑市，」她毫不在意的回答，「沒錯，事實上我就是那種女孩——我對競賽活動相當拿手。我擔任過少年糾察隊的小隊長。我每個禮拜有三天晚上在青年反性聯盟當義工。日復一日，我幫他們在倫敦市區到處張貼該死的文宣。遊行中，我總是其中一個負責舉握橫旗的。我永遠看起來開朗喜悅，不逃避任何事情；永遠和群眾一起呼喊。你應該明白我想表達的意思，這是唯一能夠自保的方式。」

咬下去的第一口巧克力已在溫斯頓的舌尖融化，滋味非常美妙。不過那段模糊記憶仍在他的意識邊緣游走，難以忽略也無法還原定型，像個超出你視線範圍的物體。他隱約察覺，那是某一段希望可以重來卻辦不到的悲傷記憶，他決定排除這個雜訊。

「你這麼年輕，」他說，「至少比我小了十或十五歲，像我這種男人到底有什麼地方吸引你？」

「是你臉上的神情。我認爲值得冒險一試。對於辨識非我族類的人，本姑娘可是很厲害的。我第一眼看見你就知道你是反對他們的。」

所謂的他們，顯然是指黨，尤其是內黨，她坦率的以一種帶著憎恨和揶揄的口吻談論黨的種種；溫斯頓爲此有些緊張，儘管他心裡明白，世界上大概找不出另一個與這裡一樣安全的場所。最讓他驚訝的是，女孩竟然滿嘴粗話，出口成髒。黨員不該使用咒罵的言語，溫斯頓自己本身也鮮少爆粗口（最起碼音量都不大），然而，一旦提到黨，尤其是內黨，茱莉亞似乎無法不用那些經常出現在污穢暗巷、胡亂塗鴉在牆壁上的字眼。他並不討厭這種行爲，這不過是對黨及其一切作法極爲反感所引起的徵狀，而且不知爲何竟散發出一種再正常健康不過的感覺，就像馬聞到腐壞的乾草會打噴嚏一樣自然。他們離開空地，再次沿著斑斕的光影漫步，只要路面夠寬，他們便攬住彼此的腰並肩行走。他發覺少了細緞帶，女孩的腰變得柔軟許多。他們盡可能壓低音量說話；茱莉亞告訴他，走出空地後最好保持安靜。不久，他們來到小樹林的邊緣，她示意溫斯頓停下來：「別去空曠的地方，可能會被別人看見，如果我們待在這些樹的後面就沒關係。」

他們站在一片榛樹叢的影子下，即便透過數不清的樹葉篩濾，照在他們臉上的陽光依舊熾熱。溫斯頓朝遠處田野望去，一陣奇妙而漸進的衝擊襲向他的神經中樞——他見過這個地方。這是個古老的牧場，雜草參差不齊的恣意蔓延，有條小徑蜿蜒貫穿，到處都是鼴鼠丘。對面破舊的圍籬旁有棵榆樹在微風中搖曳，樹上的枝葉像女人濃密的髮絲一般輕盈擺盪。當然，在視線範圍外的附近某處，想必有條小溪匯入一個清澈的小池塘，還有鯉魚悠游其中。

「這附近是不是有一條小溪？」他低聲問道。

「是啊，那邊有條小溪，事實上，它就位在對面那塊田野的邊緣。裡面有魚，很大的那種，你可以欣賞它們在柳樹下的池塘裡漂浮擺尾。」

「黃金國度——簡直一模一樣。」他自言自語的說。

「黃金國度？」

「沒什麼，眞的。只是我在夢裡經常看見的一幅景象。」

「你看！」茱莉亞輕聲喊道。

一隻畫眉飛落在一根距離他們不到五公尺、約與兩人視線同高的樹枝上——牠或許並未發現溫斯頓和茱莉亞，畢竟畫眉停在向陽處，他們站在樹蔭下。牠先張開翅膀，隨即小心收起，接著彷彿向太陽鞠躬似的低頭致敬，然後開始放聲鳴唱。在這樣寂靜的午後時光，牠的音量大得有點嚇人；溫斯頓和茱莉亞緊緊靠在一起，入神的聽著。畫眉持續放送清亮的歌聲，絲毫不見休止，而且旋律充滿變化，曲目完全沒重複，好像刻意展現牠天生的好歌喉。偶爾略作暫停，張翅整理一下羽翼，接著又鼓起帶有點狀斑紋的胸膛重新開唱。溫斯頓心存敬意的看著這個小傢伙——牠究竟爲誰，爲何而唱？既沒有伴侶，也沒有對手關注牠。是什麼原因讓牠停駐在一根孤獨的樹枝上，對著空氣高歌鳴唱？溫斯頓心想，說不定這附近眞的藏有竊聽器。他和茱莉亞交談的音量很小，麥克風應該截取不到那麼微弱的聲音，但畫眉的歌聲鐵定會被聽見。或許在這套情蒐設備的另一端，有個身材矮小、外型如甲蟲的男子正聚精會神的監聽著。然而，畫眉悠揚的鳴唱逐漸驅散了他心中的懷疑，就像某種純淨澄澈的液體，加上樹葉篩濾過的陽光一塊兒從他頭上淋下。他停止胡思亂想，大腦也恢復平靜，臂彎裡摟著女孩柔軟溫暖的纖腰。他把女孩攬過來，彼此正面相對；女孩的身體似與他融成一體，無論他的手撫摸到哪裡，女孩便柔順似水的無條件配合。兩人的嘴唇交纏，和稍早之前生硬的接吻截然不同。當他們吻完把臉別開，兩人不禁欣然的嘆息；那隻畫眉似受到聲響驚嚇，拍拍翅膀飛走了。

溫斯頓貼近女孩的耳邊，低語道：「我現在就要。」

「這裡不行，」她也輕聲的回答，「我們回去隱密的地方，那邊比較安全。」

他們很快循著原來的路回到空地，沿途偶爾傳來細碎樹枝的迸裂聲響。進入樹林圍成的小天地後，女孩轉過身來面對他。兩人的呼吸都很急促，不過女孩的嘴角再度展露笑容。她站在原地看了溫斯頓一會兒，隨即伸手扯開自己工作服的拉鍊。接下來，他簡直興奮得快要爆炸——如同他夢裡情景的真實重現，女孩脫下衣服的速度，幾乎和當時腦海中那一幕完全一致；她拋卻衣服時姿態之高雅，好似整個人類的文明瞬間都被這個動作毀滅丟棄。女孩的軀體在陽光下顯得白皙閃耀，但此刻他並未注意到她潔白的身軀，視線卻停留在女孩長了些許雀斑、帶著輕微挑逗的笑臉上。他跪下來握住女孩的手。

「你曾經做過這件事嗎？」

「當然，做過幾百次了吧——嗯，反正做過很多次了。」

「和黨員一起做嗎？」

「是啊，都是和黨員一起做的。」

「和內黨的人做過嗎？」

「我沒有和那些死豬頭做過，我才不想。但只要稍有機會，很多人都願意，他們根本不像外表看起來那麼神聖。」

溫斯頓心中大爲欣喜。女孩已經被搞過幾十次了，他甚至希望是幾百次或幾千次。任何隱含敗壞墮落的跡象，總令他產生無限想像。誰知道，說不定黨的內部早已腐爛，它所推崇的勤奮刻苦與克己無私，其實都只是爲了遮掩自身的不公不義。假設他能傳染痲瘋或梅毒給那一大堆人，他會非常樂意去做！任何破壞、弱化、侵蝕黨的行爲他都贊成！他把女孩的身體往下拉，兩人面對面的跪著。

「聽著，和你搞過的男人越多，我就越愛你。你明白嗎？」

「完全明白。」

「我痛恨純潔，我痛恨善良，我不願看見世上任何一個角落有美德存在。我想要看見每個人都爛到骨子裡。」

「親愛的，聽起來，我和你眞的超級登對。我確實爛到無可救藥。」

「你喜歡做這件事嗎？我的意思並不是要問你喜不喜歡和我做，我單純指做愛這件事。」

「我愛死了。」

這應該是他最想聽到的答案。做愛，是基於動物的原始本能，而不只是因爲對某人有愛。一種純粹、無差別的慾望，那是一股能夠摧毀黨的力量。他把女孩壓倒在草地上，方才那一整片掉落的風信子中間。這次過程相當順利。不久，兩人胸口的起伏漸趨和緩，呼吸也恢復正常，一陣愉悅的癱軟讓他們從彼此身上分開。陽光似乎變得更強了些，他們都略有睡意。溫斯頓伸手撿起丟在一旁的工作服，蓋住女孩的部分身軀。

兩人很快進入補眠模式，結果這一覺睡了半個鐘頭。

溫斯頓先醒。他坐起來，看著女孩用手掌枕在自己長了些許雀斑的臉龐，依舊安穩的沉睡著。除了嘴巴之外，她的確稱不上漂亮；如果仔細看，她的眼睛周圍其實有一、兩道皺紋；一頭又黑又密的短髮，卻異常柔順。這時，他突然想起自己還不知道女孩的全名以及她住在哪裡。

此刻，這個睡得毫無防備的年輕健美軀體，觸動了他憐愛的心情；儘管如此，還是找不回稍早站在榛樹叢下聽畫眉鳴唱，心中那份全然盲目的溫柔。他拉開蓋在女孩身上的工作服，認眞端詳眼前的雪白身軀。他認爲，在過去，一個男人看見女子肉體而燃起慾念是理所當然的，可是現在你已不可能擁有純粹的愛慾或肉慾——沒有任何思緒是純粹的，因爲所有事情都牽扯到恐懼與仇恨。他們的擁抱是一場作戰，高潮是一場勝利，這是一項對黨的逆襲，這是一項政治行動。

3

「我們還可以再來這邊一次，」茱莉亞說，「通常一個藏匿處都能使用兩次。但當然得間隔一、兩個月才行。」

她醒來後舉止神態都不一樣了，變得十分警覺、有條不紊——她穿上衣服，綁好腰際的深紅色細緞帶，並開始安排回程計畫。把這種事交給她似乎非常自然，她在實務方面的幹練顯然是溫斯頓所缺少的；而且拜無數次團體健行累積下來的功力之賜，她好像對倫敦近郊的鄉間地形一清二楚。她爲溫斯頓規畫的回程途徑與來時有別，刻意要他在另一個火車站下車。「絕對不要走相同的路線回家。」她語氣堅定的說道，彷彿闡述著一條重要原則。她會先離開，要溫斯頓在原地待半個鐘頭後再出發。

離去前，她提到一處地點，兩人可以在四天後的下班時間到那裡見面。約定地點位於貧民區的一條街上，旁邊有個人聲雜沓的露天市場。她會在攤位之間到處閒晃，假裝想買鞋帶或縫線。當溫斯頓走近時，如果她確定沒有危險，就故意擤一下鼻子；否則，兩人便繼續各自行動，把對方當作不認識的路人。如果幸運，便可以在人群中安全交談約十五分鐘，討論下一次的約會。

「我現在得走了，」溫斯頓才剛聽懂指示，她便說道，「我應該在十九點三十分以前回去，我等一下必須花兩個鐘頭替青年反性聯盟發傳單或什麼的。是不是很讓人不爽？你可以替我梳個頭嗎？我的頭髮上有沒有小樹枝？你確定嗎？好了，那我們改天見，親愛的，再見！」

她撲向溫斯頓的懷中，用力的親吻他，然後轉身撥開樹叢鑽了過去，隨即近乎無聲的消失在林子裡。他還是沒問到茱莉亞的全名和住址，然而這不重要，畢竟他無法想像兩人能夠在室內空間見面，或交換任何文字訊息。

後來，他們再也沒有回去那塊樹林中的空地。五月份接下來的日子裡，他們只眞正順利完成一次做愛之旅；那是在茱莉亞知道的另一處隱密地點，某個三十年前曾被原子彈轟炸過的荒廢鄉鎭，一棟殘破教堂的鐘樓。那是個極爲安全的藏匿處，前提是你必須賭命涉險才有辦法到達。其餘時間他們僅能在街上碰面，每次都換不同地方，時間都不超過三十分鐘。在街頭通常勉強可以交談，混在人行道上擁擠人群中一前一後緩步移動，完全不看彼此一眼；交談方式很奇特，斷斷續續，如忽明忽暗閃爍的燈塔光束——遇到穿著黨制服的人或靠近顯示幕時，立刻切換至無聲模式，幾分鐘後才從先前中斷處無縫接軌的重新對話，最後，兩人走到約定的解散位置便驟然結束，然後隔天毋須任何前情提便直接往下延續話題。茱莉亞似乎對這種溝通方式很嫻熟，她稱之爲「分期對談」；同時，她也精於說話時嘴唇保持不動的伎倆。近一個月的時間裡，他們只接吻了一次。那時他們正安靜的穿過一條巷子（離開大馬路之後，茱莉亞從來不說話），突然一聲巨響，地面猛烈搖動，天空瞬間變黑，下一秒，溫斯頓已經滿身傷痕趴臥在地，仍然心有餘悸，想必是一顆火箭彈擊中了離他們非常近的某個地方。他轉頭一看，發現旁邊茱莉亞的臉一片死白，像粉筆一樣，連嘴唇也變成白色的。她死了！溫斯頓將她抱緊並親吻她的臉，結果發現茱莉亞仍有體溫與呼吸，她還活著。不過，他嘴唇卻沾上了一些粉末狀的不明物質，原來兩人臉上均覆了一層厚厚的石灰。

有幾個夜晚，當他們來到約會地點時，巡邏員警恰巧從街角走來或直升機正好在頭頂盤旋，於是只能不動聲色的擦身而過。即便情況並非那麼危險，兩人要碰面其實也不太容易。溫斯頓一週得上班六十個鐘頭，茱莉亞的工時更長，假日排休也常爲了配合工作而無法湊到一塊兒。總之，茱莉亞幾乎沒有一個晚上是完全空閒的。她耗費大量的時間參加各種課程、遊行，替青年反性聯盟發放文宣，爲仇恨週準備旗幟，幫忙收取儲蓄競賽的款項等類似事情。這麼做很值得，那些都只是僞裝的手段，她如此告訴溫斯頓。如果你在小地方守規矩，就有機會破壞大原則。她甚至勸服溫斯頓額外撥出一個晚上的時間，加入一個由熱心黨員自願參與的兼職軍品後勤工作。因此，溫斯頓開始每週一次、每次四個鐘頭前往一個小工廠（那裡通風良好卻燈光昏暗，混雜著鐵鎚單調的敲打聲與顯示幕所播放的音樂），組裝可能是用來做炸彈引信的細小金屬零件，作業內容極爲枯燥乏味。

他們在教堂鐘塔見面那次，兩人總算可以不用斷斷續續的對話。那是個陽光耀眼的下午，鐘塔上方的小房間空氣悶炙，充斥著鴿屎味。他們坐在覆蓋著灰塵、樹枝四散的地板上聊了好幾個鐘頭；兩人輪流交替，每隔一段時間起身從牆上的狹孔向外偵查，確認是否有人接近。

茱莉亞今年二十六歲。她和三十個女孩一起住在宿舍裡（永遠被一堆臭女人包圍，我恨死女人了！她如此附帶說明），和溫斯頓猜的一樣，她任職於編造局的小說撰寫機部門。她喜歡自己的工作，職務內容包含操作並維護一顆性能強大、但有點棘手的馬達。她說自己「不聰明」，但喜歡動手摸索，面對機械時能產生歸屬感。她能夠詳述製作一本小說的整套流程（從最初計畫委員會下達一般性指導方針，到最終改寫，團隊完成潤飾）。她說自己「對閱讀沒興趣」，她覺得書籍只是一種必須製造的產品，就像果醬或鞋帶一樣。

茱莉亞對六〇年代以前的事沒什麼印象，她這輩子所認識的人當中，唯有在她八歲那年失蹤的爺爺曾偶爾提及革命前的生活百態。唸書時，她是曲棍球隊隊長，也曾連續兩年贏得體操競賽獎盃。她擔任過少年糾察隊的小隊長，在加入青年反性聯盟之前，曾於青年團的某支部當過祕書。無論在哪方面，她總能獲得極高評價。她甚至被挑選到編造局底下，一個專門生產及銷售廉價黃色書刊給無產階級的色情出版部門工作（這是當事人品行無懈可擊的一種象徵），新語稱之為「色科」，她還說，在那裡上班的人都戲稱它大便屋。她在那個部門待了一年，幫忙製作、密封包裝《皮繩愉虐的故事》或《我在女校的一夜》這類小冊子，客層通常是偷偷摸摸購書的無產階級青少年，他們始終以為自己買的是違禁品。

「那些書裡面都寫了些什麼？」溫斯頓好奇的問。

「噢，全是一些可怕的垃圾。超級無聊，真的。它們的劇本就那六套，幾乎都是換湯不換藥。當然，我只負責萬花筒。我從來不曾加入改寫團隊，我不是文青，親愛的——我沒辦法駕馭那個部分。」

溫斯頓驚訝得知除了主管之外，色科內所有人員皆為年輕女孩，理由是——男人的性本能比較難控制，更容易因處理這些骯髒的東西而墮落。

「他們也不太願意讓已婚婦女去那裡工作。」她隨後又補充，「在他們心目中，女孩們絕對都是純潔無瑕的。只不過，現在你眼前就有一個例外。」

她第一次談戀愛是十六歲，對方是個六十歲的黨員，那老頭後來因為不想遭到逮捕而自殺。「幸好他死得乾淨俐落，」茱莉亞說，「要不然他會被迫供出我的名字。」從那時算起，她又和許多不同的人交往過。依她看來，人生是一件非常單純的事——你希望過得快樂，而「他們」（也就是黨）則不希望讓你得逞，因此盡可能去破壞制度，便成了你的目標；她似乎認爲「他們」奪取你的樂趣和你極力避免被抓，兩者是天經地義的事。她痛恨黨，並且用最惡毒的字眼咒罵它，卻無法提出具體批判——除非與她密切相關，否則她對黨的教條毫無興趣。溫斯頓也注意到，扣除某些已融入日常生活的單字不算，她不曾使用新語。她從未聽過兄弟會，也拒絕相信它存在。在她心中，對黨進行任何形式的組織叛亂必定失敗，唯有笨蛋才會想那麼做。眞正聰明的方法是，一邊搞破壞一邊求生存。溫斯頓暗自思索，年輕世代中有多少人像她一樣在革命的環境中成長，什麼都不知道，把黨視作和天空一樣理所當然的存在，只逃避而不敢反抗威權，如兔子遇見獵犬，本能就是選擇躲藏。

他們並未論及結婚的可能性，此事太遙遠，根本不值得考慮。即便有辦法把溫斯頓的妻子凱瑟琳除掉，也找不到一個願意接受他們結婚申請的委員會；這比做白日夢更加不切實際。

「你的老婆，她是一個怎麼樣的人？」茱莉亞問道。

「她是個——你知道新語中有一個字叫『優思想』嗎？意思是，天然純正，無法萌生壞的想法。」

「我沒聽過這個字，但我認識這樣的人，原來如此。」

接下來，溫斯頓開始說起自己的婚姻生活，奇怪的是，茱莉亞好像早已明白事情的癥結所在，而且彷彿親眼目睹或親身感受似的，竟能確切描述溫斯頓碰觸凱瑟琳後，凱瑟琳如何立刻變得僵硬；而凱瑟琳摟住溫斯頓時，好像同時也在用盡力氣推開他云云爾。他與茱莉亞談論這種事竟毫無窒礙，反正有關凱瑟琳的一切如今早已雲淡風輕，不再是痛苦回憶。

「如果不是爲了那件事，我本來還願意忍受。」他說道。他告訴茱莉亞，凱瑟琳如何固定在每週的某一晚，不帶感情且制式的逼他行使夫妻義務。「她厭惡那件事，卻想不出罷手的理由。她以前習慣稱那件事爲——你一定猜不到。」

「黨賦予我們的任務。」茱莉亞馬上接著說。

「你怎麼知道？」

「親愛的，我也上過學好嗎！十六歲以上的女生每個月要上一堂性教育的課，青年改革運動裡也有教。他們經年累月的把這些東西灌輸給你，我敢說有許多例子都很成功。當然，你很難看得出來，人的虛僞是沒有極限的。」

她隨即往下發揮這個主題。對茱莉亞而言，不管是什麼事，最終都將回到自己的性別意識身上，一旦話題觸及這個範疇，她的反應立刻變得很大。與溫斯頓不同，她早就理解黨提倡禁慾主義的深層意涵——黨，不只是爲了摧毀「性本能」所創造出的某種超越體制掌控的世界，更重要的是，黨十分樂見這種因慾求不滿而導致的歇斯底里，因爲可以把它轉化成戰爭狂熱與領袖崇拜。她的說法是：「做愛令你耗盡體力，做完之後你會覺得很快樂，對任何狗屁鳥事都不在乎。他們才不容許你那麼爽快，他們希望你身上的能量隨時瀕臨爆表。所有那些列隊遊行、歡呼慶祝、揮舞旗幟，不過是逾期發臭的性愛罷了。假如你內心快樂滿足，幹什麼爲了老大哥、三年計畫、仇恨兩分鐘他們那些爛東西感到興奮？」

非常犀利的觀點，一針見血，溫斯頓如此想著。貞潔和政治信仰之間確實有直接密切的關聯——如果不壓抑某種強烈的本能，進而利用它做驅力，黨要怎麼讓黨員保持一定程度的恐懼、仇恨與盲目？性衝動是黨的一項威脅，黨已成功將它變成一種助力。他們也將類似手段運用在父母養育子女的本能上。家庭無法被實質廢除，況且他們也鼓勵父母以近乎傳統的方式寵愛子女；至於小孩，則反其道而行，在黨的系統性培養之下，形成與父母對立的人格，同時被教導如何監控家長，甚至舉報家長的行爲偏差。家庭，儼然成了思想警察的擴編單位，以這種方式打造出的包圍網，猶如在每個人身邊安插了二十四小時全天候的同棲線民。

他的思緒忽然飄回凱瑟琳身上。假設凱瑟琳沒有那麼笨，笨到察覺不出他的思想不正確，她肯定毫不遲疑的向思想警察告發自己。然而，此刻眞正令溫斯頓想起她的，是讓自己額頭不斷冒汗、午後炎熱悶窒的空氣。他告訴茱莉亞一件事，一件十一年前同樣悶熱的某個夏日午後，他寧願沒「發生」的事。

那是他和凱瑟琳結婚三、四個月後參加的一次團體健行。當時他們在肯特郡某處迷了路，兩人原本僅落隊幾分鐘，卻因轉錯一個彎，結果發現自己來到一處古老的白堊岩採石場邊緣。他們腳下的陡峭岩壁十到二十公尺深，底部堆了許多大石頭。四周無人可問。一察覺兩人迷路，凱瑟琳立刻變得焦躁不安；她是那種就算只離開喧譁吵鬧健行隊伍幾分鐘、也會自認做錯事而心虛的人。凱瑟琳想趕緊沿著剛才的路回去，並設法脫困。然而，溫斯頓這時注意到有幾叢千屈菜生長在懸崖下方的縫隙，其中一叢有兩種顏色，一半爲洋紅色，另一半爲深紅色，很明顯是同根所生。他從沒見過這樣的情形，便要凱瑟琳來看：「你看，凱瑟琳！你看那些花。比較靠近底下那一叢。你看見了嗎？它竟然有兩種不同顏色！」

她原已轉身離開，勉爲其難走回來瞧了一眼，還一度把頭伸出懸崖，往溫斯頓所指的地方看去。溫斯頓站在她背後大約半步距離，用手扶穩她的腰際。這時，他突然發覺自己和凱瑟琳兩人全然遺世獨立，這裡沒有半個人，平靜無風，連鳥叫聲都聽不到。像這樣的地方幾乎不可能暗藏竊聽器，即便有竊聽器也只能擷取聲音。而現在是下午最炎熱、最令人昏昏欲睡的時間。太陽依舊高懸，汗珠從他臉上快速滑落，這一瞬間他想到一個念頭——

「你爲什麼不把她推下去？」茱莉亞說，「如果是我就會推她。」

「是的，親愛的，你一定會推她下去。假如換成現在的我，應該也會把她推下去。或許，我會……我也不敢確定。」

「你後悔沒推她下去嗎？」

「是的。總之，我有點後悔當初沒把她推下去。」

他倆並肩坐在罩著一層灰塵的地板上。他把茱莉亞拉近，緊靠著自己。茱莉亞則把頭靠在他肩膀上，她頭髮的香氣蓋過了鴿屎的味道。溫斯頓心想，她還很年輕，對人生仍有某些期待，她不明白將一個礙事的人推下懸崖並無法解決問題。

「事實上可能不會有任何差別。」他說。

「那你何必後悔沒推她呢？」

「我只是希望自己盡量用正面思考取代負面思考。這是一場我們贏不了的遊戲。某些形式的失敗還是比其他形式的失敗好，如此而已。」

他感覺到茱莉亞聳了一下肩膀，表示並不認同；每當溫斯頓提起這類話題，她總是提出反駁。「單一個體注定失敗，這是無可違逆的自然法則」——她不接受這種論調。她有某種死劫難逃的覺悟，知道思想警察遲早會找上她並殺了她，但在她心裡的另一處角落仍然相信，無論如何終究能夠創造出一個可以依照自由意志生活的祕密世界，而需要的條件僅僅只是運氣、狡猾及勇敢。但她不明白，世上沒有所謂「幸福」這種東西，唯一的勝利在你死了非常久之後的遙遠未來才會出現，從你對黨宣戰的那一刻起，最正確的態度就是把自己當作一具屍體。

「我們是死人。」他說。

「我們又還沒死。」茱莉亞一臉無趣的回應。

「肉體上還沒死。六個月、一年、五年，早晚的事。我怕死，你這麼年輕，想必比我更怕死。當然，我們應該努力多活幾年，不過其實沒什麼差別。只要是人，生與死都無法避免。」

「哼，胡說八道，你想和誰一起睡覺，我，還是一堆死人骨頭？你不喜歡活著嗎？難道你不喜歡這種感覺——這是我，這是我的手，這是我的腳，我是真的，我是一個實體，我是一個活生生的人！你不喜歡這個嗎？」

她扭轉過上半身，胸部壓上了溫斯頓。隔著工作服，溫斯頓仍可感受到她結實飽滿的乳房，她的身體彷彿灌注了一部分青春活力給他。

「沒錯，我喜歡這樣。」他說。

「那就別再談死亡了。聽著，親愛的，現在我們該來討論下次見面的事了。我們可以去上一回樹林裡那個地方，我們已經很久沒去了。但這次你得用不同的方式前往。我都計畫好了，你搭火車——不過，你看，我幫你把圖畫出來了。」

她俐落的把腳邊的灰塵掃成一個小方塊，接著從鴿巢中拿起一根樹枝，開始在地板上描繪著地圖。

4

溫斯頓在查寧頓先生店鋪樓上簡陋的小房間裡四處張望。窗邊那張大床已經鋪好，蓋上破舊的毛毯，外加一個沒有布套的枕頭。壁爐架上，那個老式十二刻度鐘面的玻璃時鐘仍繼續走著。他上次買的玻璃紙鎮⑨則置於角落摺疊桌上，在略顯幽暗的空間中發出微光。

壁爐擋板裡放著查寧頓先生提供的幾樣物品——一個歷盡滄桑的鐵製煤油爐、一只平底鍋，還有兩個杯子。溫斯頓點燃爐火，開始燒水。他帶了一個裝滿凱旋牌咖啡和糖精片的信封過來。時鐘上的指針顯示現在是十七點二十分，事實上是十九點二十分。茱莉亞十九點三十分就會到達。

傻瓜、傻瓜，他在心裡不停的說，明知故犯、莫名其妙、自尋死路的傻瓜。黨員所犯下的罪行中，這是最難隱匿的一種。其實此一念頭首度在他腦海出現，是摺疊桌桌面反射玻璃紙鎮造成的一幅畫面。和溫斯頓原先所想的一樣，查寧頓先生完全不介意將房間出租，很高興這樣可以爲自己帶來幾塊錢的收入。對於溫斯頓向他表明房間是用來偷情時，他也未表現出驚訝或生氣；相反的，他只是隨意漫談，假裝毫不知情，並微妙暗示自己早已老眼昏花看不清楚。「隱私是一件非常珍貴的事，」他說，「每個人都想要一個可以偶爾獨處的地方。一旦有了這樣一個地方，其他人即便知道了，幫忙保守祕密也是很正常的一項行爲。」他甚至還以一種自己隨後即將神隱的口吻，提醒溫斯頓這棟房子有兩個出入口，一個穿過後院，一個通往街上。

窗外一樓某處有人在唱歌，溫斯頓在棉布窗簾的掩護下偷瞄了一眼。六月的太陽仍未下山，陽光灑落在底下的院子中，有位手臂結實曬得通紅、身形有如諾曼式建築圓柱般壯碩的婦女，肚子上綁著一條麻布圍裙，笨重的來回穿梭在洗衣盆和曬衣繩之間，晾曬了一整排溫斯頓認爲應該是嬰兒尿布的白色正方形物品。當嘴裡沒銜著曬衣夾時，便中氣十足的以她渾厚的女低音唱著：**「這只是一場沒有結果的戀情，就像四月裡的日子輕易流逝。無論是一個眼神一個字或一個夢，都讓我魂牽夢縈失魂落魄！」**

這個旋律已經在倫敦流行了好幾週。它是音樂局底下一個負責生產、供應無產階級歌曲的子部門，所製作出眾多靡靡之音的其中一首。這些音樂的詞曲由一種稱作「詩律合成器」的設備自動編寫，完全沒有任何人爲因素介入。但婦女歌藝出色，讓這首可怕的垃圾聽起來格外動人。除了現場演唱，溫斯頓還聽見她走路時鞋子摩擦地面、街上小孩哭鬧及遠處交通吵雜的聲音；即便如此，他仍覺得房間裡十分悠靜，因爲這個地方沒有顯示幕！

傻瓜、傻瓜、傻瓜！他再度想起自己的愚蠢。他很難相信，兩人能像這樣幽會幾個星期而不被抓到。但對他們來說，擁有一個地點方便、專屬兩人的室內藏匿處，誘惑實在太大。自從那次在教堂鐘塔見面後，爲迎接仇恨週的到來，兩人工作時數遽增（儘管離仇恨週還有一個多月，但龐雜的前置事項讓每個人的工作量都隨之增加），導致他們有段時間幾乎沒法安排約會。終於，他們順利挪出同一天下午休假，兩人決定二度

---

⑨藉由削弱記憶與宣傳洗腦的方式，黨能夠任意改變一個人對過去事實的認定。在這種情形下，你幾乎不可能質疑黨的說法。儘管溫斯頓試圖拼湊出自己的過去及世界的全貌，但始終難以如願；而溫斯頓購買玻璃紙鎮的行為，則象徵他試圖和過去建立起某種連結。

造訪樹林中那塊空地。約會前一天夜晚，他們在街上短暫見了一面。按照慣例，溫斯頓混跡人群中走向茱莉亞，刻意不去看她，待兩人接近了之後，他快速瞄了一下茱莉亞，發現她似乎比平時更蒼白。

「取消了，」一確定四周安全無虞，她立刻低聲說道，「明天的事。」

「什麼？」

「明天下午我沒辦法去。」

「爲什麼？」

「嗯，老藉口，說要提早展開作業。」

溫斯頓當下無比憤怒。與茱莉亞交往這一個月來，那股慾望的本質發生了變化。剛開始，他對茱莉亞只有些微情慾，第一次做愛基本上是一項由意志主導的行爲。不過第二次以後就不同了，茱莉亞頭髮的香氣、嘴唇的味道、肌膚的觸感彷彿都滲入他體內，充斥在他周遭空氣中。茱莉亞變成他生理上不可或缺的要素，一種他不僅需要、甚至自覺享有主權的東西。因而當茱莉亞說「不能去」的時候，他內心馬上湧現一股被欺騙的感覺。但此刻人群恰巧將他們擠到一塊兒，兩人的手意外相碰，茱莉亞很快偷捏了一下他的手指，這個小動作並未刺激他的慾望，反而引發他的感性。他在心中反思，若是和一個女人一起生活，如此不可預期的失望或許是家常便飯吧，他忽然對茱莉亞生出一種從未有過的溫柔深情。他希望自己和茱莉亞是已經結婚十年的老夫老妻；他希望和茱莉亞像現在這樣漫步街頭，但必須光明正大、無憂無懼，兩人可以一邊談天說地，一邊採買各種日常生活用品；更重要的是，他希望擁有一個能讓兩人放心獨處的地方，不必搞得好像每次見面都難能可貴、不做愛就對不起自己似的。

事實上，向查寧頓先生租借小房間的主意並非在那一瞬間產生，而是隔天的某個時候他才想到。當他告訴茱莉亞這個計畫，她幾乎毫不考慮便同意。他們彼此都知道這麼做有多瘋狂，無異於把一隻腳踩進自己的墳墓裡。他坐在床沿等候時，友愛部的地窖又再度浮現腦海。宿命的恐懼究竟如何進出一個人的意識，著實令人費解；如同九十九後面必定是一百的道理，前方的死亡絕對會在未來某個時刻攔住你——你逃不過，但或許能延後它；然而，有時你反倒像存心找碴，自己選擇加速它的到來。

此時樓梯傳來一陣急促的腳步聲。茱莉亞隨即衝進房間。她提著一個粗糙的咖啡色帆布工具包，溫斯頓經常看見她攜帶那個帆布包在部門裡來來去去。溫斯頓想上前抱住她，她卻急忙閃開，一方面是因爲還沒放下手上的工具包，另一方面是她想趕緊公布驚喜。

「等一下，」她說，「先讓你瞧瞧我這裡有什麼。你是不是帶了一些超難喝的凱旋牌咖啡過來？我猜你一定會帶。你可以把那些都丟了，因爲我們不需要了，你看這裡。」

她跪坐在地，打開帆布包，取出幾支置於頂部的扳手和螺絲起子，底下有數個乾淨的紙袋。她拿給溫斯頓的第一個紙袋，有種既奇特又似曾相識的感覺——袋裡裝滿某種沉重的沙粒狀東西，手指輕輕一壓就陷下去。

「這不會是糖吧？」他問道。

「眞正的糖。不是糖精。這裡還有一條麵包，高級的白麵包，不是我們平常吃的那種爛貨；還有一小罐果醬，外加一瓶牛奶。但是你看！接下來的這個才是我最自豪的部分，我必須在外面多包一層，因爲——」

她毋須說明爲何要再多包一層，因爲那個香味已經飄滿整個房間，一股彷彿散發著他童年時期氛圍的濃醇味道。那種香味如今偶然聞得到，也許是走廊的某扇門還沒關上，隨一陣風撲鼻而至；或神祕的在擁擠街道上溢散開來，一下子又消失不見。

「是咖啡，眞正的咖啡。」他低聲說道。

「是內黨的咖啡。這裡應該有一公斤。」她說。

「你怎麼有辦法拿到這些東西？」

「全部都是內黨的貨，那些豬什麼東西都有。當然，侍者和傭人他們也可以趁機暗槓一點，而且——你看，我還帶了一包茶。」

溫斯頓在她身邊蹲下，把紙袋的一角撕開：「這是眞的茶葉，不是黑莓葉。」

「最近的茶葉很多。他們好像攻占了印度，還是什麼地方。」她含糊的說，「但是聽著，親愛的，我希望你轉過去背對我三分鐘。你去床的另一邊坐著。別靠窗戶太近。在我說好之前，你不可以轉過來喔。」

溫斯頓茫然的隔著棉布窗簾望向窗外。一樓院子裡那位手臂通紅的婦女，繼續來回穿梭在洗衣盆和曬衣繩之間。她又從嘴上取下了兩個曬衣夾，開始感情豐富的唱著：「**他們說時間會沖淡一切，他們說你一定可以遺忘，但笑容和眼淚交織多年，我的心依然糾結！**」

婦女似乎已經把這整首毫無意義的歌背了下來。她的歌聲隨著夏日的空氣向上飄盪，非常美妙，充滿一種悲中帶喜的哀愁。你可以想像，如果六月的傍晚無止盡延伸，待洗衣物無條件供應，她會無比滿足的一邊晾尿布，一邊唱這首芭樂歌，在院子裡耗上一千年。溫斯頓突然覺得十分有趣，記憶中他從未聽過任何黨員自發性的獨唱，大概是因爲就連這麼做也會稍顯思想不純正，是種類似自言自語的危險怪異行爲，或許只有生活在饑餓困頓邊緣的人，才會想要唱歌吧！

「你現在可以轉過來了。」茱莉亞說。

溫斯頓轉身一看，差點認不出眼前的人是誰。他原本預期茱莉亞會脫光衣服，不過她並未裸體。此刻她的變化比看見她裸體更令人吃驚——茱莉亞的臉上化了妝。

她不知何時偷溜到無產階級街區的某家商店，買了一整套化妝品。她的嘴唇畫上口紅，她的兩頰抹上腮紅，她的鼻梁塗上粉底；眼睛周圍還利用某種物質加強，使雙眼看起來更明亮。她的技術不算太好，但溫斯頓對這方面的標準也不怎麼高，他以前從沒見過、更沒想過女性黨員會在臉上化妝。茱莉亞的外表大有進步，在一些正確的部位點綴少許顏色之後，她的容貌變得漂亮多了；最重要的是，看上去更有女人味，她的短髮和男孩子氣工作服，甚至反而突顯了這樣的效果。溫斯頓將她擁入懷中，一陣化學合成的紫羅蘭香味闖進他的鼻孔裡，令他回想起昏暗的地下室廚房，以及那老女人黑洞般的嘴；此時此刻這味道和老女人當時所用的香水幾乎一樣，但如今，這些都無關緊要了。

「你還擦了香水！」他說。

「是的，親愛的，我擦了香水。而且，你知道我接下來要怎麼做嗎？我要設法去弄一件女人的連身裙來穿，換掉這套該死的工作褲裝。我還要穿絲襪和高跟鞋！在這個房間裡我要當一個女人，不當什麼無聊的黨員同志。」

他們脫下衣服，爬上那張桃花心木製的大床。這是溫斯頓第一次在茱莉亞面前裸露全身。直至現在，他始終都爲自己蒼白瘦弱的軀體、小腿上明顯的靜脈曲張、腳踝上變色的斑塊而羞愧。

房間裡沒有床單，他們直接躺在一條已經磨禿的平滑毛毯上，床墊的尺寸與彈性讓兩人大為驚訝。「裡面肯定藏了許多臭蟲，但誰在乎呢？」茱莉亞如此說道。除了在無產階級者的家中，你現在根本看不到這種雙人床——溫斯頓小時候曾經睡過這種大床；茱莉亞印象中，完全沒有過這樣的經驗。

不久他們便睡著了。過了一會兒，溫斯頓先醒來，時鐘的兩根指針已爬到接近「九」的位置。他並沒有亂動，因為茱莉亞把頭枕在他的臂彎上。茱莉亞臉上大部分的胭紅、粉底都轉印到枕頭和他的臉上，但臉頰殘留的些許明亮胭紅讓她的側臉看起來格外美麗。一道金黃色夕陽餘暉映在床腳，照亮了壁爐，爐火上平底鍋裡的水正燒得沸騰。一樓院子裡的婦女已不再歌唱，但他依然隱約聽見遠處街上兒童的吵鬧聲。他胡亂思索著，一個微涼的夏天傍晚，一對男女一絲不掛的賴在床上，想做愛時就做，想說什麼就說什麼，沒有被迫起床的壓力，只是躺著聆聽外面傳進來的祥和喧囂……這樣的光景，在已遭廢除的過去究竟算不算正常；毫無疑問，一定不可能存在著視此為理所當然的年代吧？茱莉亞也醒了，她揉一揉眼睛，用手肘撐起身體，並望向煤油爐。

「水燒掉了一半，」她說，「我等一下起來煮一些咖啡，我們還有一個小時。你的公寓幾點熄燈？」

「二十三點三十分。」

「宿舍是二十三點整。不過你要提早回去，因為——嘿，滾出去，你這個骯髒鬼！」

她迅速彎下腰伸手到床底，撿起地板上的一隻鞋，像個男孩子一樣振臂一揮往牆角擲過去，和那天早上進行仇恨兩分鐘的時候，溫斯頓看見她拿字典丟高斯坦的動作如出一轍。

「那是什麼？」他嚇了一跳，急忙問道。

「是一隻老鼠。我看見牠從壁板後面伸出討厭的鼻子，那邊底下有一個洞。反正我把牠趕跑了。」

「這個房間裡！」溫斯頓自言自語，「有老鼠！」

「牠們無所不在，」茱莉亞又躺回床上，淡定的說著，「我們宿舍的廚房裡也有，倫敦某些地方的老鼠更是多到嚇死人。你知道牠們會攻擊小孩嗎？牠們眞的會。有些區域的媽媽都不敢讓自己的小孩落單超過兩分鐘，應該是那種棕色大老鼠幹的。最噁心的是，那些壞蛋總是……」

「不要再講了！」溫斯頓緊閉著雙眼說道。

「親愛的，你變得好蒼白。怎麼回事？是不是牠們讓你覺得不舒服？」

「世界上最可怕的就是——老鼠！」

茱莉亞隨即抱住他，手腳並用交纏著他，好像想用體溫撫慰他。溫斯頓並未立刻睜開眼睛。有好幾分鐘的時間，他感覺自己又陷入這輩子一直不斷重複、無法擺脫的噩夢之中。夢境基本上千篇一律——他站在一堵黑暗的牆壁前方，牆的另一邊是某種難以承受、恐怖到讓他不敢面對的事情。自我欺騙，永遠是他在夢裡最深的感觸，因爲其實他知道那堵黑牆的後方是什麼。如果他願意拚命，像把自己的腦扯下一塊那樣，他甚至能將牆後的東西拖到陽光下現形……只可惜他的夢總在逃避與畏懼中結束，但不知爲何，這些卻和茱莉亞剛才被他打斷的那些話產生了連結。

「對不起，」他說，「沒什麼事，我不喜歡老鼠，如此而已。」

「別擔心，親愛的，我們不會讓那些壞蛋留在這裡。等一下離開前，我會用幾條破布把洞塞住。下次我們來的時候，我會帶一點石灰，把洞徹底塡起來。」

那陣短暫的暗黑恐慌已經淡去，他覺得有些不好意思，於是靠著床頭坐起來。茱莉亞下了床，穿上工作服，很快的煮好咖啡。從平底鍋溢散出的氣味非常濃郁強烈，於是他們關上窗戶，以免引來外面閒雜人等的注意和懷疑。比咖啡味道更令人驚豔的是，加了糖以後的柔滑口感，長年使用糖精的溫斯頓幾乎不記得這種滋味了。茱莉亞一隻手插在口袋，另一隻手拿著塗了果醬的麵包，漫無目標的在房間裡轉來轉去——隨意看了一下書架；談論著怎麼修理摺疊桌；又一屁股坐進破舊的扶手沙發，測試它舒不舒服；並一臉鄙夷的檢視那個可笑的十二刻度時鐘；還將玻璃紙鎮帶到光線較充足的床邊欣賞，溫斯頓從她手中接過了紙鎮，一如既往的為那雨水般溫潤的透明玻璃著迷。

「你認為這是什麼呢？」茱莉亞問道。

「我認為它什麼都不是；我的意思是，我認為它從來沒有被拿去做任何用途，這是我喜歡它的地方。這是一小塊他們忘了修改的歷史，這是一項來自百年前的訊息，假如你知道該如何解讀的話。」

「那幅畫呢？」茱莉亞朝掛在對面牆上的鋼雕版畫，略微揚了揚下巴，「它也有一百年歷史嗎？」

「應該更久，我敢說，至少有兩百年吧。沒有人能確定。任何東西的年代，如今都無法判斷了。」

她走過去看那幅畫。「那隻壞蛋的鼻子就是從這裡冒出來的，」她碎唸道，還朝版畫正下方的壁板踢了一腳，「這是什麼地方？我以前好像在哪裡看過。」

「那是一座教堂，或者應該說，它以前是一座教堂，名字是丹麥聖克萊蒙教堂。」查寧頓先生唱給他聽的那段旋律此刻又在腦海播放，他有點懷念的唱著：「『**橘子和檸檬，聖克萊蒙教堂的鐘聲說！**』」

令他訝異的是，茱莉亞竟接著唱出下一句：「『**你欠我三個銅板，聖馬丁教堂的鐘聲說！你什麼時候才**

要還我？老貝利教堂的鐘聲說……』我忘了後面怎麼唱，反正，我記得結尾是：**『拿一根蠟燭帶你上床睡覺，拿一把斧頭將你腦袋砍掉！』**」

這種前後呼應的感覺，彷彿兩人說的話有如通關密語。但是，在「老貝利教堂的鐘聲說」後面必定還有其他歌詞。如果有適當的提示，也許能從查寧頓先生的記憶挖掘出答案。

「是誰教你的？」他問道。

「我爺爺。我小時候，他經常唸給我聽。我八歲時，他就人間蒸發了——總之，他消失了。我一直很好奇檸檬是什麼。」她毫不在乎的補充道，「我倒看過橘子，那是一種皮很厚、整顆圓圓的黃色水果。」

「我記得檸檬，」溫斯頓說，「在五〇年代很常見。味道酸得可怕，光是用聞的就能使你牙齒發麻。」

「我猜那幅畫的背面八成有蟲，」茱莉亞說，「改天讓我把它拆下來清理乾淨。我想我們差不多該走了。我要去把臉上的妝洗掉。好煩喔！我等一下再幫你把臉上的口紅擦掉。」

過了幾分鐘，溫斯頓依舊躺在床上。房間變暗了。他翻身面向光線，臥著凝視玻璃紙鎮。這個物體令他百看不膩之處並非珊瑚，而是玻璃本身的內部空間——雖然厚重，卻和空氣一樣透明。玻璃表面有如弧形的天際線，將一個內含完整大氣層的小世界包圍其中。他覺得自己可以進入那個世界，事實上，他正和桃花心木大床、摺疊桌、鋼雕版畫及紙鎮一起待在裡面。紙鎮就是這個房間，珊瑚是他與茱莉亞的生命，永遠封存在這顆水晶球的中央。

5

賽姆消失了。有一天早上他沒來上班，幾個無腦的傢伙談論著他的曠職；第二天就再沒聽見半個人提起他了；第三天，溫斯頓到紀錄局前廊查看布告欄，其中一則告示是象棋委員會名單，賽姆曾是其中一名委員。這份名單看起來和之前的幾乎一樣，內容沒有任何塗改劃掉的痕跡，然而卻少了一個名字。這樣就夠了。賽姆的存在被註銷了——他從來不曾存在過。

天氣酷熱難耐。部門裡，迷宮般的室內空間無窗，開著空調，溫度仍維持正常，外面人行道則被曬得發燙，尖峰時間的地鐵更是臭氣薰天。仇恨週的準備目前正處於全面趕工狀態，各部門所有人員必須配合加班——遊行、集會、演講、閱兵儀式、製作蠟像、安排展覽、影片觀摩及顯示幕播放的節目等等，一切都要統籌規畫；還得搭建看臺、豎立雕像、發明口號、創作歌曲、散布小道消息與僞造相片。茱莉亞所屬的編造局已停止製作小說，改爲生產一系列內容殘暴的小冊子。溫斯頓除了平日工作範圍之外，每天還得花很多時間回溯已存檔的舊報紙，或粉飾或修改演講中可能提及的過去新聞報導。深夜時，吵鬧的無產階級群眾在街上漫遊，城鎮裡散發出一種奇特的氛圍。火箭彈更頻繁的落下，有時遠方會傳來巨大的爆炸聲，沒人能解釋究竟是爲什麼，眾多謠言也跟著甚囂塵上。

新的仇恨週主題歌曲（即所謂的「仇恨歌」）已經完成，透過無所不在的顯示幕二十四小時不停播放。

它那種野蠻咆哮的旋律聽起來實在算不上音樂，比較像是連續敲擊的打鼓聲。數百個嘶吼的尖銳嗓音，加上部隊行進時轟然如雷的步伐聲，效果相當嚇人。這首歌頗受無產階級喜愛，與熱度仍未消退的〈這只是一場沒有結果的戀情〉在午夜街頭相互較勁。帕森斯家的兩個小鬼也整天用梳子和衛生紙做成的笛子不停吹奏，令人忍不住快抓狂。現在，溫斯頓的夜間行程比過去任何時候都要更滿。帕森斯籌組的志願工作隊正在縫製旗幟、繪畫海報、於屋頂豎立旗桿，以及冒險跨街拉起鐵絲、懸掛橫幅等等，進行著仇恨週的街區布置。帕森斯吹噓，光是凱旋大廈就會有四百公尺長的旗海飄揚——他似乎如魚得水，興致盎然；酷暑與勞動甚至給了他在夜間換上短褲和開襟襯衫的藉口。無論何處有需要，他都立刻趕到，推拉鋸敲樣樣來，熱心幫忙處理各項疑難雜症，並熱情的勉勵鼓舞大家，渾身上下那如泉湧的刺鼻臭汗似乎永遠流不完。

一張新海報突然全面占據倫敦的每個角落。上面沒有標題，只有一個龐大的歐亞國士兵肖像，高約三至四公尺，手握一挺衝鋒槍靠在腰際，腳踩著一雙巨靴邁步向前，一張毫無表情的蒙古人面孔。無論從哪個角度看觀這幅海報，因透視原理而被放大的槍口好像始終都正對著你。每面牆壁的每個空白位置全都貼上，數量簡直比老大哥那幅肖像圖更多。無產階級通常對有關戰爭的事物很冷漠，此時竟也被激發出週期性的愛國主義狂熱。而彷彿爲了配合當下氣氛似的，火箭彈造成的死傷硬是比平時還要慘烈得多——其中一顆砸在史塔尼某處客滿戲院上方，幾百名受害者被活埋在廢墟底下，喪禮時，附近居民出席排列成綿延不絕的人龍，群情激憤，過程持續了數個鐘頭，儼然一場抗議行動；另一顆炸彈掉落在一處被當作兒童遊戲場的廢棄荒地中央，數十名孩童被炸得血肉橫飛，更嚴重的示威遊行隨即爆發，高斯坦的人像遭到焚毀，好幾百張歐亞國士兵的海報也被撕碎，一併丟入烈焰燒成餘燼。還有許多商店在騷亂中無端受到劫掠；接著又有傳言指出，間諜利用無線電波操控火箭彈，結果一對老夫婦僅僅因爲被懷疑具有外國血統，房屋便莫名其妙的遭放火燒毀，兩人都嗆死在屋裡。

查寧頓先生店鋪樓上的小房間裡，當溫斯頓和茱莉亞前來約會時，他們總是並肩平躺在敞開的窗邊那張沒有床單的大床上，而且爲了更涼快些還會赤身裸體。老鼠再也沒出現過，倒是天氣變熱使臭蟲增加了好幾倍。然而這不重要，乾淨或骯髒都無所謂，這個房間是天堂。他們只要一抵達，就會先用從黑市買來的胡椒灑在所有物品上，然後脫光衣物，汗流浹背的做愛，累了便睡；等他們醒來後，臭蟲也再度集結，準備發動另一波反擊。

四、五、六——七次，六月份他們見了七次面。溫斯頓戒掉了無時不刻喝琴酒的習慣，他似乎失去了對酒精的興趣；他變胖了些，靜脈曲張潰瘍症狀改善了，僅在腳踝皮膚留下一處咖啡色的斑塊；清晨時容易咳嗽的毛病也消失了；日常生活的諸多鳥事不再難以忍受，朝著顯示幕扮鬼臉或放聲咒罵的衝動也不見了。他們現在擁有一個安全的藏匿處，幾乎像個家一樣，儘管不常相見、且每次只能相處幾個鐘頭，卻不覺得辛苦，最重要的是——舊貨商樓上那個小房間依然存續著，知道它仍不受侵擾的藏身在那裡，就算人不在那兒，也能同樣帶來安定感。這房間自成一方天地，彷彿一個裝載著過去的容器，讓已經絕種的動物在此棲息。

在溫斯頓心中，查寧頓先生也是一種絕種的動物，他經常在上樓前和老闆聊個幾分鐘。老闆好像鮮少、或者從來不出門，店裡也幾乎不曾看見客人上門，他就這麼在狹窄陰暗的店鋪與後方用來煮食三餐的窄小廚房之間，過著遊魂般的生活；廚房內各式各樣的物件裡，甚至有一臺上頭裝了根巨大號角的古老留聲機。老闆似乎很高興可以與人交談；看著他在成堆不值錢的貨品之間閒逛，長長的鼻梁上掛著厚厚的鏡片，天鵝絨夾克包覆著略顯佝僂的肩膀……那種內斂的感覺，與其說他像個商人，不如說他像個收藏家。帶著某種不復當年的熱忱，他會拿起店裡某些破銅爛鐵如陶瓷製的瓶塞、破損鼻煙盒的彩繪上蓋（裝著某個早已下世嬰兒的一撮毛髮）、金色的銅製項鍊墜飾，放在手中欣賞把玩，從不問溫斯頓想不想買，只單純的分享介紹。和老闆說話就像聽一只破舊的老音樂盒演奏，他會從記憶深處角落翻出更多被遺忘的旋律片段——其中一首有關二十四隻黑鳥，另一首則關於一頭犄角彎曲的牛，還有一首和殺死可憐的知更鳥有關……一旦回想起新片段，他就會帶著點自嘲的笑稱「我猜你可能會有興趣」，然而卻沒有一首歌能湊得出超過三句歌詞。

某種程度上來說，溫斯頓和茱莉亞都知道現在正在進行的事絕不可能持續太久。有好幾次，逼近的死亡危機彷彿和他們所躺的床一樣真實可觸，於是他們懷著絕望的情慾交纏著身體，像兩個被詛咒的靈魂，在鐘響前五分鐘，把握最後機會享受愉悅的碎屑。但也有某些時候，他們對自己的處境生出了一種安全恆常的幻覺。兩人心中有共同的體悟，只要在那個房間裡真實相擁，無論什麼都傷害不了他們；雖然前去的路途困難又危險，那個房間卻是他們心靈的庇護所。每當溫斯頓凝視著玻璃紙鎮的中心，就會有種感覺告訴他，要進入那個晶瑩剔透的世界並非不可能，一旦他成功辦到，時間就能停止。他們經常藉著做白日夢來逃避現實——好運會一直常相左右，在剩餘的人生歲月裡，他們也將繼續如此偷情；或者，凱瑟琳會死去，而在巧妙無比的策畫之下，溫斯頓和茱莉亞終究可以順利結婚；或者，兩人最後會一起自殺；或者，他們會消失，改變容貌，學習無產階級講話的口音，到工廠找份差事，隱姓埋名的度過下半輩子……他們心裡都很清楚，這是天方夜譚。事實上根本沒有任何解脫的方法，甚至連最可行的「自殺」，他們也無意嘗試。撐一天是一天，躲一週算一週，在沒有未來的現狀下苟延殘喘，似乎是種壓抑不了的本能，就像一個人的肺，只要周圍還有空氣，永遠不會放棄呼吸。

有時，他們也會討論對黨發動積極反抗行動，卻不知從何開始；即便傳說中的兄弟會是眞的，要找出加入的管道談何容易。他把自己與歐布萊恩之間存在著（或說可能存在）奇特隱晦的默契，告訴了茱莉亞，說他偶爾會一古腦的想直接走到歐布萊恩面前，坦承自己是黨的敵人，請求對方協助。有趣的是，茱莉亞並不覺得這是個非常離譜的念頭。她習慣從臉部表情判斷一個人，因此她能理解「溫斯頓僅憑一次短暫眼神交會，就決定信任歐布萊恩」這個直覺。況且，她很篤定的認爲，所有人（或幾乎每個人）私底下都十分痛恨黨，如果能確保安全無虞，沒有人不想搞破壞。不過，她拒絕相信有什麼大規模組織化的反對力量存在（或可能存在），有關高斯坦和他那支地下軍團的傳聞，根據她的說法，都只是黨爲了某種目的發明出來的一堆垃圾，只是你必須假裝同意。在黨員大會和自發性遊行中，數不清到底有幾次，她曾使出最大音量要求處決她完全沒聽過的一些名字，然而那些人涉嫌的罪名她其實一點都不相信。進行公開審判的時候，她跟著所屬青年團分隊從早到晚包圍法院，並不時高呼「叛徒該死」。在仇恨兩分鐘裡，她辱罵高斯坦的聲音總是比別人激昂，然而她對高斯坦這個人及其所象徵的理念卻極爲陌生。她是革命爆發之後才出生長大的，年紀太輕，所以不記得五〇和六〇年代的意識形態鬥爭。這種獨立爲之的政治運動顯然超出她想像範圍，況且無論如何——黨是所向披靡的，它會永遠存在，永遠不會有任何改變。你唯一能採取的反抗手段只有暗中抵制，或頂多策動個別暴力事件，像是暗殺某個人，炸掉某個東西。

在某些方面她遠比溫斯頓精明，不輕易受黨的宣傳影響。有一次，溫斯頓恰巧提起和歐亞國的戰事，卻非常詫異的聽見茱莉亞以一種漫不經心的口吻說，她認爲根本沒有戰爭。每天掉落在倫敦各地的火箭彈八成是大洋國政府自己發射的，「目的只是爲了讓人民保持恐懼。」這是他從來不曾想過的一個觀點。茱莉亞還說了一件令他嫉妒的事，她覺得在仇恨兩分鐘裡，最困難的部分是必須忍住不笑出來。她僅僅在黨的教義牽涉到自己生活的情形下，才會提出疑問，因此通常不排斥官方的造神說法，畢竟事實與造假對她而言沒什麼分別。舉例來說，經過學校教育，她相信黨發明了飛機（在溫斯頓唸書時期，他只記得直升機是黨在五〇年代末期發明的；十幾年後，換茱莉亞去上學，竟然變成了飛機；再過一個世代，連蒸汽機也會變成他們的傑作）。當溫斯頓告訴她，在他出生以前，甚至早在革命發生之前，飛機就已經出現了，但她對這項事實毫無反應——畢竟，誰發明了飛機到底有何重要之處？更令溫斯頓意外的是，某一次，他偶然察覺茱莉亞並不記得「四年前，大洋國曾一方面與東亞國交戰，另一方面和歐亞國維持友好」；在她眼中，這場戰爭確實是虛構的，而且顯然沒注意到敵人的名字對調了。「我以爲我們一直在和歐亞國打仗。」她敷衍的說。溫斯頓不免有些驚訝——飛機的發明確實遠早於她出生的年代，然而戰爭局勢的轉換也不過四年前才發生的變化，她那時早已長大成人。爲此，溫斯頓和她辯論了將近十五分鐘。最後，溫斯頓成功逼出了她的記憶，她終於模糊的記起，曾有一段時期敵人是東亞國而不是歐亞國。關於這點她仍舊毫不在乎——「誰理它？」她不耐煩的說，「那些該死的戰爭總是一場接著一場，何況誰不知道那些新聞都是騙人的。」

有時，溫斯頓會告訴她紀錄局中（包括他自己在內）進行的一些無恥僞造工作，但那些事情好像不怎麼令她害怕。她並未意識到，當謊言變成事實，有如踩在一個逐漸開啓的無底洞上方。溫斯頓還告訴她有關瓊斯、阿朗森、魯瑟福的故事，以及那張曾在他指尖短暫停留的紙條；她並沒有什麼特別的感觸。主要的原因其實是——她無法領略故事的重點。

「他們是你的朋友嗎？」她問道。

「不是，我不認識他們。他們是內黨的成員。而且，他們的年紀比我大多了，他們是革命之前舊時代的人。我只是知道他們的長相。」

「那你有什麼好擔心的？一天到晚都有人被殺掉，不是嗎？」

溫斯頓試著解釋給她聽：「這是個很特殊的例子，並不是誰被殺掉的問題。你知道昨天以前的過去都被廢除了嗎？假如哪邊還有殘留的痕跡，一定是在極少數沒有附加文字的物體上，像是一盞燈或那塊玻璃。如今，我們對革命及革命之前的事一無所知，所有記錄都被銷毀或僞造，每本書都被重寫，每張照片都被重製，每座雕像、每條街道都被重新命名，每個相關日期都被更改過……這個過程日復一日持續不斷的進行著。歷史已經停止，除了一個黨百分之百正確、無窮無盡的現在之外，什麼都不剩。當然，我知道『過去』被動過手腳，可是永遠無法證明，即便自己就是進行造假的人。僞造完成後，並不會留下一絲一毫證據，唯一的證據在我們心中，而我完全不確定是否有任何人的記憶與我相同。而那一瞬間，是這輩子僅有的一次，我親手獲得一項有關當年事件的眞憑實據，而且還是在事件過了那麼多年之後。」

「那有什麼用？」

「沒有用，因爲我幾分鐘內就把它丟了。但如果今天再度發生同樣的事，我會把它留下來。」

「我不會這麼做！」茱莉亞說，「若要冒險我是不怕，不過必須是爲了某些値得的東西，不是像舊報紙這樣的小事；就算你還留著它，又能拿來做什麼？」

「是做不了什麼，我心知肚明。但那是一項證據，假設我敢把它拿出來給別人看，或許可以誘發一些質疑。我不期望自己有生之年能夠改變什麼，但你可以想像各處接連出現小規模反抗行動……由幾個人聚集在一起組成的集團，接著逐漸成長茁壯，甚至將些許記錄流傳給下一代，讓他們能在既有的成果之上繼續奮鬥下去。」

「親愛的，我對下一代沒有興趣，我只對我們自己有興趣。」

「你的叛逆只在腰部以下。」他對茱莉亞說。

她覺得這句話非常詼諧逗趣，高興的用雙臂環抱住溫斯頓。

茱莉亞對黨的教義及所有延伸的相關話題毫無興趣。溫斯頓一旦開口談起英社、雙重思想、過去歷史的可變動性、客觀現實的否定，或者新語的使用，她就會顯得百無聊賴而困惑，並說自己從未注意過那些事；而既然明白那一切都是垃圾，又何必瞎操心？她知道何時該鼓掌、何時該發出噓聲，便已足夠。假如溫斯頓執意要往下講，她還有一個絕招就是倒頭就睡，她是那種無論何時何地都能睡覺的人。與她聊天，溫斯頓才體會到，一個根本搞不清楚什麼是思想正統的人，竟能如此輕易詮釋出思想正統該有的表象。以某種角度來看，黨的世界觀最適合套用在欠缺思考能力的人身上，這些人可以被改造成一種「即便嚴重違反了現實常理的事物擺在眼前，仍不覺有異而且還欣然接受」的傻子，因爲這些人從不曾眞正理解黨強加在他們身上的無良暴行，對公眾議題也太過冷漠，鮮少關注周遭發生的變化。幸好缺乏思考能力，所以他們的腦袋不至於短路；他們幾乎把所有東西都往裡呑，反正呑下去也無害，因爲不會留下殘渣，就像無法被消化吸收的穀粒會直接從鳥類身上再排出來那樣。

6

終於發生了。期盼中的訊息終於姍然而至。他這一生，彷彿都在等待此刻的到來。

當時，溫斯頓正沿著部門裡的狹長走廊行進，差不多走到茱莉亞先前偷渡紙條給他的地點，才發覺有個身材高大的人走在自己背後。那個身分不明的人咳了一聲，顯然正準備開口說些什麼。溫斯頓立即停下腳步並且轉身，那人原來是歐布萊恩。

他們終於面對面了，溫斯頓的腦袋裡卻只有趕緊逃跑的念頭，心臟劇跳個不停。他一個字也說不出來。但歐布萊恩面不改色的繼續走過來，親切的把手搭在溫斯頓臂膀上，兩人轉而爲並肩同行。歐布萊恩開始用他與大部分內黨成員不同的獨特莊重口吻說話。

「我一直很希望有機會和你說話，」他說，「前些日子，我讀過一則你在《泰晤士報》上以新語寫的文章。我相信，你在新語的學術領域方面應該頗有心得吧？」

溫斯頓稍微回過神冷靜下來。「稱不上什麼學術心得，」他回答，「那只是一種業餘的興趣，並非我的專業。我從沒參加過和這個語言有關的實際建置工作。」

「但是你的文字非常優美，」歐布萊恩說，「而且，這不僅是我個人的意見，我最近和你的一位朋友談過，他絕對是這方面的權威。我現在一時想不起他的名字。」

溫斯頓的心跳簡直快停了。在這種狀況下，很難不去聯想歐布萊恩口中的人指的就是賽姆。然而賽姆不只是死了，他其實是被廢止了，成爲一個「非人」。任何明確提及他的語句，都足以引來致命危險，歐布萊恩的說詞無疑是一個刻意提示他的密語，一個暗號——藉由互通一點輕微的犯罪思想，他已使兩人形成一種共犯結構。他們原本一直緩緩的走在走廊上，此時歐布萊恩忽然止步，做出那仔細扶正鼻梁上的眼鏡、讓人感覺十分親切有禮的習慣性動作，接著他開口說道：

「我眞正想說的是，我注意到你文章裡用了兩個已經變成廢語的單字，不過它們不久前才被汰除爲廢語。你看過第十版的新語字典嗎？」

「還沒看過，」溫斯頓回答，「我記得好像還沒出版。我們紀錄局裡目前用的仍然是第九版。」

「我相信第十版幾個月後才會出現，但已有幾本原稿先行釋出，我自己就有一本。也許，你會有興趣想看一看？」

「我很有興趣。」溫斯頓聽出了弦外之音，馬上回答。

「某些最新進展眞是絕妙巧思。依我看來，『刪減動詞數量』這個部分應該會吸引你。讓我想一想，不如我派個人把字典帶過去給你？不過，我擔心自己很容易忘記這種事，或是你找個方便的時間到我的公寓來拿？等一下，讓我把住址寫給你。」

他們正站在一個顯示幕前面。歐布萊恩心不在焉的在兩側口袋中摸索著，隨後掏出一本皮革封面的小記事簿和一支金色的墨水筆。在如此靠近顯示幕、而且又位於這樣的角度下，任何一個位在監控設備另一端的人都能看見歐布萊恩寫了什麼，他在紙上字跡潦草的留下一行住址，並將那一頁撕下來交給溫斯頓。

「晚上我通常會待在家裡，」他說，「如果我不在，我的僕人會把字典交給你。」

歐布萊恩隨即離去，獨留溫斯頓拿著那張紙站在原地，只是這一回他毋須遮掩住紙條。儘管如此，他仍謹慎記下紙條上的內容，幾個鐘頭過後，便把它和其餘的一堆廢紙一起丟入記憶之洞。

他們頂多只交談了幾分鐘，這段插曲只可能有一種意義，那就是——爲了讓他知道歐布萊恩的住址。這是必要的，因爲除非直接詢問，否則你絕不可能知道別人住在哪裡；任何形式的通訊錄都不存在。「假如你以後需要找我，就到這個地方來」——歐布萊恩想傳達給他的必然是這個意思；說不定，那本字典的某處夾藏著一項訊息。不管怎樣，有件事是確定的——他幻想中的陰謀果眞存在，而且他已然觸到了外緣。

溫斯頓知道自己遲早會被歐布萊恩召見，或許是明天，或許是很久之後，他也不清楚。剛才發生的事，只不過是一個數年前便啓動的流程、終於進入了付諸實行的階段。第一步是在暗中自然而然的醞釀想法；第二步是開始寫日記，他已經把想法化爲文字；現在則是從文字跨入行動；最後一步是屆時在友愛部的未知經歷……他全然接受這一切。結局從一開始就已注定，但這些事依舊令人畏懼，或者更精確的說，猶如事先預視自己的死亡，彷彿抽掉自己一部分生命那樣；甚至，當與歐布萊恩說話時，在領悟了那些話語的意義之後，他的身體仍不住打了個冷顫——他感覺自己彷彿踏入濕冷的墳墓，儘管始終知道墳墓會在前方等著自己，卻並未因此覺得好過一些。

7

溫斯頓醒來時眼中充滿淚水。茱莉亞睡眼惺忪的翻過身，口中輕聲唸著聽起來很像是「怎麼了？」這幾個字。

「我夢見——」才剛開口，卻又馬上停住。那份感觸實在太複雜，難以用言語形容。夢境本身及許多相關的記憶，在他醒來這幾秒鐘全湧上了心頭。

他閉著眼睛沉澱心情，似乎仍陷溺在夢境的氛圍之中。那是個遼闊而清楚的夢，有如將他的一生在眼前攤開，像一幅夏日雨後傍晚的超廣角全景圖。這一切都發生在玻璃紙鎮裡，玻璃的弧形表面便是蒼穹，蒼穹的圓頂下所有物體都被溫暖透澈的光線照亮，視野彷彿無限延伸。在某種意義上，這個夢其實和他母親曾擺出的一個手臂姿勢有關；三十年後，他又再度於影片中，看見一名猶太婦女試圖保護懷中小男孩不被子彈所傷，而做出了相同手勢，但隨後兩人均遭直升機炸成碎片。

「你知道嗎，」他說，「直到現在我仍然相信，是我殺死了自己的母親。」

「你為什麼要殺死她？」茱莉亞半睡半醒的問。

「我沒有殺死她，而是間接害她喪命。」

他記得在夢境最後看了母親一眼，醒來後的幾分鐘內，周圍許多細節逐一浮現腦海；那必定是他多年來強迫自己意識排除掉的記憶。他記不得確切日期，但事情發生時他肯定不小於十歲。

他父親很早以前就失蹤了，至於多久以前他已經想不起來。他比較記得那個時候的紛亂不安——空襲造成的週期性恐慌；逃入地鐵站避難；四處斷垣殘壁；每個街角貼滿他看不懂的公告；身穿相同顏色服裝、成群結黨的年輕人；麵包店外大排長龍的隊伍；遠方機槍駁火間歇傳來爆裂聲響，以及最重要的一件事——食物永遠不夠吃。他記得許多漫長的下午，自己和一些男孩在垃圾桶與廢物堆東翻西找，找尋白菜的葉梗、削下來的馬鈴薯皮，偶爾甚至連沒吃完的發霉麵包也有（需小心刮除長黴發黑的部分）；此外，他們還會到某些地方等待行駛路線固定、據說載運著牲畜飼料的卡車，當這些車輛行經填補不良的路面而劇烈彈跳時，往往會掉落些許油渣餅碎屑。

父親失蹤時，母親並未顯露任何驚訝之情或深沉悲痛，只是驟然變了一個人——她看起來全然了無生趣，就連溫斯頓也察覺她正在等待某件事的發生。煮飯、洗衣、修繕、鋪床、掃地、清理壁爐架等分內家務一件也沒少做，她總是毫無一絲多餘動作的緩緩做著，宛若畫家的人體模型自行甦醒過來活動一般。她高大而勻稱的身體似乎總不自覺陷入靜止，時常一坐就是好幾個鐘頭，幾乎動也不動的待在床沿照顧妹妹（一個弱小多病、不吵不鬧的兩、三歲大孩子，一張臉瘦得像猴子）。極少數情況下，母親會一句話也不說的用力抱住溫斯頓良久。儘管年紀還小、仍不懂得關心別人，溫斯頓也知道，無論如何，這必然與即將發生、但從沒人提起的那件事有關。

溫斯頓還記得以前他們住的那個房間，裡面陰暗又沉悶，一張罩著白色床單的床鋪占去了大半面積。壁爐擋板內有個煤氣灶，架子上擺著食物；外面的樓梯平臺，有一座供幾戶人家共用的棕色陶瓷水槽。他記得母親雕像般的身體，彎著腰在煤氣灶前翻攪平底鍋裡食物的樣子；最令他難忘的是，自己從不間斷的饑餓感及吃飯時的凶惡霸道。他不斷責問母親爲什麼食物不夠，對母親發脾氣叫嚷（甚至記得自己嗓音因進入青春期而開始變聲，發出了某種低沉的爆吼）；或者，他會一把鼻涕一把眼淚的裝可憐，希望可以多分得一些食物。溫斯頓的母親也很習慣額外多給他一些，她認爲溫斯頓是「男孩」，理所當然應該獲得最好的待遇；可是，不管母親給他多少，溫斯頓永遠嫌不夠。每次用餐，母親都會請他別太自私，提醒他家中生病的妹妹也需要吃東西，卻近乎白費唇舌。母親如果不多舀些食物給他，溫斯頓便會放聲怒喊，還搶走她手裡的平底鍋與勺子，順便搜刮妹妹盤中的食物。他知道這樣的行爲會讓另外兩個人挨餓，但就是無法克制，甚至覺得自己有權這麼做；饑腸轆轆的肚子讓他合理化自己的一切惡行。餐與餐之間，若母親未多留意，溫斯頓甚至經常拿走架上所剩無幾的存糧，偷偷吃掉。

某天，發放了巧克力的配給；過去幾週或幾個月來，這項配給始終沒有下文。他對那一小塊珍貴的巧克力依然印象深刻。一片兩盎司（當時慣用的單位仍是盎司）的巧克力，按理應該平分成三等份；突然間，彷彿有個人在背後指示，溫斯頓聽見一個聲音在他心裡疾喊——整片巧克力都該屬於他。母親告訴他不能太貪心，結果卻是沒完沒了的抱怨與吵鬧，還伴隨各種尖叫、哭泣、眼淚、抗議及討價還價的花招。溫斯頓年幼的妹妹像隻猴子寶寶般雙手摟住母親，頭倚在母親肩膀上，一雙大眼睛悲傷的望著他。最後，溫斯頓的母親把巧克力折下四分之三給他，另外四分之一給了他妹妹。小女孩傻傻盯著手中的巧克力，好像搞不清楚那是什麼東西。溫斯頓站在原地觀察了一下，接著以迅雷不及掩耳的速度從妹妹手上奪走巧克力，直奔門外。

「溫斯頓，溫斯頓！」母親在後方追喊，「快回來！把你妹妹的巧克力還給她！」

溫斯頓停下腳步，但並未往回走。母親焦急的看著他。即便是現在他仍記得那幕畫面，然而當時的他並不知道每個人都噤聲避談的那件事即將發生。妹妹終於發現自己的東西被搶，開始微弱的啜泣。母親伸手環抱住小女孩，讓她的臉緊靠在自己胸口上；那個姿勢隱約告訴他，自己的妹妹可能不久於人世。他轉身跑下了樓梯，手中巧克力逐漸融化。

他再也沒見過自己的母親。吃掉巧克力之後，他覺得有些慚愧，在街上閒晃了好幾個鐘頭，直到肚子餓才返家。當他回到家，母親已經不見了（這種情形在那段時期相當稀鬆平常）。除了母親和妹妹之外，房間裡什麼東西也沒少。他們並未帶走任何衣物，連母親的外套都沒拿。至今他仍無法確定母親究竟是生是死，她極可能只是被送去強制勞改營；至於妹妹，也許和溫斯頓自己一樣，被送去內戰發生後、專門收容孤兒的任何一所育幼院（他們稱之爲教化中心），或者和母親一起被送進勞改營，也可能被隨意丟在某個地方死去。

這個夢在他腦海中依舊鮮明，尤其是那個以手臂保護遮掩的姿勢，似乎足以說明一切。他又回想起兩個月前做的另一場夢——母親正坐在一張鋪著髒污白色被單的床上，懷中抱著一個小孩；她置身一處沉沒中的船艙，她們在他下方深處不斷沉入水底，而母親仍隔著顏色逐漸變深的海水仰視著他。

他告訴茱莉亞有關自己母親失蹤的事情。茱莉亞閉著眼睛，翻身調整成一個更舒服的姿勢。

「我想，你小時候肯定是一個臭豬頭，」她迷迷糊糊的說，「所有的小孩都是臭豬頭。」

「沒錯，可是故事的重點在於——」

從她的呼吸聲聽來，她八成又睡著了。溫斯頓本來想繼續談自己的母親；根據他的記憶，他不認爲母親是個特別的女人，更算不上聰明；儘管她具備了一種高貴純潔的情操，但那只是她內心服膺著某一套標準而造就的。她有自己的感受，外界無法加以干涉；她不明白一個動作如果沒有效果，基本上等於沒有意義。假如你愛一個人，你就是愛他，當你沒有別的東西可以給他，你依然是愛他的。當最後一塊巧克力被搶走，母親卻只是把懷裡的小孩抱得更緊；那是沒有用的行爲，改變不了什麼，無法再生出新的巧克力，也無法免除自己和孩子共赴黃泉的命運；但對她來說，那彷彿是個再正常不過的反應——船上那位女難民同樣以手掩護著小男孩，而當子彈飛過來時，這麼做的效果不會比拿一張紙抵擋好到哪裡去。

黨最可怕的地方在於，對你洗腦，告訴你純粹的衝動和感覺都不重要，並同時在現實世界中奪去你全部的力量。一旦處於黨的控制之下，你感受到什麼或感受不到什麼，你做了什麼或不能做什麼，事實上都沒有差別。不管發生任何狀況，如果你因此消失了，無論你或你的過往都再也不會有人提起；你在歷史的洪流中被徹底沖散，不留一點痕跡。然而，對於兩個世代以前的人來說，這些事情並不是非常重要，因爲他們不會想要修改歷史，他們的所作所爲受到堅定的個人價値信仰支配，眞正的關鍵是彼此之間的關係——一道完全無用的姿勢、一次擁抱、一滴眼淚及對一名將死之人所說的一字一句皆有其意義。他忽然想到，無產階級的人仍保持著這樣的狀態，他們並不效忠於黨或國家、或某種理念，他們只對彼此忠誠。這是他有生以來，首度不以鄙視眼光看待無產階級，也不再像從前那樣僅僅把他們當作一股後知後覺、但未來可能會爆發並改變世界的力量。無產階級依然保有人性，他們沒有變成殭屍；在他們身上輕易可見的原始情感，他卻必須刻意重新學習才有辦法體會。思緒飄移至此，另一件無直接關聯的事躍然浮現，他想起數週以前，自己是怎樣將人行道上的一隻斷手當作白菜梗般踢進了水溝裡。

「無產階級才是人，」他大聲的說，「我們不是。」

「爲什麼不是？」茱莉亞再次醒來，開口問道。

溫斯頓思索了一下。「你有沒有想過，」他說，「我們最好的選擇，就是趁現在還來得及之前離開這裡，永遠不要再見面？」

「有啊，親愛的，我這麼想過好幾次，但我完全不想這麼做。」

「我們一直很幸運，」他說，「但我們不可能永遠這麼幸運。你還年輕，看起來正常又純潔，只要和我這樣的人保持距離，也許可以再多活個五十年。」

「不，我已經想清楚了，你做什麼，我就跟著做什麼。還有，你別太沮喪，對於生存我可是很有一套的。」

「我們也許能再繼續作伴六個月、甚至一年，誰知道。到最後，你我必定是要分開的。你知道，未來我們的處境會變得多孤絕嗎？如果我們被逮住，我們連一點忙、眞的連任何一點忙，也幫不了對方。假設我招供，他們就會槍斃你；若我不招，他們還是會槍斃你。不管我怎麼說或怎麼做，或者什麼都不說，都無法拖延你的死期超過五分鐘。我們不會知道彼此是死是活，對於一切，你我都無能爲力。最重要的一點是，我們不能背叛對方，儘管就結果而言，背叛或不背叛幾乎沒有差別。」

「假如你說的是招供，」她說，「確實，我們都會招的。每個人都會招的。沒辦法，因爲他們會嚴刑逼供。」

「我的意思並不是指招供，招供不是背叛。你說什麼或做什麼並不重要，你的感受才重要。如果他們能夠讓我不再愛你，那才是眞的背叛。」

茱莉亞仔細想了一下。「他們無法那麼做，」她終於開口，「這件事他們辦不到。他們可以逼你說出任何事情，不過他們無法逼你相信這些事情。他們無法入侵你的腦袋。」

「沒錯，」他略帶希望的說，「沒錯，確實如此。他們無法入侵你的腦袋。假如你能感覺到堅持人性是一件值得的事，就算根本不會有什麼結果，你還是擊敗了他們。」

他想起顯示幕，以及在裝置另一端那些全年無休竊聽著的耳朵。他們可以二十四小時監控你，然而只要保持頭腦清醒，你仍能瞞騙過他們。他們再怎麼聰明，也不可能有本事看透另一個人內心的想法。不過，一旦你落入他們手裡，情況或許就另當別論。你無法知道在友愛部裡究竟會發生什麼事，但其實也不難猜——刑求拷打、藥物逼供、精密儀器測量你的神經反應、剝奪睡眠時間來耗弱你的精神與體力，以及持續不斷的隔離偵訊。無論如何，你終究還是得從實招來。他們可以藉由訊問找到蛛絲馬跡，他們可以用刑逼你吐出情報。然而，如果目標並非保存性命而是保有人性，結果到底有何不同？他們無法改變你的感受，即使你自己想改變也無能爲力；他們可以竭盡所能揭露你說過、做過、甚至想過的任何事，但在一種連你自己也無法理解的神祕機制運作下，你內心深處依舊固若金湯。

8

他們辦到了，他們終於辦到了！

他們站在一個照明柔和的長條形房間中，顯示幕的音量被調得很低，幾乎快要聽不見；又厚又軟的深藍色地毯給人一種踩在天鵝絨上面的感覺。歐布萊恩坐在房間盡頭的一張桌子後面，桌面兩側擺滿文件，還有一盞綠色燈罩的檯燈。當他的隨從領著溫斯頓和茱莉亞進來時，他根本連看都沒看一眼。

溫斯頓的心跳異常劇烈，他懷疑自己是否有辦法說話。他們辦到了，他們終於辦到了——此刻他唯一能想到的就只有這件事。前來此處是無比莽撞的行爲，兩人結伴而行更是愚蠢至極（儘管他們剛才各走各的路線，最後才在歐布萊恩家門口會合）。無論如何，要走入這樣一個地方絕對需要很大的勇氣，你通常不太有機會來到內黨成員的宅邸，甚至就連跨進他們居住的地盤都不容易。整棟寬闊公寓散發出的氛圍令人瞠目結舌——各項豪華寬敞的設施、空氣中充滿上好食物與上等香菸的陌生氣味、電梯不斷安靜迅速的上升下降，還有身著白色外套、往來奔走的僕役。即便溫斯頓有正當理由前來，還是不免戒愼恐懼，每走一步都擔心黑衣警衛突然從轉角現身，要求他出示證件，並將他趕出這裡。然而，歐布萊恩的隨從卻二話不說讓他們進入。那是個身材矮小、臉型如棗核的黑髮男子，身穿白色外套，面無表情，也許是中國人。他帶領兩人穿過鋪著柔軟地毯的通道，兩側牆面貼著象牙色壁紙和白色壁板，同樣驚人的一塵不染——溫斯頓已經不記得，上一次見到如此潔淨、沒被雜沓人等碰得髒兮兮的走道牆壁，是什麼時候的事情了。

歐布萊恩手裡拿著一張紙，似乎正專心研讀。他略微低頭，讓人看得見他剛硬的鼻梁線條，儼如一名威嚴與智慧兼具的長者。他紋風不動的在位子上坐了大約二十秒，接著將聽寫轉換器拉近自己，嚴肅的以部門間通用的混合式專門術語唸出一項訊息：「**事項一逗點五逗點七全部同意　句點取消事項六包含建議　雙加荒謬近乎犯罪思想句點　不予建造未獲充分預估機器　費用句點訊息結束**」。

歐布萊恩氣定神閒的從椅子上起身，踩在絲毫不發出任何一點聲響的高級地毯上，緩步朝溫斯頓和茱莉亞的方向走來。此刻，他身上的部分官僚氣息好像隨著剛才口中的新語一起消失了，不過他的表情比平常還要冷酷一些，彷彿不喜歡如此無端的受到打擾。忽然間，一種會錯意又表錯情的尷尬反倒取代了溫斯頓內心原本的恐懼。他發覺自己很可能做了一個非常可笑的決定。他有什麼真憑實據能夠證明歐布萊恩是個心懷政治陰謀的人？僅只一次瞬間眼神交流和一句模稜兩可的暗示，除此之外，唯一能算數的是以他個人夢境為基礎所營造出的祕密幻想。他甚至無法臨陣退縮把前來借字典當作藉口，畢竟茱莉亞的同時現身令他無法自圓其說。歐布萊恩經過顯示幕時似乎想起了什麼，他停下來，轉身按壓牆壁上的某個開關，接著一道脆響過後，顯示幕的聲音沒了。

茱莉亞訝異的輕聲叫了出來。儘管仍處於恐慌，溫斯頓還是因太過驚嚇而直接脫口而出：「你可以關掉它！」

「是的，」歐布萊恩說，「我們可以把它關掉。我們有這種特權。」

歐布萊恩已經來到兩人面前。他壯碩的身軀有如一堵高牆，臉上的表情依舊令人摸不著頭緒，他略帶嚴肅的等待溫斯頓先開口。然而這時究竟該說什麼？即便是現在，他看起來仍不過是個搞不清楚自己爲何被中斷的大忙人。沒有人說話。顯示幕被關掉後，房間內顯得一片死寂；幾秒鐘過去，感覺無比漫長。溫斯頓強迫自己注視著歐布萊恩的雙眼，結果，那張冷峻的臉孔驟然浮現一絲笑意，歐布萊恩再次做出那個仔細扶正鼻梁上眼鏡的招牌動作。

「由我來說，或是交給你來？」他問。

「我來說，」溫斯頓立刻回答，「那個東西眞的關掉了嗎？」

「是的，所有的東西都關掉了，這裡只剩下我們。」

「我們來這裡是因爲——」

溫斯頓暫停了一下，首度意識到自己的動機並不明確。因爲他不知道該請求歐布萊恩提供什麼樣的協助，何況要說清自己前來此處的始末並不容易。他繼續往下說，同時留意所說的話聽起來必須既委婉又矯情：「我們相信有一個地下組織，正在進行一項對黨不利的陰謀，而你必定牽涉其中。我們希望能夠加入，共同奮鬥。我們是黨的敵人。我們不相信英社的原則。我們是思想罪犯。我們也是通姦者。告訴你這些，代表我們願意將自己的命運任憑你處置。假如你需要我們投身其他形式的犯罪活動，我們都準備好了。」

溫斯頓感覺背後的門好像打開了，於是閉上嘴，回頭瞄了一眼。果然是那個身材矮小的黃皮膚隨從，他沒有敲門就進來了。溫斯頓看見他端著托盤，上面有一瓶酒與幾個玻璃杯。

「馬丁是我們的成員之一，」歐布萊恩面無表情的說，「馬丁，把酒端到這邊來。擺在圓桌上即可。椅子夠嗎？那麼，就讓我們坐下來仔細詳談吧。馬丁，你也拿一張椅子過來坐，我們要討論正事。這十分鐘你可以暫時放下隨從的身分。」

那個小傢伙聽命坐下，看起來相當自在，但仍帶著一種僕役的氣息，一種侍者享受著特權的神態。溫斯頓透過眼角餘光觀察，心想此人一輩子都在從事著角色扮演任務，以爲跳脫這命中注定的身分毋寧是危險的，是以一刻也不敢鬆懈。歐布萊恩握著酒瓶頸部，將深紅色液體倒入玻璃杯中。這一幕喚醒了溫斯頓某段模糊的回憶，一個他很久以前曾在某棟建築物外牆或某巨大看板上見過的東西——那是支利用許多電燈加以排列、會上下移動的把內容物倒入杯裡的巨型酒瓶。從上往下看，這液體差不多是全黑的，不過裝在酒瓶裡顏色卻像紅寶石的顏色，聞起來有種酸酸甜甜的味道。他看見茱莉亞好奇而直率的拿起酒杯嗅了一下。

「這是葡萄酒，」歐布萊恩面帶微笑的說，「毫無疑問，你們一定曾在書上讀到過它。然而，恐怕外黨能取得的數量極其有限。」他的臉轉爲嚴肅，並舉起酒杯，「我想，此刻我們應當先爲健康乾一杯。敬我們的領袖——敬依曼紐・高斯坦。」

溫斯頓熱切的拿起了酒杯。葡萄酒是他從書本上得知、始終渴望一嘗的夢幻逸品，就像玻璃紙鎮或查寧頓先生那忘了一半的兒歌旋律，都屬於消失的羅曼蒂克過去，他喜歡暗自在心中稱那段古早時期爲往昔。不知何故，他經常把葡萄酒和類似黑莓果醬的濃厚甜味，以及能夠立刻醺醉的強烈後勁聯想在一起。事實上，喝下去的那一刻，他的感覺是十分失望的——原來，在長年飲用琴酒的影響下，他已無法習慣紅酒的味道。他把喝完的空酒杯放下。

「所以眞的有高斯坦這個人？」溫斯頓問道。

「是的，眞的有這個人，而且他還活著。至於他在哪裡，我並不清楚。」

「眞的有某種陰謀……組織嗎？那些是眞的嗎？那些並不是思想警察發明出來的嗎？」

「當然是眞的。我們稱之爲兄弟會。除了它的確存在、而你們也是其中一員外，其餘任何有關兄弟會的資訊你們永遠不會知道。等一下我再說明。」他看了一下手錶，「即便是內黨的成員，把顯示幕關掉超過半個鐘頭也不太明智。你們今天不該一起過來的，稍後你們離去時必須分開行動。同志，（他朝茱莉亞點了點頭），待會兒你先走。我們大約還剩下二十分鐘時間可以利用。你們一定能夠理解，我必須先釐清幾個問題，簡單來說就是——你們所謂的準備好了，是指什麼事情？」

「任何我們有辦法做到的事情。」溫斯頓回答。

歐布萊恩略微調整了坐姿角度，轉成面對著溫斯頓的方向。他幾乎無視於茱莉亞的存在，彷彿認定溫斯頓理所當然有權代她發言。他開始用冷靜低沉的聲音提問，好像在進行某種例行性的問答，而大部分的答案他早已心裡有數。

「你準備好要犧牲自己的性命嗎？」

「是的。」

「你準備好去奪取別人的性命嗎？」

「是的。」

「你準備好去從事一項可能造成數百個無辜民眾死傷的破壞行動嗎？」

「是的。」

「你準備好背叛自己的國家，向外國輸誠嗎？」

「是的。」

「你準備好去欺騙、僞造、勒索、戕害兒童心智、販賣成癮性藥物、鼓勵賣淫、散播性病等等任何可以削弱黨的力量、並且敗壞道德的行動嗎？」

「是的。」

「例如，假設爲了某種我們自身的利益，需要朝一個兒童的臉上潑硫酸——你準備好做這樣的事情嗎？」

「是的。」

「你準備好拋棄原來的身分，下半輩子都當一個侍者或碼頭工人嗎？」

「是的。」

「假設我們命令你自殺，你準備好慷慨赴義了嗎？」

「是的。」

「你們兩人都準備好分道揚鑣，永遠不再見面嗎？」

「不！」茱莉亞打破沉默喊道。

溫斯頓回答之前考慮了許久。他片刻說不出話來，似乎連言語能力也喪失了。他的舌頭在掙扎著，但是並未發出聲音，剛要形成一個字的首個音節時，他又改變心意換成另一個字，如此反覆不定。直到他說出口的那一瞬間，他還在猶豫該答應或拒絕。「不，」他終於表示。

「你選擇據實以告是對的，」歐布萊恩說，「我們有必要知道所有的情報。」

歐布萊恩轉身面向茱莉亞，以些微上揚的聲調說：「你明白，即便他順利通過，也很可能會變成一個完全不同的人嗎？我們或許得賦予他一個新的身分，他的五官、動作、手的形狀、頭髮的顏色，甚至是聲音都將不一樣，而你自己也可能變成另一個不同的人。我們的外科醫師有能力把人改頭換面，任誰都分辨不出來，有時候這是無可避免的手段；有時候甚至需要進行截肢。」

溫斯頓忍不住再度斜眼偷瞄了一下馬丁蒙古人般的臉孔。他沒有看見一點疤痕。茱莉亞的臉色這時變得更爲蒼白，雙頰上的雀斑因此清楚浮現，不過她仍勇敢的面對歐布萊恩——她低聲說了幾個字，好像是贊成的意思。

「好，就這麼決定了。」

桌上有個裝著香菸的銀製菸盒。歐布萊恩自己先拿了根菸，然後有些心不在焉的把菸盒推給其他人，接著起身開始來回緩慢踱步，彷彿站著有助活化思緒。那種香菸是上等好貨，香味濃郁，製作精良，包裝紙材帶有一種陌生的滑順感。歐布萊恩再次看了手錶。

「你該回去配膳間了，馬丁。」歐布萊恩說，「我十五分鐘內會打開顯示幕。臨走前仔細看清楚這兩位同志的臉，你還會再見到他們，我可能不會。」

就和在大門口那時的情形一樣，小傢伙的黑眼珠迅速掃過兩人的臉，從他的言行舉止看不出一絲善意。他認真記下兩人的長相，然而對兩人毫無興趣，或說，他好像什麼都感覺不到。溫斯頓心想，也許人造的假臉是無法改變表情的。馬丁既沒有說話，也未用任何方式致意就走出房間，隨即安靜的把門帶上。歐布萊恩依舊繼續踱步，一手放在黑色制服的口袋，一手拿著香菸。

「你知道，」歐布萊恩說，「你將在黑暗中奮鬥。你將永遠身處於黑暗之中。你將領受並且服從命令，不問原因。我會給你一本書，此書可以使你看清楚我們這個社會的眞面目，並且學習如何摧毀它。讀完這本書之後，你就正式成爲兄弟會的一員。不過，在我們努力的終極目標與當前的任務之間，你什麼事都不必知道。儘管我告訴你兄弟會存在，但我不能告訴你這個組織的成員究竟是幾百個還是幾百萬個。從你個人的角度來看，你認識的成員永遠不會超過十幾個。你會有三或四個聯絡窗口，這些人員偶爾會因爲失蹤而需要更新。這算是你進行的第一次接觸，所以我們就保持現狀。當你接獲命令，必定是出自於我的指示。如果我們發現需要與你聯絡，將透過馬丁傳達。假設你最後不幸被逮，你可以招供，那是無法避免的事。然而除了坦承自己的犯行之外，其餘的你無話可說。你頂多只能供出幾個不重要的人。事實上，你甚至無法出賣我，到那時候我可能已經死了，或者已經變成另一個長相完全不同人。」

歐布萊恩繼續在柔軟的地毯上來回走動——儘管身形壯碩，動作看起來卻極爲優雅；即使將手插在口袋，或把香菸拿在手上耍弄，也顯得風度瀟灑。不只是力量，他更給人一種自信、明理卻略帶嘲諷的印象——不管多麼認眞，都沒有屬於狂熱份子的那種孤注一擲；當談到取人性命、自殺、性病、截肢及變臉的時候，似乎隱約帶著挖苦的味道。「那是無法避免的事」——他的聲音彷彿在說：「這是我們毫無所懼、必須去做的事，可是等到生活再度好轉的時候，老子才不幹這些鳥事。」溫斯頓對歐布萊恩生出一種佩服得近乎崇拜的心情。此刻他暫時忘記了高斯坦的陰影。他看著歐布萊恩厚實的肩膀、粗獷的臉部線條，雖然醜卻頗有涵養，很難想像這世上有誰能擊敗他；沒有什麼謀略是他無法抗衡的，沒有什麼危險是他無法預知的。連茱莉亞都爲之折服，她非常專心的聆聽，甚至未察覺手上的菸已熄滅。

歐布萊恩繼續說：「將來你還會聽見許多有關兄弟會存在的謠言。當然，你早已在心裡拼湊出它的樣貌。你或許想像它是個由眾多謀反者組成的龐大地下組織，在地窖裡祕密集會，於牆壁上塗鴉做暗號，彼此以密碼或特殊手勢判別身分。這些都不是眞的。兄弟會的成員之間沒有互相辨識的機制，任何成員僅知道幾個相關人士的身分。就算高斯坦本身落入思想警察手裡，他也不可能交出完整的名單，或洩漏任何能夠取得完整名單的情資。因爲根本沒有這種名單。兄弟會無法被剷除的原因在於，它並非那種傳統形式的組織。除了堅不可摧的理念之外，它完全不靠任何其他力量來維繫；除了這個理念，沒有任何其他事物支持你。你得不到同袍情誼，也得不到任何鼓勵。即便你最後被逮了，也不會得到任何幫助。我們從不幫助組織成員，頂多偶爾在逼不得已、需要某人閉嘴的情況下，我們能偷渡一小片刮鬍刀到監獄的牢房。你必須習慣沒有結果、沒有希望的日子。你會先執行任務一陣子，你會被抓，你會招供，然後你會死去；這是你唯一會有的下場。在我們有生之年要發生顯著改變的可能性是零。我們是死人，我們唯一的眞實人生在遙遠的未來。我們會化作一堆塵土與遺骸，一起參與其中。至於那個未來到底離我們多遠，沒有人知道，說不定還要一千年。我們眼前除了一點一滴累積理性健全的勢力以外，毫無其他方法可行。我們不能集體行動，我們只能把知識散播出去，個人傳給個人，世代傳給世代。面對思想警察，這是僅有的方法。」

歐布萊恩暫停了一下，第三次看了手錶。

「你差不多該走了，同志，」他對茱莉亞說，「等一下，我們還有半瓶酒。」

他把酒杯全都斟滿，接著手握杯柱，舉起自己的酒杯。

「這次該敬什麼呢？」他自問自答的說，仍帶有淡薄諷刺的味道，「敬思想警察的錯亂？敬老大哥的末日？敬人性的光輝？還是要敬未來？」

「敬過去。」溫斯頓說。

「過去更爲重要。」歐布萊恩神情莊重的表示同意。

他們將酒一飲而盡，稍後茱莉亞起身打算離開。歐布萊恩從一座櫃子上方取下一個小盒子，拿出一小塊白色扁平狀藥片，並要她放在舌頭上。他表示，不可大意，如此才不會被聞出酒味，電梯服務員的嗅覺是很敏銳的。當她踏出房間、門一關上後，歐布萊恩似乎立刻忘了她的存在。他又來回走了幾趟，接著便停下腳步。

「我們還有一些細節必須確認，」他說，「我猜想，你可能有某種藏匿的地點？」

溫斯頓向他說明了查寧頓先生店鋪樓上的那個房間。

「那樣暫時可行。過一陣子，我們會另外安排一個地方給你，經常更換藏身處是很重要的。同時，那本書——（溫斯頓注意到，即便是歐布萊恩，提及此書時也會刻意加強語氣，彷彿在說義大利文似的），你知道的，那本高斯坦的書，我也會儘快送交一本給你。我大概需要花個幾天時間才能拿到手，你可以想見，這本書現在剩下的已經不多了。思想警察搜查與銷毀它的速度，幾乎和我們印製它的速度一樣快。不過無所謂，這本書是不朽不滅的，就算連最後一本也沒了，我們還是有辦法逐字逐句重寫。你上班的時候會不會攜帶公事包？」他補充問道。

「通常會。」

「什麼樣的公事包？」

「黑色的，很破舊。有兩條帶子。」

「黑色的，兩條帶子，很破舊——好極了。不久後的某一天，我無法告訴你是哪一天，在你早上工作中的一項訊息會出現一個誤印的字，你必須要求他們重發一次。隔天，你上班時不要帶公事包。當天的某個時間點，在外面街上，會有名男子碰一下你的手臂，並且對你說：『我認為你忘了拿走自己的公事包。』他給你的公事包裡有一本高斯坦的書，你必須在十四天內歸還。」

他們沉默了一會兒。

「再過幾分鐘你就必須離開，」歐布萊恩說，「我們還會再見面的——如果我們再見面——」

溫斯頓抬頭看著他，吞吞吐吐的說：「會在一個黑暗徹底絕跡的地方？」

「會在一個黑暗徹底絕跡的地方。」歐布萊恩毫不驚訝的點頭說道，似乎認可了這項暗示，「現在，臨走前你還有什麼話想說嗎？任何訊息？任何問題？」

溫斯頓在心裡搜尋著。他好像找不出其餘想問的事情，更沒有興致陳述一些誇大空泛的論調。他並未想到任何與歐布萊恩或兄弟會直接相關的事物，腦海中倒浮現出一幅畫面，裡頭有陪伴他母親度過最後一段日子的幽暗臥室、查寧頓先生店鋪樓上的小房間、玻璃紙鎮及裝在紫檀邊框裡的鋼雕版畫。他近乎隨興的問道：「你是否曾聽過一段古老的旋律，開頭是：『**橘子和檸檬，聖克萊蒙教堂的鐘聲說**』」？

歐布萊恩再度點頭，隨即以一種慎重禮貌的語調哼完整首曲子：「**橘子和檸檬，聖克萊蒙教堂的鐘聲說；你欠我三個銅板，聖馬丁教堂的鐘聲說；你什麼時候才要還我，老貝利教堂的鐘聲說；等我有錢了再說，蕭爾迪奇教堂的鐘聲說。**」

「你知道最後一句歌詞！」溫斯頓說。

「是的，我知道最後一句歌詞，不過現在恐怕該請你離開了。但是，等一下，讓我給你一塊藥片，這樣比較保險。」

溫斯頓起身的時候，歐布萊恩伸出一隻手來，那強而有力的一握簡直快把溫斯頓的手掌捏碎。到了門口，溫斯頓回頭一望，看起來，歐布萊恩已經準備好將他拋諸腦後。歐布萊恩的手擺在顯示幕開關上，等待著他離開。溫斯頓可以看見歐布萊恩背後書桌上，那盞綠色燈罩的檯燈、聽寫轉換器及金屬資料框中成堆的文件。他心想，這件事結束了，三十秒內，歐布萊恩就會恢復被中斷的重要黨務工作。

9

溫斯頓整個人疲累得有如凝膠（凝膠是相當貼切的形容，他很自然的聯想到這個字）——他的身體不僅看起來像果凍般軟溜，還呈現半透明狀，甚至覺得如果舉起手來看，很可能會看透自己的手掌；所有血液和淋巴被大量的工作榨乾，只剩一具以神經、骨骼與皮膚撐住的脆弱支架；一切感官知覺似乎都被放大——身上的工作服一直摩擦著肩膀令他惱怒，人行道地面讓他腳底發癢，就連張開手掌與手握拳頭的動作也因必須用力而導致指關節發出聲響。

最近五天，溫斯頓已工作超過九十個鐘頭，部門裡的其他人也一樣。現在全都結束了，他眞的無事可做了，直到明天早上爲止，他沒有黨指派下來的任何工作要做。他有六個鐘頭的時間待在藏匿處，另外九個鐘頭可以躺在自己的床上。午後和煦的陽光下，他緩步走在一條骯髒的街道，朝查寧頓先生店鋪的方向前進，不時留意著四周有無巡邏員警，心裡卻一廂情願認爲下午不會有遭人盤查的危險。每走一步，手上沉重的公事包就碰撞他的膝蓋一次，腿上的皮膚傳來一陣陣刺痛的感覺。公事包裡正放著「那本書」，他已經拿到六天了，不過還沒有機會打開，更別說是閱讀。

就在仇恨週第六天，經過無數遊行、演講、吶喊、唱歌、旗幟、海報、電影、蠟像、鼓號樂隊、閱兵步伐聲、坦克行駛的履帶聲、成群戰機飛越的呼嘯聲及槍砲擊發的爆裂聲，整整六天持續疲勞轟炸，群眾的激情攀上了頂峰、對歐亞國的憎惡達到沸騰，所有人都接近某種精神錯亂的境界，彷彿如果將「預定要在活動最後一天公開吊死的兩千名歐亞國戰犯」交給大家，每個人都會很樂意親手把這些敗類五馬分屍——但就在此刻，我國宣布並未與歐亞國交戰，大洋國的作戰對象是東亞國，歐亞國是盟邦。

當然，沒有人承認發生了什麼改變，僅止於「敵人是東亞國而非歐亞國」此一訊息很突然的被同步揭露於各個角落。這件事情發生當時，溫斯頓正在倫敦市中心某處廣場參加示威活動。當時是晚上，群眾的白色臉孔和深紅色的旗幟，在強烈燈光映照下顯得格外恐怖。廣場上擠滿好幾千人，其中一塊區域聚集了約莫一千個穿著少年糾察隊制服的學童。有位內黨成員正站在包覆著深紅色布幔的講臺上發表長篇大論，那是個瘦小的男人，長著一雙與身材極不相襯的超長手臂，頂著一顆徒有幾根散亂毛髮仍緊抓著頭皮不放的大禿頭。因仇恨而扭曲變形的樣貌，讓他看起來活像個侏儒怪，只見他一手握著麥克風，另一手在頭上凶惡的揮舞著，皮包骨般的手臂前端連著一隻大掌顯得非常突兀。他的話語透過擴音器聽起來更爲刺耳，不斷高分貝放送著一連串暴行、屠殺、放逐、掠奪、強姦、虐囚、轟炸平民、虛僞宣傳、不當侵略、毀棄條約等字眼。聽了他的言論，讓人很難不被打動並隨之起舞。每隔幾分鐘，群眾的憤怒就爆衝一次，演講者的聲音隨即淹沒在數千個無法管束的萬獸齊發嘶吼中，但最粗野的咆哮則來自於那群學童。當演講進行了大約二十分鐘，有名信差匆忙跑到臺上，偷塞了一張紙條到演講者手中。

演講者一邊繼續高談闊論，一邊攤開紙條閱讀。他的聲音、舉止、演說內容毫無二致，僅某些名稱被即刻代換。雖然一個字都沒說，卻好像有一陣無形的波浪湧過人群，大家瞬間都明白了——大洋國的作戰對象是東亞國！下一刻，現場發生激烈騷動，布置在廣場四周的旗幟和海報全都錯了，上面超過半數的人臉都畫錯了；這是一項破壞行動，一定是高斯坦的間諜在暗中搞鬼！隨後則是一段失控脫序的混亂過程，所有海報都從牆面被撕下，旗幟也全遭扯碎踐踏，其中又以少年糾察隊的表現最出色，他們爬上屋頂，把懸掛在煙囪上的橫幅彩帶一條不留的剪斷；不過，兩、三分鐘內，這場暴動便告一段落。演講者依舊單手緊握麥克風，拱起雙肩，另一手在空中揮舞，完全不受影響的說個不停；過了一分鐘，群眾的狂野怒吼又再度響起，除了仇恨的目標換了，情緒絲毫沒有改變。

溫斯頓如今回想起來印象最深的，莫過於當時演講者將更換了的仇恨目標在句與句之間逐行切換，不僅沒有停頓，也幾乎沒有違反語法。不過，那時卻有另一件事使他分心；約莫在海報被陸續撕下那幾分鐘混亂裡，有個他來不及看清長相的男子冷不防出現，輕拍了一下他的肩膀，並說：「抱歉，我認爲你忘了拿走自己的公事包。」他有點恍神的從對方手中接過公事包，一句話也沒說。他知道自己必然得等上好幾天才有可能打開一窺究竟——示威活動一結束，儘管已近二十三點，他仍立即返回眞理部辦公室，部門裡的其他人也全都回來了。顯示幕已發布召回所有人的命令，而這個動作純屬多此一舉。

大洋國與東亞國正在作戰，意思就是——大洋國始終都在與東亞國作戰。五年來，大量相關的政治領域著作如今都必須廢棄。各種報導、記錄、報紙、書籍、小冊子、電影、錄音帶及照片全都得以十倍速加以校正。雖未有明確指示布達，但大家都很清楚，部門主管打算一週內徹底消除「所有與歐亞國戰爭，或者與東亞國結盟」的資料。這項工作非同小可，尤其是處理過程中不得引用任何眞實名稱。紀錄局裡的每個人一天得工作十八個鐘頭，中間允許小睡兩、三個鐘頭；床墊從地下室搬了上來，成排鋪在走道上；三明治加上凱旋牌咖啡配成的套餐，則由員工食堂侍者以手推車四處發送。溫斯頓每次補眠之前，總是盡量先完成階段性工作，把桌面清空，然而每次眼皮沉重、渾身痠痛的爬回來時，桌面又總被一座疊滿待辦文件的雪堆般小山占滿，就連聽寫轉換器都有一大半被埋在了裡頭，某些紙稿甚至溢出桌面掉到地上，因此他返回崗位後的第一件任務就是先將這些文件安置妥當，才有空間可以作業。最糟糕的是，這並非一項全然機械化的工作，縱使有時僅只需要代換名字，但仍有許多事件的細節報告需花費心思與想像力填補，像是光把戰役從世界的某一處搬移至另一處，所需具備的地理知識就相當可觀。

到了第三天，他的眼睛已經疼得受不了，每隔幾分鐘就把眼鏡摘下來擦拭一次；這份差事儼如某種累壞人的工作，你有權拒絕、卻仍焦慮的想儘快完成。到目前為止，趁空檔回想自己對著聽寫轉換器唸出的一字一句、拿著彩色鉛筆寫下的一豎一劃全是刻意捏造的謊言……這件事並不令他困擾，他和部門裡其他人一樣，只擔心這次的造假無法臻至完美。第六天早上，文件堆疊的速度開始減緩；約莫半個鐘頭過去了，仍沒有東西從管路中輸送過來；隨後又傳來一疊紙稿，接著又沒了。大概是同一時間，各處的工作量都降了下來，部門裡所有人都暗中鬆了口氣，一件永遠不能提起的壯舉，已經完成了──現在，任何人都不可能找到我國曾與歐亞國交戰的文件證明。十二點鐘時，突然宣布全體人員可以暫時下班休息到明天早上。溫斯頓終於有機會把裝著那本書的公事包帶回家；這幾天，工作時他就把公事包夾在雙腳之間，補眠時則藏在身體下方。到家後他先刮了鬍子；而儘管水不怎麼熱，稍後洗澡時他還是差點睡著。

他爬上查寧頓先生店鋪的樓梯，身上的關節發出某種可怕的聲響。他很疲倦，但已經沒有睡意。他打開窗戶，點燃髒污的小煤油爐，用平底鍋燒水，準備煮咖啡。茱莉亞隨後就到；在此之前，他擁有那本書。他坐在那張邋遢的扶手沙發上，解開公事包的束帶。

這是一本厚重的書，黑色封面上沒有任何名字或標題，裝訂粗糙，版面印刷高低錯落不整；書頁邊緣破舊，幾乎快要解體，彷彿輾轉經歷過多人之手。書名頁上寫著**「寡頭政治集體主義的理論與實踐　依曼紐．高斯坦著」**，溫斯頓開始閱讀——

第一章　無知即力量

自有歷史記載以來，大約從新石器時代末期開始，世界上出現了三種人，即上等人、中等人與下等人。他們又被細分為好幾類，有各式各樣數不清的名字，他們的相對數量與看待彼此的態度隨時代不同而相異。然而，社會的基本結構從來不曾改變——即便經歷過許多激烈動盪和看似不可挽回的事件，最終總會自行恢復成原來的秩序，就像一個陀螺儀，無論如何被推移，它永遠會回歸平衡狀態。

這三種人的目標是完全不相容的……

溫斯頓突然停下，享受著此刻舒適而安全的閱讀——他獨自一人；沒有顯示幕，沒有人在門外偷聽；不需要神經緊張的不時回頭張望，或急忙把手中書本闔上。夏日的甜美空氣輕拂過他臉頰。遠處某個地方傳來模糊的兒童嬉鬧聲，房間裡除了時鐘發出的細微聲響外，一片寂靜。他讓自己的上半身深深陷在扶手沙發裡，把腳擱在壁爐檔板上。這就是幸福，這就是永恆。忽然間，正如有時獲得了一本你很清楚知道日後將百讀不厭的書之後、總忍不住出現的行爲那樣，溫斯頓隨手翻至另一頁，來到了第三章，於是他繼續往下讀——

第三章　戰爭即和平

世界上分裂成三個超級強國，是二十世紀中期以前即明確可預見的一件事。當時，歐洲被俄國兼併，大英帝國被美國兼併，現存三大強權中的兩強「歐亞國與大洋國」，實際上已經成形。第三個強國「東亞國」，是再過十年之後、經歷一連串混亂征戰才產生清楚輪廓的一個政治實體。三個國家的邊界在某些領域是隨意制定的，其餘地方則依戰爭局勢消長而有所變動，但大致按照地理界限劃分。歐亞國涵蓋整個歐洲北部與大部分的亞洲陸塊，範圍從葡萄牙至白令海峽。大洋國則占據美洲大陸，與包括英倫列島、澳洲大陸在內的大西洋群島及非洲南部地區。東亞國的面積較小，西側邊界較不明顯，領土包含中國和位於南面的一些國家，還有日本列島，以及範圍遼闊、但領土邊界經常改變的滿州、蒙古與西藏。

無論是哪兩方結盟以對抗第三方，過去二十五年來，這三個超級強國毫無例外的始終在作戰。但這些戰爭已不再是二十世紀初那種不顧一切、毀天滅地的殊死拚搏，而是一種參戰雙方既無力消滅敵對陣營、也沒有眞正理念上歧異或足以引發戰事的物質爭奪因素，所導致的成果極爲有限的征戰。這並不代表戰爭的進行或求勝的態度變得比較不嗜血或更有俠義風度，相反的，戰爭歇斯底里症候群長期以來在每個國家處處可見，強姦、劫掠、屠殺幼童、奴役人民、報復囚犯（甚至用水燙死或加以活埋）等行爲似乎都被視作理所當然——如果是己方所爲而非敵方，更是功勞一件。但在實際認知上，戰爭僅涉及極少數的人，而且大多都受過專業訓練，傷亡人數也因此相對較少。戰事爆發地點必定在一般大眾根本毫無概念的遙遠邊界，或某個位於航道上重要戰略地位的漂浮式堡壘附近；對生活在文明中心的人來說，戰爭的意義，不過是消費性物資持續短缺及火箭彈的襲擊偶爾會多添數十個亡魂罷了。事實上，戰爭的本質已經改變；更精確的說，之所以發動戰爭，原因方面的重要性排序已經改變了——在二十世紀早期那些重大戰役中已然出現、當時只占一小部分重要性的動機，如今卻被有意識變成必得認可與遵照的支配性因素。

要想瞭解當代戰爭的本質（儘管對戰組合每隔幾年便重新洗牌，它仍是同樣的戰爭），你必須認清——它不可能產生決定性的結果；三個超級強國當中的任一國是無法被徹底征服的，即便另外兩國通力合作也一樣。他們的實力太過平均，天然屏障又過於強大，像是歐亞國有幅員廣大的領土做爲緩衝空間，大洋國則有遼闊的大西洋與太平洋做爲防禦機制，東亞國有勤奮多產的人民做爲後盾。其次，現在已經沒有任何值得爭奪的物質方面因素。這是因爲，要在經濟上達到自給自足、生產與消費取得平衡的市場搶占問題（先前引發諸多戰爭的主要原因），如今已不復存在；至於對原物料的競逐，也不再是攸關存亡的大事。無論如何，三個超級強國的疆域都極爲廣大，幾乎任何所需的物資原料皆可在本國領土範圍內取得。就目前來看，進行戰爭的唯一直接經濟目的，大概只剩下——獲得勞動力。三個超級強國的邊界之間，有一塊接近四邊形的地帶，這四個角落分別是坦吉爾、布拉柴維爾、達爾文及香港，世上約五分之一的人口居住在此區域，而這裡鮮少長期落入三強中的任何一國手裡，爭奪這個人口稠密的區域與北極冰原，是三大強國始終糾纏不清的原因。實際上，三個國家從不曾完全掌控此一衝突地帶；部分地區的歸屬權經常更替，所以很容易引起突發性背叛，趁機奪取他國的一些瑣碎區塊，因而導致彼此的結盟關係不斷改變。這個衝突地帶處處蘊藏著珍貴礦產，某些區域則生產重要植物製品（例如在寒冷氣候下，必須以更昂貴的製法人工合成橡膠），但最重要的是，可以從這裡獲得無窮無盡的廉價勞力儲備。無論哪個強國控制了赤道非洲，或某些中東國家，或印度南部，或印尼群島，它便等於掌握幾億、甚至幾十億薪資微薄且勤奮刻苦的血汗勞工。這些地方的居民或多或少公然受迫成爲奴隸，在不同的征服者之間不斷遭到剝削，就像煤或石油一樣被消耗，他們被用來增加更多軍備、奪取更多領土、獲得更多奴隸，接著再繼續增加更多軍備、奪取更多領土，如此無休止的循環下去。值得注意的是，戰場從不曾超過這個衝突地帶範圍——歐亞國的邊界始終在剛果盆地與地中海北岸之間游移不定；印度洋和太平洋上的眾多島嶼，則不斷重複上演大洋國與東亞國雙方你占我奪的戲碼；歐亞國與東亞國在蒙古的界線一向模糊；而三大強國都各自對北極圈附近的廣闊領域宣示主權，但事實上那一帶多是無人居住、未經探索的荒原。三方大致上勢均力敵，各國的核心領土也不曾受到侵擾。此外，對世界經濟而言，赤道周邊居民被壓榨出的勞動力也非絕對必要，他們並未使這個世界變得更加富足，他們的所有產出都被拿去用在戰爭；而開啓一場戰爭的目的，通常只是爲了在發動另一場戰爭時搶得有利地位。憑藉這些奴隸人口的勞動力，能讓長年持續的戰事加速進行下去；但假設他們不存在，全球社會的結構及運作其實不會有任何不同。

至於當代戰爭的主要目標（依據雙重思想原則，此爲內黨的領導智囊同時認可、也不認可的目標），則是以不提升生活水平做爲標準，並將機器生產出來的物資消耗殆盡。自十九世紀末開始，如何處理過剩的消費性產品便成了工業化社會的一個潛在問題；現在，如果只有少數人能吃飽，這個問題自然不那麼急迫；況且，在沒有人爲破壞因素介入的情況下，物資本來就不可能過剩。與一九一四年相比，如今的世界是個空乏、饑餓、崩毀的地方，尤其與當時人類所想像的未來相比，更是如此。二十世紀初期，幾乎每個受過教育的人都認爲，未來社會的遠景是非常安逸富裕、井然有序、效能極佳的，那是個由玻璃、鋼鐵和雪白混凝土共構而成的潔淨閃耀世界。科技以驚人的速度演進，而且繼續向前進步，看起來的確是相當正常合理的假設；只可惜接下來的發展並非如此，一部分是因爲經年累月戰爭與革命造成的貧窮，一部分則因爲科技進步所仰賴的奉行經驗法則思考方式，無法在嚴格受限的社會風氣下存活。整體來說，現在的世界比五十年前更加落伍，但某些特定領域反而變得更先進，某些裝置獲得了不少進展（尤其是戰爭或警備偵查方面的研發），其餘各種實驗和發明則近乎停滯。而一九五〇年代慘遭原子彈蹂躪的土地至今仍尚未完全復原。儘管如此，機器與生俱來的威脅仍在。自從機器首次問世以來，所有具備思考能力的人都很清楚，當人類不再需要勞力工作，人與人之間很大程度的不平等也將隨之消失；如果機器能被謹慎的使用在這個面向，那麼饑餓、過勞、骯髒、文盲和疾病等種種問題都可以在幾個世代之內獲得解決。然而事實上，機器並未被運用於上述任何一個面向，儘管約莫在十九世紀末至二十世紀初的五十年間，藉由某種自動化過程（有時甚至不可避免的造就散播出大量財富），機器確實大大提升了一般人的生活水準。

不過，全方位的財富增加，顯然也是破壞社會階級體系的一項威脅——就某個層面的意義而言，確實是破壞。在一個「所有人都吃得飽、穿得暖、工時又短，居住在附帶衛浴設備與冰箱的房子裡，並且擁有汽車、甚至飛機」的世界，形式上最明顯、或許也最重要的「不平等」，可能已經不復存在。一旦全民皆富，資產將可共享；毫無疑問，要想像一個整體富足、個人名義上的財產和奢侈品都受到平均分配、權力則仍掌握在少數特權階級手中的社會，並不困難。但實際上，這樣的社會無法長久維持穩定。假如所有人皆可享有悠閒與安全的生活，過去那些通常因貧困而麻痺無知的爲數眾多人類，就會開始識字讀書，並學習爲自己思考；而當他們這麼做之後，遲早會發現少數特權階級是毫無用處的，然後就會清除掉這些廢物。就長期角度而言，階級社會僅能建立在貧窮和無知之上。二十世紀初期，一些有識之士曾認爲回復到過去的農業社會便可解決問題，然而這只是一種不切實際的幻想，這種想法與近乎人類本能的全球機械化趨勢相衝突；此外，任何工業化腳步落後的國家，在軍事上也將處於不利局面，進而直接或間接受到比自己更先進的對手宰制。

但利用限制物資生產來控制人民保持在貧窮狀態，也不是令人滿意的解決方案。在資本主義時期的最後階段（約莫是一九二〇年至一九四〇年），這種情況曾大規模發生過。許多國家容許經濟停滯，讓土地休耕，也暫停添購資本設備，大量人口被迫失去參與生產勞動的機會，僅靠國家發放的救濟金勉強過活。但這同樣會導致軍事實力衰弱，而且所造成的困乏很明顯是不必要的，因此勢必引發反對聲浪。所以問題就在於，如何使工業巨輪繼續轉動、卻不增加世界上的實質財富。物資必須被生產，可是不能被分配出去；實際上，要達成這個目標，唯一的方式就是——不停的戰爭。

戰爭的本質便是毀滅，不一定是毀滅人類的性命，而是人類辛苦工作的成果。戰爭，是一種把或許會使人民過得太舒適安逸的各式各樣物品（長期來看，甚至可能使他們變得太過聰明），全部炸成碎片或燒成灰燼、或沉入海底的行爲。就算參戰的武器沒有眞正被摧毀，製造軍備的過程也是個既可消耗勞動力、又不會產出任何消費性商品的合宜作法。舉例來說，一座漂浮式堡壘即可占去建造數百艘貨輪所需的勞動力，到最後，堡壘也只是因老舊而報廢，始終不曾替任何人帶來實質貢獻；下一步，便是再次花費龐大人力另造一座新的漂浮式堡壘。原則上，除滿足人民的生活基本需求之外，投入戰爭的能量總是以耗盡額外的物資爲標準；但實際上，人民的生活基本需求總是被低估，結果導致超過半數的民生必需品陷入常態性短缺。然而，這卻被視爲一項利多——這是一種刻意執行的政策，甚至讓優勢族群的生活也同樣接近艱苦邊緣，如此一來，普遍的匱乏便突顯了享有些微特權的重要，而且還可加大不同族群之間的差異。以二十世紀初期的標準來看，即便是一名內黨成員，也只能過著簡樸勤勞的生活，卻可享有設備齊全的寬敞公寓、用料更佳的服飾、品質更好的食物飲料香菸，以及擁有兩、三名僕役、私人汽車或直升機等些微的奢侈待遇，活在一個和外黨成員截然不同的世界。至於外黨成員，相較於被稱爲「無產階級」的身分低下平民大眾，也具備類似的優惠待遇。整個社會的氛圍猶如一座被圍困的城市，擁有一塊馬肉，很可能就是富人與窮人之間的差別；同時，由於在戰爭狀態下容易使人產生危機意識，所以爲了生存而將權力交給少數特權階級，似乎成了理所當然、無可避免的條件。

由此可見，戰爭實現了必要的破壞，而且是以一種人們心理上可以接受的方式達成。利用建造廟宇和金字塔、挖掘一堆坑洞再填滿，或者製造大量物品、然後再全部燒毀等各種手段來消耗多餘的勞動力，其實非常簡單；不過，這樣的作法僅提供了階級社會經濟上、而非情感上的基礎。此處所考量的並非民心士氣（只要群眾持續認眞工作，他們的心態如何並不重要），黨本身的向心力才是重點。即便是最低階的黨員也得能幹、勤奮，甚至在極有限範圍內具備適度的聰明，然而他也必須是個情緒主要受恐懼、仇恨、諂媚、勝利狂歡驅使，能輕易受騙的無知熱血份子；換句話說，他必須擁有十分適合戰爭狀態的心智。戰爭是否眞正發生並不重要，況且既然不可能有決定性勝利，戰局的消長自然也無關緊要，唯一需要的條件是——戰爭狀態必須延續下去。在戰爭的氛圍下，黨要求自身成員修練的精神分裂，更爲容易做到；儘管如今已很普遍，但層級愈高，這種情況愈明顯，意即——內黨成員對敵人展現出的憎恨與戰爭歇斯底里症候群，是最強烈的。身爲管理者，內黨成員往往需要知道許多戰況新聞的眞僞，他或許經常注意到整場戰爭是虛假的，不是從未發生，就是和它原本宣稱的目標不一致——不過，這種資訊很輕易便能藉由雙重思想的技巧抵銷；同時，基於某種神祕的信仰，沒有一名內黨成員曾片刻懷疑戰爭的眞實性，並且都認定最終的結局一定是勝利，大洋國將毫無爭議的成為全世界的共主。

所有內黨成員都視「未來將到來的勝利」為一項信念。要想達到這個目的，不是靠著奪取愈來愈多領土、建立愈來愈多壓倒性優勢武力，便是發明出敵人尚無對策的某種新型武器。研發新武器的步調從不曾停歇，此乃少數殘留下來、可讓喜好發明與思考的頭腦找到出路的活動。在如今的大洋國裡，舊觀念中的科學已經蕩然無存，新語字典內找不到代表「科學」的單字。經驗法則的思考方式是建立過去一切科學成就的根柢，但卻和英社的根本原則背道而馳，甚至連技術的進步也僅發生在縮減人類自由的產品方面。世界上所有的實用工藝，不是原地踏步，就是開倒車——農田靠馬匹耕犁，書本則利用機器編寫。但在有關戰爭和警備偵查事物這個重要面向，依然鼓勵透過實驗加以研究，或說，至少是被容許的。

征服地球表面上的全部土地、徹底消滅獨立自主的思想，是黨的兩個目標。因此，黨有兩大挑戰需解決——第一，如何從一個不情願的人身上，獲取他內心的想法；第二，如何在毫無預警情況下，幾秒鐘內除掉幾億人；目前仍持續進行的科學研究，便是以此為主要方向。當今的科學家往往是心理學家兼審問者，他們擅長從尋常表情、動作、聲調判讀裡頭的真實細微意義，並測試吐實藥物的效果，而且對電休克治療法、催眠、拷問極為熟悉；或者，他們成為只在乎自己專業領域、以取人性命為職志的化學家、物理學家與生物學家。在和平部的巨大實驗室裡，或藏身於巴西雨林、澳洲沙漠和南極無人島上的祕密工作站，許多頂尖團隊日以繼夜的投入各項任務——某些人專注於籌備未來戰事的後勤；某些人負責設計更大型的火箭彈、更有威力的炸藥及更難穿透的裝甲；某些人負責開發更致命的新式毒氣，或是足以毀滅整塊大陸上所有植物的可溶性毒藥，並投入大量生產，或是培養對任何抗體都免疫的微生物病菌；某些人努力打造能鑽掘遁入地底行進、如潛水艇般在海面下巡航的車輛，或是能夠做為飛機獨立起降基地的航行中船艦；某些人則探索更先進的領域，利用懸掛在外太空、距離地面幾千公里遠的鏡面裝置，聚焦太陽光線或攝取地心熱能，試圖引發人工地震和潮汐。

但上述這些計畫沒有一項近乎實現，三大強權之中也沒有任何一國拉開大幅度的領先。不過，值得注意的是，三大強權皆擁有一種破壞力遠超過現階段他們所能研究創造出的武器，也就是所謂的「原子彈」。儘管根據黨的習慣，它照例會宣稱那是自己的發明，不過原子彈早在一九四〇年便曾經亮相，約莫十年後首度被導入大量使用。當時許多產業重鎮都遭到數百顆炸彈襲擊，主要災區集中在歐俄、西歐與北美地區；造成的效應就是讓所有國家的統治階層相信，只要再投幾顆原子彈，有秩序的組織化社會將徹底完蛋，他們所握有的權力也將隨之煙消雲散。從那之後，儘管沒有簽署任何正式協議的動作或跡象，原子彈再也不曾落下。三大強權只是各自繼續製造、儲存原子彈，並相信遲早有大好機會可派上用場。在此期間，戰爭的兵法幾乎停滯了三、四十年——直升機比過去更頻繁的被使用；大部分的轟炸機都被自力推進的飛彈取代；機動卻脆弱的戰艦下臺一鞠躬，換成永不沉沒的漂浮式堡壘登場……但除此之外，少有進展。坦克、潛水艇、魚雷、機關槍，就連步槍和手榴彈都仍然活躍於戰場之上。雖然新聞與顯示幕上報導著無止盡的屠殺，但像戰爭早期那種在數週內便令幾十萬甚至幾百萬人喪生、不計代價拚個你死我活的戰役，已不曾再發生。

三個超級強國都不再嘗試任何可能導致重大戰敗風險的動作，只要是大規模軍事活動，通常都是出奇不意攻打自己盟邦的偷襲作戰。這三大強國所依循（或假裝依循）的策略其實是一樣的，他們的計畫就是——先協同作戰，接著交涉談判，趁機背叛，奪取一環完全包圍敵方國家的基地，然後簽訂友好條約，維持多年和平，等待對方鬆懈失去警覺；這段期間，搭載原子彈的火箭皆可在各戰略據點組裝，最終它們將同步發射，給予對方毀滅性的一擊，使其失去報復能力；此刻，便是和另外那個強國簽訂友好條約的時機，爲下一次的攻勢預做準備……不必說也知道，這種詭計是白日夢，不可能成眞。況且，赤道與北極圈周邊這些衝突地帶以外的區域，從來就沒有任何戰鬥發生，意即入侵敵國領土的狀況從不曾發生。這也解釋了一項事實——在某些地方，超級強國之間的邊界是隨意制定的；舉例來說，歐亞國可以輕易占領地理位置上屬於歐洲的英倫列島，或者另一方面，大洋國也可以把邊界拓展到萊茵河，甚至維斯圖拉河，只是這麼一來將違反保持本國文化完整的原則，而這一點各方心照不宣、不需要明確規範。假設大洋國想奪下以前被稱爲法國與德國的地區，它不是得消滅所有當地居民（此任務執行起來非常困難），便得吸收「就技術發展水平而言，和大洋國相當的一億左右人口」居民；就這點而言，三個強國所面臨的問題是一樣的。因爲，以社會結構來說，本國人與外國人接觸是絕對必須禁止的（除非是與戰俘囚犯、有色人種奴隸的有限度接觸），即便是當下正式締約的盟國之間，這也被視爲最嚴重的威脅。撇開戰俘囚犯不算，一般大洋國的人民永遠不可能見到歐亞國或東亞國的人民，也不被允許學習外國語言。倘若讓一個大洋國的人與外國人接觸，他就會發現——那些人和自己非常相似，過去自己所被灌輸的絕大多數觀念全是謊言，他安身立命的封閉世界將全面瓦解，恐懼、仇恨、自以爲是等這些他心理層面的靠山可能都會分崩離析。因此三個強國都很明白，無論波斯、埃及、爪哇或錫蘭如何頻繁的易手，除了炸彈之外，沒有其他任何東西可以踰越重要的邊界。

在這種情勢底下，還有一個各方暗地裡默契配合的事實——三個強國境內各自的生活條件，幾乎是相同的。大洋國盛行的哲學被稱爲英社，歐亞國是新布爾什維克主義，東亞國則施行一種以中文通行的哲學，名之爲死亡崇拜主義（翻譯成「無我主義」應該更貼切）。大洋國禁止人民探知另外兩種哲學的任何原則，反倒教導人民在道德與常識上憎惡這兩者，視其爲野蠻粗暴的象徵。事實上，這三種哲學根本大同小異，以它們爲骨幹的社會體系也完全看不出有何差別——三個國家都具有金字塔型階級社會結構、半神格化的領袖，並維持一種「持續進行戰爭，以當作目的與手段」的經濟形態；導致的結果就是，三個強國不僅無法征服彼此，況且即便做到對自己也沒什麼好處。相反的，只要維持衝突局面，他們反倒能互相加持，有如三捆綁在一起的麥穗那樣。而且，三大強權的統治階層仍一如往常對自己的所作所爲既清楚、也不清楚，他們將畢生精力都投注於征服世界，卻也明白這場戰爭必須永無止盡的打下去，不會有眞正的贏家。同時，由於沒有被征服的危險性，客觀事實遭到否定的現象（即英社及其敵對思想系統的共通點），便可以名正言順的存在。在此有必要重複前面提過的一點——當戰爭變成一種無限延續的狀態，它本質上就已經改變了。

在過去幾個時代的定義裡，戰爭遲早都會結束，而且一般而言有明確的勝利或失敗；同樣的，在過去，戰爭是人類社會與客觀事實保持連結的一種主要手段。所有時代的統治者都曾試圖將虛假的世界觀加諸於自己的追隨者，畢竟任何傾向削減軍事效能的錯覺他們都承受不起——一旦戰敗，便等於失去獨立，或淪落至某些極爲糟糕的下場，所以勢得謹慎採取各種防範失敗的措施。在哲學上宗教上道德上政治上，二加二或許等於五，但當你在設計槍砲或飛機時，客觀事實不能忽略，答案必須等於四。效能不彰的國家被征服是遲早之事，要想提升效能就不能容許錯覺存在；此外，欲邁向功能效率之途，便得從過去經驗學習，意即——必須對過去發生的事抱持充分而正確的概念，報紙和歷史書籍固然帶有渲染與偏頗成分，但像今日這般的篡改造假將不可行。戰爭，是健全心智的安全保障，對統治階層來說或許是最重要的一項保障。如果戰爭有輸有贏，不管是哪一國的統治階層都無法完全逃避責任。

然而，當戰爭眞的變成一種無限延續的狀態，局勢也就不再危險。一旦戰爭無限延續，軍事必要性便形同多餘，技術可以停止進步，最明顯的客觀事實同樣可以被否認或忽略。如前所述，以戰爭為目的、勉強稱得上科學的研究，仍在持續進行中，但基本上都只是一些白日夢，即便沒有成果也無所謂——效能（甚至是軍事效能），已不再被需要；在大洋國，除了思想警察以外，沒有什麼東西堪稱有效能。由於三個超級強國都無法被征服，於是他們各自形成小宇宙，幾乎可以安心的在內部施作任何曲解思想的心靈工程，實質的壓力僅來自吃飽穿暖、有處棲身、免於誤吃毒藥或失足墜樓等日常生活需求。生與死之間，生理上的愉悅與痛苦之間或許仍有所差別，但也僅剩下這些而已。切斷了與外面的世界、與過去之間的聯繫，大洋國的居民彷彿存於星際空間的人一般，分不清哪邊是上哪邊是下。這種國家的統治者擁有絕對的權勢地位，連埃及法老或凱薩大帝都比不上。他們有義務避免為數過多的追隨者餓死而對自己造成不良影響，他們也有義務和敵人維持同樣低度的軍事水平；然而只要達到這個最起碼的標準，他們便能隨心所欲，任意扭曲現實。

因此，假如我們以過去的戰爭做為參考，現在的戰爭看起來不過是詐欺行為罷了——就像兩頭犄角經過調整、不會導致彼此受傷的反芻類動物打架那樣。不過，儘管戰爭是假的，卻不代表它沒有意義，它能耗盡所有多餘的消費性物資，並讓階級社會所需的特殊心態得以存續下去；由此可見，如今的戰爭純粹是一項國內事務。在過去，儘管出於共同利益考量，所有國家的統治階層或許會設下戰爭破壞的底限，但他們確實彼此交戰，而且戰勝國總是劫掠戰敗國；但現在，他們已不再互相征伐。戰爭，成了各國統治階層針對本國人民而發動的行為；戰爭目標，不是爭取或防衛領土，而只是為了確保社會結構不受影響。因此，「戰爭」這個字眼其實已經偏離原本的定義，或許正確來說，當戰爭變成無限延續的狀態，它就等於不存在了。從新石器時代到二十世紀初期，加諸於人類身上的特殊壓力消失了，取而代之的是某種全然不同的事物。假設三大強權同意永遠和平相處，在各自疆域內皆能放心得不受侵襲，所產生的作用應該和他們之間相互交戰的效果差不多；在那樣的情形下，他們仍會是各自獨立、自給自足的小宇宙，永遠不必擔憂外力的威脅。眞正永恆的和平將如同永恆的戰爭，這一點乃是黨那句「戰爭即和平」口號的深層涵義（儘管絕大多數黨員對此僅有粗淺的概念）。

溫斯頓暫時中斷閱讀。遙遠的某個地方傳來火箭彈爆炸的聲響，置身在一個沒有顯示幕的房間，且身旁還有一本禁書相伴的喜悅仍未消散。不知爲何，孤獨和安全的感受中混合著身體的疲累、沙發的舒適，以及窗外吹來微風輕拂他臉頰的觸覺。這本書令他著迷，或者更精準的說，令他安心。在某種意義上，這本書並沒有告訴他什麼新的東西，然而那正是吸引他的一部分原因。這本書只是把他腦袋裡許多零碎的思緒整理出來、集結成冊罷了，這件作品出自一個與他類似的心智，只是更強大百倍、更有系統，也更無所畏懼；他認爲，最好的書就是把你已知的東西告訴你。當他再度翻回第一章時，恰巧聽見茱莉亞上樓的腳步聲，於是從沙發上起身相迎。茱莉亞把咖啡色工具包丟在地上，立刻投入溫斯頓懷中；距離他們上次見面，已經超過一個星期了。

「我拿到那本書了。」兩人相擁後，溫斯頓說道。

「喔，你拿到了嗎？太棒了。」茱莉亞興致缺缺的回答，而且幾乎立刻在煤油爐邊跪坐下來煮咖啡。直到他們在床上待了半個鐘頭之後，才再度回到這個話題。傍晚涼爽的溫度剛好適合拉起床單蓋在身上。樓下傳來熟悉的歌唱及靴子摩擦石板地面的聲音。溫斯頓第一次造訪此處時看見的那位手臂通紅婦女，簡直就是這個露天劇院的固定班底。白天裡，她若不是來回穿梭在洗衣盆和曬衣繩之間，便是趁嘴裡沒銜著曬衣夾時忘情高歌。茱莉亞已經在自己那一側躺好，看起來很快就會睡著了。溫斯頓伸手拿起放在地上的那本書，背靠床頭坐直了身體。

「我們應該讀這本書，」他說，「你也一樣。所有兄弟會的成員都應該讀這本書。」

「你讀就好，」她閉著眼睛說，「大聲唸出來。那是最好的方法。你可以一邊讀一邊解釋給我聽。」

時鐘的指針停留在六的位置，意思是十八點鐘，他們還有三到四個鐘頭的時間。他把書架在膝蓋上，開始誦讀：

第一章　無知即力量

自有歷史記載以來，大約從新石器時代末期開始，世界上出現了三種人，即上等人、中等人與下等人。他們又被細分為好幾類，有各式各樣數不清的名字，他們的相對數量與看待彼此的態度隨時代不同而相異。然而，社會的基本結構從來不曾改變——即便經歷過許多激烈動盪和看似不可挽回的事件，最終總會自行恢復成原來的秩序，就像一個陀螺儀，無論如何被推移，它永遠會回歸平衡狀態。

「茱莉亞，你還醒著嗎？」他問道。

「是的，親愛的，我在聽。繼續唸，它寫得實在太棒了。」

他接著往下唸：

這三種人的目標是完全不相容的。上等人的目標是維持原有地位；中等人的目標是與上等人互換位置；至於下等人，如果他們有目標（長久以來，下等人的特色就是被辛苦的勞務工作壓榨，無暇顧及日常生活以外的任何事物），必然是廢除一切差別待遇、創造一個所有人生而平等的社會。因此，縱觀歷史，情節大致相同的拚搏爭鬥總是不斷重複上演。長期而言，上等人似乎占了優勢，不過往往會有那麼一刻，他們喪失了有效管理這一切的自信或能力，也可能兩者同時盡失。結果，中等人假裝為了自由正義而奮鬥，在獲取下等人的支持後，便一舉推翻上等人；目的一旦達成，中等人隨即把下等人逼回原本奴隸的處境，自己則晉升為上等人；很快的，從其中一方、或從雙方各自分裂出的一群新中等人，將會再度展開新一輪的鬥爭。三個等級的人之中，只有下等人連短暫片刻都不曾達成自己的目標。倘若斷言，從古至今物質方面完全沒有進步，這說法亦太過（即便今日我們處於一個退步的時期，一般人的物質生活條件還是比幾個世紀以前的水準要好上許多），但確實，我們的財富並未增加，日子並未更舒適，沒有任何改革或革命曾為人類的平等帶來一絲一毫的進展。從下等人的觀點來看，歷史的變動充其量不過是領導者的名字改變罷了。

到了十九世紀末期，不少觀察家都發現了這個週期性現象；隨後興起的諸多學派思想家，將歷史解讀為一種循環過程，並宣稱「不平等」是人類生活無可避免的常態（此一教條自然永不缺信徒，如今卻以大相逕庭的方式被提出）。社會組織階級化，在過去，是上等人最倚仗的一項學說，這個觀念之所以普遍獲得認同，乃是透過王公貴族、神父、律師和所有既得利益者的頌揚，再加上人死後可進入一個極樂世界的補償性允諾。至於中等人，在他們取得權力之前，總開口閉口主張自由、正義、友愛言論；但現在，這群篡位尚未成功、一心期待不久後能美夢成眞的人卻已開始批判攻擊世界大同的概念。在過去，中等人曾在追求平等的大旗下完成革命大業，然後馬上建立一個全新的高壓統治集團來代替被推翻的舊政權；新世代的中等人，實際上，不過預先表態他們專制苛政的立場罷了。十九世紀初期，社會主義理論出現，它深受過往年代的烏托邦主義影響，可說是自古以來，古代奴隸反抗行動思想長河中的最後一道環節。然而，從一九〇〇年左右陸續冒出的各種社會主義，卻愈來愈傾向公開背棄對自由平等理想的追求；這種出現在二十世紀的新運動，在大洋國被稱作英社，在歐亞國被稱作新布爾什維克主義，在東亞國則通常被稱作死亡崇拜主義，三者皆以維繫永恆的「非自由」與「非平等」爲目標。當然，這些新運動都源於過去社會主義舊有的主張，而且往往保留了它們原本的名稱，嘴上夸夸其談它們的理念，但眞正企圖全是爲了抑制進步，將歷史凍結在某個特定時刻。眼看熟悉的鐘擺效應即將再度發生，結果卻毫無動靜；依照慣例，中等人將驅逐上等人，隨後自行升等，但藉由這次的精心策畫，上等人將恆久保守住他們的既有地位。

新教條之所以萌生，一部分原因來自歷史知識的累積與歷史觀念的成長，這兩者在十九世紀之前幾乎不存在。如今，歷史的循環軌跡是可以理解的（或看似可以理解）；而假設可以理解，也就代表可以修改；之所以需要修改，主要的潛在理由是，早在二十世紀初，「人類生而平等」在技術上即有可能辦到。意即，人類在天生資質方面雖依舊不平等，需經某些專業訓練才能發揮個人強項，但如今已然不必再區別任何階級（在過往那些年代，階級區別不僅無可避免，也是合宜的作法），或設下巨大貧富差距。不平等，是文明的一項代價，但隨著機械化生產的進步發展，這種情況改變了——雖然人類依舊得從事各種勞務工作，卻已無必要再生活於不同社會或經濟水平之下。因此，在即將掌握權力的新族群眼中，人類的平等不再是個需要奮鬥的理想，而是個應該設法避免的危險。在更古早的年代，儘管公平正義的社會實際上是天方夜譚，人們反而還比較容易相信這道願景。幾千年來，人類念茲在茲的，就是希望實現一個四海之內皆兄弟、生活中毋須有法律規範、也沒有殘酷勞動的人間天堂；此一願景，連那些每每在歷史變革下實際受惠的族群亦有某種程度的嚮往。英美法三國的革命志業繼承者，或多或少相信他們所倡議的人權、言論自由、法律之前人人平等及其他諸如此類的說詞，甚至他們的行為在一定範圍內也拿這些主張做參考。然而進入二十世紀的四十年後，政治思想的主流已經變成獨裁主義，正當人間天堂有機會付諸實行的這一刻，它卻被質疑抹黑。每一種新政治理論，無論自稱叫做什麼，全都走回了階級與苛政的老路——約莫在一九三〇年，這樣的觀點強勢崛起，許多早就被拋棄不用的作法（其中某些很可能已超過幾百年不見），如未經審判直接入獄、拿戰俘充當奴隸、公開處決、嚴刑逼供、利用人質、驅逐特定區域中所有的人等等全都重出江湖，而且還有自認開明進步的人民樂於容忍這一切，甚至為之辯護。

經歷了十年殃及全球的各國衝突與各國內戰、革命運動與反革命運動，英社及其競爭對手終於浮上檯面，成為完備的政治理論——然而，曾於二十世紀初出現過、通稱為極權主義的各式體制，其實是它們登場的前兆；而即將在這片混亂局面底下產生的世界主體輪廓，也早已露出了端倪。至於什麼樣的人將掌控世界，同樣有跡可循——新的貴族階級，大多由官僚、科學家、技術人員、公會成員、公關專家、社會學家、老師、記者及政客所組成，這些出身受薪中產階級和上層勞工階級的人，因為獨占的壟斷企業、中央集權政府造成世界貧瘠不堪，所以決定團結起來。若與過去處於相等位置的人比較，他們沒那麼貪財、沒那麼喜好奢華，更渴望純粹的權力，尤其重要的是，他們更清楚自己的所作所為，也更專注於摧毀敵人。「更專注於摧毀敵人」這項差異尤其關鍵，與今日情況相比，過去所有的高壓統治從未貫徹實施，而且效能不佳——以往的統治階層總是受到某種程度的自由理念影響，因此願意睜一隻眼閉一隻眼，僅關注公開的行動，不那麼在乎人民心中的想法（以近代的標準而言，即便是中世紀的天主教會也能被包容），一部分的原因是，過去的政府並無力全天候監視平民百姓。但後來，印刷術的發明讓輿論的操弄更便利，電影和無線電的掘起又讓此一伎倆更上層樓；電視機的問世，以及任何可在單一裝置上搭載同步收發訊號的先進科技，更讓私人生活從此畫上句點。每位公民（或說，至少是值得注意的公民），皆逃不過二十四小時毫無間斷的警察監視與官方宣傳，其餘的一切溝通管道全被關閉或切斷。如今，不僅實現了「國家意志凌駕一切」，甚至首度將「迫使全體人民意見趨於一致的可能性」化爲眞實。

在一九五〇、六〇年代的革命時期過後，社會如往常般自行重組成上等、中等與下等人。但新的中等人，和過去的所有前身不同，他們並非依本能行動，而是確切知道該如何保全自己的位置。他們早已意識到，集體主義是寡頭政治唯一可靠的基礎，財富與特權在共同持有的狀況下最易於守護。二十世紀中期曾發生所謂「放棄私有財產」的現象，其實只是讓財富比以前更加集中在少數人手裡，僅中間有一項差異——財富的新擁有者，是一個集團，而不是一群單獨的個體。從個體的角度看，除了瑣碎的私人物品外，任何一位黨員名下皆無資產；從整體的角度看，黨擁有大洋國的一切，因爲它控制了一切，所有的物資都任憑它處置。革命之後的數年內，黨在幾乎沒有遭遇太多阻力的情形下，順利爬上了領導的位置，整個過程是以一種集體化行動模式展現。人們總是假設，一旦資產階級的財富遭到強制徵收，社會主義就緊接而來；毫無疑問，資產階級已經被徹底剝奪，工廠、礦產、土地、房屋、運輸工具等他們的一切全都被沒收，而既然這些物品不再是私人財產，勢將變成公共資產。事實上，自早期社會主義運動萌芽、並承襲其諸多詞彙的英社，可預知，將施行社會主義計畫的主要項目，也就是把經濟上的不平等設計成恆定狀態，這自然是經過刻意安排的結果。

然而，想永久維繫一個階級化社會，問題遠不只這麼簡單。只有四件事會讓統治階層失去權力——也許是被外力征服，或治理無方引發民眾起義反抗，或放任一個強勢且不滿的中等人集團聚結成形，或本身喪失了統治的信心與意願。這些因素並不會單獨作用，某種程度而言，四者往往同時存在。一個能夠處理這四個問題的統治階層，將能永遠掌握權力；追根究柢，決定性因素還是在於統治階層自己的心態。

二十世紀中期以後，「被外力征服」這項威脅實際上消失了，當今各據世界一方的三大強權皆無法被征服，除非經過長期緩慢的人口變化才會面臨這項風險，而這對一個國力充足的政府來說應該不是什麼困難。「因治理無方引發民眾起義反抗」這項威脅，同樣的，也僅只是一種理論上的考量。民眾從來不會自行起義反抗，民眾也從不會因為受到壓迫就起義反抗；的確，只要不讓他們知道有比較的標準，他們永遠不會察覺自己受到壓迫。過去的週期性經濟危機，是完全沒有必要的情況，現在更不允許發生，然而，其餘規模相當、無甚政治後果的重大失序仍可能發生，也無可避免會發生，畢竟——不滿的情緒根本無處宣洩。至於產能過剩的問題，從機械技術開始快速發展後便一直潛伏在我們的社會裡，但如今藉由不斷製造戰爭所需設備也已獲得解決（詳見《第三章　戰爭即和平》），此種方式同時亦有利於將公眾士氣提升至必要的高檔。因此，在當前我們的統治者眼中，真正的威脅來自一群精明能幹、懷才不遇、渴望權力、想另立門戶的人，以及在他們階層之中日漸茁壯的自由主義與懷疑論。換句話說，這個問題與教育有關，這是個如何針對領導集團、及緊鄰其下的龐大執行集團，持續進行意識改造的問題；至於平民大眾的意識，則只需反向操作即可。

得知這層背景後，本來不瞭解大洋國整體社會結構的人已可勾勒出一個概念。金字塔的頂端是老大哥，老大哥是全知全能的，所有的功勳、所有的成就、所有的勝利、所有的科學發現、所有的知識、所有的智慧、所有的幸福及所有的美德，全都直接來自他的領導與啓發。沒有人見過老大哥，他是巨大看板上的一張臉，顯示幕中的一個聲音。我們能合理相信他永遠不會死，至於他究竟何時出生，現在已有很多不確定的說法。老大哥，是黨用以代替自己呈現在世人面前的一道虛假表象；相較於整個組織，一個人更容易成爲愛、恐懼、敬畏等各種情緒投射的目標，他的功能便是扮演這樣的角色。老大哥的底下是內黨，黨員數量上限爲六百萬人，或以不超過大洋國百分之二的人口爲原則。內黨底下是外黨，假如將內黨比喻成國家的大腦，外黨就如同國家的雙手。外黨底下是沉默的群眾，我們習慣稱之爲「無產階級」，約占全國人口的百分之八十五；依稍早之前所做的分類，無產階級即是下等人（至於來自赤道地區的奴隸人口，由於經常在不同的戰勝者之間轉手，因此並非人口結構中的常態或必要部分）。

一般狀況下，這三種階級的身分並非世襲。理論上，即便是內黨成員夫妻所生下的小孩也不具有黨員資格。想加入黨的任一部門都必須通過檢定考試，通常在當事人十六歲時舉辦。黨既沒有種族歧視，也沒有特別偏好某些地域，黨的最高階成員中不乏猶太人、黑人、南美洲的純種印第安人，而且所有地方主管官員皆從當地居民中挑選——大洋國轄下，所有土地上的任何一個人，都沒有遭到外來政權殖民或被遙遠帝都統治的感覺。大洋國沒有首都，名義上的領袖是一位行蹤始終成謎的人。除了英語是通用語言，新語是官方語言以外，完全沒有統一整合的事物。將統治階層結合在一起的力量不是血緣關係，而是對共同教義的忠誠。我們的社會不但階級分明，而且階級隔離異常森嚴，這是一項不爭的事實，乍看之下還以爲是依循世襲制度所導致的局面。

如今，不同階級之間地位的往來變動，遠少於資本主義時期，甚至是工業化時期之前的年代。黨內的兩個分支中間會交換某些數量的人員，但會仔細控管人數，以確保軟弱怯懦者能被內黨剔除，而企圖心強烈的外黨成員則藉由給予升等機會使他們轉爲無害。按照慣例，無產階級者不准許入黨，他們之中最有天賦的人也許會變成一個怨念的核心，下場是被思想警察盯上隨即加以消滅。然而這種情勢並非必然不變，也不是什麼原則問題，黨並非舊觀念裡定義的階級；就它本身而言，它的目標並非把權力移交給自己的子女，假如沒有辦法將最好的人才留在決策高層，它會很樂意從無產階級招募一整批新血；在情況最嚴峻的那幾年，正因爲黨並非世襲體制才抵銷了極大的反對聲浪。老一輩社會主義者受到的訓練是，要對抗一種被稱爲「階級特權」的東西，他們假設「一切不是來自世襲制度的產物，都不可能長久」，但他們不明白，寡頭政治不需要實質的連貫性，他們也忘了世襲的貴族總是曇花一現，有時反倒像天主教會那樣的選任組織，經歷了數百年或數千年仍屹立不搖。寡頭政治的精髓不是父傳子的規則，而是將某種特殊世界觀及生活方式一系相承的強加到活人身上。只要手中握有提名繼任者的權力，統治階層終究還是統治階層，黨只在乎自己的永續，而非血脈的永續；倘若階級架構永遠不受改變，由誰行使權力並不重要。

我們這個時代展現出的所有信仰、習慣、好惡、情感與心態，都是被設計來支撐黨的神祕感而存在，以免當前社會的眞實面貌被看穿。實體的造反，或是具造反傾向的預備動作，全都不可能發生。從無產階級角度來看，沒有什麼需要擔心的事情——他們自生自滅，繼續世世代代的工作、繁衍與死亡，不僅毫無反抗的衝動，連搞清楚世界其實另有天地的那份力量也沒有。唯有在工業技術進展驅使下、必得讓他們接受更高教育時，他們才會變得危險；然而，既然軍事和商業上的競爭對手已不再重要，國民教育的水準自然也跟著下降。群眾有何觀感，或根本沒有觀感，都無關緊要，他們能被賦予知識自由，是因爲他們毫無知識；但另一方面，黨員如果對一件雞毛蒜皮的小事發表些微偏頗意見，則是不可容忍的行爲。

一個黨員從出生到死亡都活在思想警察視線底下，即便獨處也永遠無法確定自己眞的是單獨一人。無論身在何處，睡眠中或清醒時，工作中或吃飯時，洗澡或躺在床上，他都可能無預警的在不知不覺中遭到監控。他的所作所爲沒有任何一件是不重要的——他的友誼、他的休閒娛樂、他與妻子小孩的互動、他獨處時的神情、他睡覺時說的夢話，甚至他特有的肢體語言等等，無不受到充滿猜疑的審查。不只是實際的過失，就連任何細微古怪的舉動、任何習慣的改變、任何神經緊張的怪異行爲，也都可能是內心掙扎而顯露出的症狀，這肯定會被察覺；他完全沒有選擇的自由。但另一方面，他的言行舉止並不受法律或任何明確記載的社會規範管制，因爲大洋國沒有法律——某些一經察覺便死路一條的思想和行動，並未被正式禁止；至於無窮盡的淨化、逮捕、刑求、送入大牢及人間蒸發，也不是爲了懲罰眞正已經犯下的罪行，而是用來掃除那些或許會在未來某個時刻犯罪的人。一名黨員不僅必須有正確的看法，還要有正確的直覺；但他所應具備的許多信仰與態度從來不會被直白的陳述，畢竟若要陳述，那麼英社本質上的矛盾將無所遁形。假如他是個天生正統的人（新語稱之爲「良思者」），無論在任何情況底下，他都不必思考就能知道什麼是眞正的信仰或恰當的情緒，畢竟——童年時期不斷被犯罪停止、黑白、雙重思想等新語字彙所圍繞，在那麼多複雜的心理訓練之下，他早已不願、也無法深入思考任何主題。

一名黨員不該擁有私人情感，對黨的狂熱也不該減退，他應該活在仇恨外敵內奸的持續暴怒及戰勝對手的滿足喜悅之中，並且要在黨的權威和智慧面前謙卑。他貧乏困頓生活中的不滿，可藉由類似仇恨兩分鐘的這種行動，被有計畫的導向國外，予以宣洩消散；至於可能誘發懷疑或造反心態的想法，則早已被養成的內在紀律提前扼殺。這套紀律訓練最初和最簡單的階段，在新語中稱爲「犯罪停止」，就連兒童也能學會。犯罪停止的意思是，在危險念頭臨界時，藉著一種如反射動作般的能力瞬間結束它。它的功用在於，一旦有任何事物牴觸英社的原則，將讓人無法觸類旁通、無法察覺邏輯錯誤、誤解任何對英社有害的最淺顯論點，並使人對任何帶有異端傾向的想法感到排斥與厭煩。犯罪停止，一言以蔽之，就是一種保全住愚昧的心理機制；然而光是愚昧還不夠，相反的，全面性的正統需盡可能徹底控制一個人的思考過程，有如一個能任意扭曲身體的柔軟體操雜技演員那樣。大洋國整體社會所仰賴的信念，是老大哥無所不能、黨無所不知，不過由於實際上，老大哥並非無所不能、黨也並非無所不知，因此必須有一套能隨時隨地運作、彈性調整客觀事實的處理方式。這裡的關鍵字是「黑白」，和許多新語字彙一樣，這個字也具有互爲矛盾的兩個意思——用在對手身上，代表是非不分，指黑爲白的卑鄙習慣；用在黨員身上，代表在黨紀要求下，願意指黑爲白的忠誠不二；但這也代表，一個人得相信、甚至認定「黑即是白」，遺忘事物有相反對立的基本道理。此一機制需憑藉不間斷的修改過去，並依靠一套在新語中被稱爲「雙重思想」、實際上幾乎涵括一切的思想系統達成。

之所以「必須不間斷的修改過去」有兩個理由，先談比較次要的（也可說是預防性）理由，那就是——黨員之所以和無產階級一樣忍受著當前的生活條件，一部分原因是他沒有可比較的標準，所以他必須被隔絕於過去，就像必須被隔絕在大洋國以外的世界一樣，如此才會相信自己的日子過得比從前的祖先更好，物質生活水平也持續提升。然而至今看來，主要理由仍是爲了守護「黨絕對正確」這份超然性，不單是那些各式各樣的演講、數據、記錄都必須被不斷調整，以跟上最新發展，才能證明黨的預測完美無誤，而且不能承認教義或政治結盟方面有過任何改變，因爲——改變心意、甚至是改變政策，都等於坦承自己有弱點。例如，假設歐亞國或東亞國（無論哪一方）是目前的敵人，該國便必須永遠是大洋國的敵人；若有一項事實與此現狀相反，就需要加以修改。於是，歷史不斷重寫，成了一種常態。對於維持政權的安定穩固，這個由眞理部負責執行、日復一日僞造過去的任務，和友愛部負責執行的鎭壓與查探工作，同等重要。

「過去的可變動性」，是英社的中心概念，它的主張是——過去發生的事件並非客觀的存在，那僅僅只是文字記錄與人腦記憶中的內容，也因此，唯有記錄與記憶認可的過去才算成立。由於黨徹底控制了所有記錄，也徹底控制了黨員的心智，因此可斷定，凡是被黨挑選出來的部分就等於過去。此外，儘管過去是可以修改的，卻從未留下任何特定實例遭修改的記錄，因爲無論當下所需的事情樣貌爲何，一旦被重製，這個新版本就會變成眞正的過去，至於論述相異的過去則不容留下絲毫痕跡。同一件事情，在一年內重製數次、最後被改得面目全非的例子並不少見，即便如此，這套方法依舊適用。黨無時無刻都掌握著絕對的事實，而且絕對的事實顯然得永遠符合現況；由此可見，控制過去的首要之務在於記憶的訓練，確認一切文字記錄皆符合當時的正統思想，而那只是一種機械式的動作。但另一方面，也得讓人記得事情是以預期中的方式發生，意即——如果必須重新編排一個人的記憶或篡改文字記錄，就必須讓那人忘記自己曾經做過的事；這項技巧和其他心理訓練的學習方法大同小異，大部分黨員都曾經學過，至於那些既聰明又正統的人更不必說，肯定學得滾瓜爛熟，舊語中直白的稱此爲「事實管控」，新語則稱作「雙重思想」（儘管雙重思想還包含了許多其他東西）。

雙重思想，代表一個人心中同時抱持、並接受兩種相互衝突的信念。黨的知識份子知道自己的記憶該往哪個方向修正，他也知道自己在玩弄現實，然而透過實踐雙重思想，他將徹底理解現實並未被違反。這道程序必須是有意識的，否則無法精準執行；不過，它也必須是無意識的，否則將令人感到虛假而內疚。雙重思想是英社的核心骨幹，因爲黨的基本方針在於——進行自我欺騙的同時，全然誠實保持堅定的目標，由衷相信自己蓄意捏造的謊言，遺忘所有變成麻煩的事實；然後，等到下次又能派上用場時，再從記憶荒野中將它拖出來，隨心所欲的重複利用。「否認客觀事實的存在，又得隨時考慮已遭否認的客觀事實」——是不可缺少的必要思維，即便在使用雙重思想這個字時，也必須經過雙重思想的同步處理；使用這個單字就代表你承認自己篡改事實，然而只要操作一次雙重思想，你立刻可以清除這項認知，而且可以無限次重複，謊言將永遠比事實快上一步；最後，靠著雙重思想，黨終於能夠抑止歷史的進程（根據我們的估計，或許會持續幾千年）。

過去所有的寡頭政體之所以失去權力，不是因爲變得僵化，就是因爲逐漸軟化。若不是他們變得愚蠢自負，不知自我調整且改變情勢，而導致後來被推翻；就是他們變得開明懦弱，該以武力解決時卻做出讓步，導致後來同樣被推翻；換句話說，他們的衰亡是既有意識、又無意識造成的結果。黨的偉大成就，在於創立了一套可同時兼容「既有意識、又無意識」這兩種條件的思想系統，除此之外，沒有其他知識基礎足可永久不墜支撐黨的宰制力。如果你想實行統治，而且希望長久的統治下去，你必須能夠顛覆現實的意義；畢竟，統治的祕訣就在於，結合自己無所不知的信念，以及從過去錯誤中學習的力量。

不得不說，最狡猾的雙重思想操作者，便是雙重思想的那些發明者，他們很明白這是一場規模龐大的心理騙術。在我們的社會中，掌握最多知識訊息的人，正是那些看法離眞實世界最遠的人——一般而言，瞭解得愈多的人，錯覺愈嚴重；腦袋愈聰明的人，心智愈不正常；其中一個很明顯的例子便是，當一個人的社會地位愈高，戰爭歇斯底里症候群愈強烈。看待戰爭，心態最理性的莫過於那些身處衝突地帶的從屬國人民；對他們來說，戰爭不過是一場持續性的災難，彷彿海浪來回沖擊他們的身軀般，哪邊獲勝根本毫無差別；他們知道，宗主國的更替不過代表換了新的主人，至於工作與待遇都和以前一樣，不會有任何改變。略受眷顧的勞工，即所謂的「無產階級」，則偶爾關心一下戰爭局勢——在必要情形下，稍加刺激，便能讓他們發狂似的陷入恐懼與仇恨；若不加以理會，他們很容易完全忘記正在打仗這件事。眞正的戰爭狂熱存在於黨的各個階層，尤其是內黨裡頭——最認眞相信可以征服世界的那些人，也是最清楚此事永遠不可能達成的人；這種本質對立、卻相互連動的異常現象（無知的理解，消極的狂熱），是大洋國社會的一個主要特色。甚至在沒有實際因素的考量下，官方的意識形態也充滿矛盾——例如，黨排斥、貶低社會主義運動所提倡的每一項原則，卻又選擇以社會主義之名遂行目的；儘管過去幾個世紀皆無任何前例，黨卻鼓吹大家鄙視勞工階級，但要求黨員穿上曾一度代表體力勞動者專屬款式的制服，理由是「希望大家以勞動者的形象爲榮」；此外，黨藉由系統化方式削弱家庭的凝聚力，卻又選用「老大哥」這樣一個直接訴諸手足情感的領袖名稱；就連管制我們的四大部門也被賦予某種刻意顚倒事實、厚顏無恥的名稱——和平部負責作戰，眞理部負責說謊，友愛部負責拷問，富裕部負責讓人挨餓。這些矛盾並非意外，也不只出於尋常的僞善，它們可是雙重思想精心處理過的產物，因爲唯有使矛盾趨於一致，權力才能恆久在握，別無其他辦法可破壞這種舊循環。假設我們所稱的上等人想永遠保有他們的地位，那麼「人類平等」就是個必須永遠迴避的目標，是以當前的主流心理就必須被控制在精神錯亂的狀態底下。

然而，有一個問題到目前爲止我們幾乎一直忽略，那就是——「爲何必須避免人類平等？」倘若運作的機制已被正確的描述出來，這個無比龐雜、計畫準確、打算將歷史凍結於某個特定時刻的行動，目的究竟是什麼？

我們即將揭開這個核心祕密。正如我們之前曾說過的，黨的奧義（尤其是內黨的奧義），背後所倚仗的是雙重思想，不過在這底下還有更深一層的原始動機，首先是永不質疑的本能，導致權力被沒收，接著又產生雙重思想、思想警察、長期戰爭及其他各種必要的裝備設施。這個動機其實包含了……

溫斯頓注意到身旁一片寂靜，就像你突然聽見了一個新的聲音那樣。茱莉亞似乎已有一段時間毫無動靜。她上半身赤裸的側躺著，臉頰枕在手背上，一撮散落的黑髮遮住了雙眼，胸部緩慢而規律的起伏著。

「茱莉亞？」

她毫無反應。

「茱莉亞，你還醒著嗎？」

她依舊沒有回答。她已經睡著了。溫斯頓闔起書本，輕放於地板上，然後躺下來，拉起床單蓋在兩人身上。

他思索著，但心中仍未解開那個終極的祕密——他知道方法，但不知道原因。書上的第一章內容，如同第三章，並沒有提到什麼他原本不知道的東西，只是把一些早已存在他腦袋裡的資訊系統化，並整理成文字罷了。然而在閱讀之後，他更清楚的意識到自己不是瘋子。身爲少數份子，甚至是做爲孤獨一人的少數，並不代表你是瘋子。這個世界上有事實也有非事實，假如你立場堅定，相信事實，即便所有人都和你意見相左，你也絕對不是瘋子。一道金黃色的餘暉從窗外透進來灑落在枕頭上。他閉上雙眼。照在臉上的夕陽和女孩光滑軀體的膚觸，使他油然升起一股疲倦又放心的強烈感覺。他很安全，一切都很好。他睡著之前，口中還隱約呢喃著「心智是否健全無法以統計學分析」，聽起來彷彿是一句蘊含了深奧智慧的注解。

10

當溫斯頓醒來時，覺得自己好像睡了很久，不過那個老式時鐘顯示現在是二十點三十分。他又繼續躺著打了個盹；不久，樓下院子裡再度傳來那個中氣十足的熟悉歌聲：「**這只是一場沒有結果的戀情，就像四月裡的日子輕易流逝。無論是一個眼神一個字或一個夢，都讓我魂牽夢縈失魂落魄！**」

那首胡說八道的歌似乎尚未退燒，你依舊可以在大街小巷聽見它，它的賞味期限顯然更勝仇恨歌。茱莉亞被歌聲吵醒，舒服的伸了一個懶腰，跳下床。

「我餓了，」她說，「我們再來煮一些咖啡吧。可惡！爐火熄了，水也冷了。」她拿起煤油爐晃了兩下，「裡面沒油了。」

「我想，我們應該可以跟查寧頓老頭要一點。」

「真奇怪，我剛才確認過油是滿的啊。我要把衣服穿上，」她補充道，「好像變冷了。」

溫斯頓也起床開始著裝。那個從不疲倦的歌聲繼續唱著：「**他們說時間會沖淡一切，他們說你一定可以遺忘，但笑容和眼淚交織多年，我的心依然糾結！**」

他一邊繫上工作服的皮帶，一邊緩步晃到窗邊——太陽想必已從屋子的另一邊落下，現在院子裡沒有陽光了。石板地面宛如剛被清洗過那般濕滑，他感覺天空似乎也被洗淨了，從煙囱之間的縫隙望出去是無比清澈透明的藍。那位精力無窮的婦女仍舊穿梭不停，嘴上時而銜著曬衣夾，時而取下，歌聲忽揚忽止，尿布彷彿怎樣也曬不完。他不禁懷疑婦女究竟是靠洗衣為生，或是她有二、三十個孫子孫女需要伺候。茱莉亞也來到他身邊，兩人一起入迷凝視著樓下那道厚實的身影。溫斯頓看著婦女獨特的姿態，粗壯的手臂高舉伸向曬衣繩，翹起母馬般有力的屁股，他第一次發覺這位婦女很美。以前他從沒想過，五十歲婦女的身體竟然還可以是美麗的——因懷孕分娩而膨脹成巨大的尺寸，因各種家事操勞逐漸變得結實滄桑，最終產生粗糙的紋理，像顆過熟的圓菜頭。然而事實的確如此，況且，有何不可？那粗糙發紅的皮膚、如大理石般剛硬而欠缺曲線的身形，相對於年輕女孩的軀體，正如玫瑰的果實和玫瑰花之間的關係——為什麼，果實就一定比花朵還不如呢？

「她很美麗。」溫斯頓自言自語道。

「她的屁股隨便也超過一公尺寬吧！」茱莉亞說。

「那是她的迷人之處。」溫斯頓說。

他的手臂很輕易的攬住了茱莉亞柔軟的腰，女孩臀部與腿側緊密的貼著溫斯頓。他們兩人永遠不可能生小孩，那是他們絕對不能做的一件事；唯有透過言語和心智的交流，他們才有辦法將祕密傳承下去。樓下的婦女沒有心智，她只有強壯的手臂、溫暖的好心腸，與生殖機能強大的肚皮。溫斯頓很好奇這位婦女到底生了幾個小孩，十五個應該不成問題。她曾像朵野玫瑰般短暫綻放，花期或許持續一年左右，隨即如一顆受精的果實快速腫大，接著變硬、變紅、變粗糙，人生從此陷入洗衣、燒飯、清理、縫補、打掃、擦拭、修繕、清理及洗衣的無限循環中；一開始是為了子女，後來是為了孫子孫女，三十年毫無間斷；最終，她仍在歌唱。望著煙囪後方延伸至遙遠天際的深藍色無雲夜空，他對這位婦女產生了一股莫名的敬意⑩。想起來非常奇妙，無論在歐亞國還是東亞國，或這裡，每個人的天空都是一樣的，這片天空底下的人也幾乎都一樣（儘管全世界各地數十億人境遇都相同，渾然不覺彼此的存在，而且被謊言與仇恨構築的高牆所分隔，但每個人幾乎都是一樣的），這些從不懂思考的人心裡、肚子裡及身軀裡，都貯藏著總有一天將翻轉世界的力量。如果眞有希望，就在無產階級勞工身上！即便還沒讀完那本書，他知道那必定是高斯坦最後所要傳達的訊息。未來是屬於無產階級的；當無產階級時代來臨，他，溫斯頓．史密斯是否有把握自己在那些人打造出來的世界中不會是個異類，不會像他在黨的世界這樣？是的，因爲那至少會是一個正常的世界——平等，在那裡將是正常現象，精神力量遲早會轉化爲意識；無產階級是不朽的，看著院子裡那道強韌的身影，你如何還能懷疑。他們的覺醒勢必到來，儘管或許還要再等幾千年，不過直到那一刻發生爲止，他們將像鳥兒一樣克服萬難的存活下去，將黨用不到、也扼殺不了的生命力一代又一代傳遞下去。

「你還記得嗎，」溫斯頓說，「對著我們唱歌的那隻畫眉，第一次約會那天，在樹林邊？」

「他哪有對著我們唱歌，」茱莉亞說，「他是爲了自己開心而唱好嗎？甚至我們根本就想太多，他只是在亂唱而已。」

鳥類唱歌，無產階級也唱歌。黨不唱歌。在世界各地，在倫敦和紐約，在非洲和巴西，在邊界之外的神

⑩ 這位無產階級婦女，代表溫斯頓對遙遠未來的一種合理期盼——無產階級終將認清自身的處境，並奮起的對抗黨。溫斯頓視這位婦女為強盛生殖力的絕佳例子，他經常想像，婦女產下的後代子孫之中，必定會有人推翻黨的統治。

祕禁區，在巴黎和柏林的街道，在俄羅斯一望無際平原上零星分布的村落，在中國和日本的市集……到處都有那道堅忍不拔、屹立不搖的熟悉身影，即便體型因工作與生產而大幅升級，從出生到死亡一輩子不停辛勞，她們還是可以唱歌自娛。總有一天，那些強大的肚皮裡必將孕育出一種具有自我意識的新人類。你是死人，未來是他們的。然而，假如你努力延續自己的心智，就像他們努力延續自己的生命那樣，並且把「2＋2＝4」的神祕定律流傳下去，你也能參與那個未來。

「我們是死人。」溫斯頓說。

「我們是死人。」茱莉亞很識相的附和道。

「你們是死人。」他們背後忽然傳來一個冷酷的聲音。

他們瞬間從彼此身上彈開。溫斯頓的五臟六腑全都結成冰塊。他可以看見茱莉亞雙眼圓睜，露出一整圈眼白。她的臉失去了血色，兩頰殘留的腮紅看起來更爲明顯，像用貼上去的一樣。

「你們是死人。」那個冷酷的聲音又說了一次。

「在圖畫後面。」茱莉亞說。

「在圖畫後面，」那個聲音說，「留在原地。沒有收到命令不許動作。」

開始了，終於開始了！除了愕然站立，注視著對方的眼睛之外，他們什麼也不能做。趕緊逃跑，趁還來得及之前火速離開這棟屋子——然而，他們兩人都沒有這樣的想法。反抗牆壁後方那個冷酷的聲音是件無法想像的事情。接著，先是傳出一道金屬脆響，似乎有某個鎖被打開，然後是一陣玻璃碎裂聲。那幅畫已砰然墜地，露出了牆壁上的顯示幕⑪。

「現在他們看得見我們了。」茱莉亞說。

「現在我們看得見你們了，」那個聲音說。「站到房間中央。背靠背站好。雙手舉高置於頭部後方。雙方不可有肢體接觸。」

他倆並未觸碰彼此，但溫斯頓彷彿感覺得到茱莉亞的身體正在發抖，或者其實是他自己在發抖。他可以克制住不讓牙齒打顫，膝蓋卻不聽使喚。樓下屋裡屋外到處都是靴子重踩的腳步聲。院子裡似乎擠滿了人，不知是什麼物體從石板路面被拖行過去。婦女的歌聲驟然停止，隨後傳來很長一陣叮噹作響的滾動聲，應該是洗衣盆被扔至院子另一頭所發出的噪音，接下來是一連串混亂的嚴厲斥喝，最終以一聲痛苦的慘叫做爲結束。

「屋子被包圍了。」溫斯頓說。

「屋子被包圍了。」那個聲音說。

「我想，」他聽見茱莉亞咬著牙，強忍著畏懼說，「我們應該趁現在道別。」

「你們應該趁現在道別。」那個聲音說。但另一個不同的聲音，一個十分文雅細弱、溫斯頓印象中曾聽過的聲音冒了出來：「既然說到這件事，不妨順便一提，『拿一根蠟燭帶你上床睡覺，拿一把斧頭將你腦袋砍掉！』」

⑪ 這幅聖克萊蒙教堂的圖畫，代表了溫斯頓心中另一段失落的過去；而暗藏在圖畫後方的顯示幕，則隱含腐敗的黨控制了過去之意。溫斯頓後來也因此落入了思想警察手裡。

某件東西摔落在溫斯頓後方的床上。一把梯子的頂端戳穿窗戶，撞碎了玻璃。有人正從窗戶爬進來。接著是蜂擁登上階梯的靴子腳步聲。一堆身穿黑色制服、腳踩鐵皮長靴、手持警棍的體格壯碩男人，不一會兒便占據了整個房間。

溫斯頓不再發抖，他甚至連眼睛也不敢亂瞄，現在只有一件事最重要——靜止別動、靜止別動，他們才不會有藉口修理你！有個下顎光滑、嘴巴緊閉、貌似冠軍拳手的男人，沉默的站在他面前，正以拇指和食指捏住警棍把玩。溫斯頓與他四目相交。那種雙手抱住自己後腦勺、臉部及軀幹全都暴露任人宰割的赤裸感，令他難以忍受。那個男人伸出白色舌尖在嘴唇四周舔了一圈，隨後便往別處走去。隨即又傳來一道爆裂聲——某個人拿起桌沿的玻璃紙鎮，使勁砸在石砌的壁爐上。

粉紅色捲曲狀的珊瑚殘骸，如蛋糕上糖塑的玫瑰花蕾裝飾，一路滾過地毯。溫斯頓不禁心想，如此渺小，它總是如此渺小！這時，有個人來到溫斯頓背後，用力吸了一口氣，準備施加重擊。

溫斯頓的腳踝馬上狠狠挨了一記，他幾乎失去平衡。另一個人則往茱莉亞腹部賞了一拳，她的身體立刻如摺尺般彎成兩截。茱莉亞倒地痛苦抽搐，好像快要無法呼吸。溫斯頓完全沒有勇氣轉頭看她，但茱莉亞那蒼白鐵青、喘不過氣的臉孔一不小心仍進到他的視線之中。即便已被嚇得魂飛魄散，那種疼痛他彷彿也能感同身受，然而比起那種要命的疼痛，茱莉亞呼吸困難的模樣更令他擔心。他知道那是什麼感覺——縱然劇烈難熬的痛楚早已滲入體內，但當你正在窒息邊緣死命掙扎時，應該還感覺不到。隨後，兩個男人分別抓住茱莉亞的肩膀和膝蓋，像搬麻布袋一樣將她抬出房間。溫斯頓瞥見了她的臉，上下顛倒，雙眼緊閉，面容扭曲，毫無血色，兩頰依舊殘留著腮紅；這是他最後一次看見茱莉亞。

溫斯頓絲毫不敢亂動，目前還沒有人動手修理他。許多想法不經意掠過他的腦海，但都毫無意義——他猜想著，這些人會怎麼處置查寧頓先生、會怎麼處置院子裡那位婦女？他發現自己尿很急，並對此有點驚訝，因爲兩、三個鐘頭前他才剛上過一次廁所！他發現壁爐架上那個時鐘指著九點，意思是二十一點；然而，現在的光線太明亮了，難道八月傍晚的二十一點鐘還有如此的日照？他不免有些懷疑，自己和茱莉亞是否弄錯時間，整整多睡了十二個鐘頭，誤以爲醒來時是二十點三十分，其實卻已是隔天早上的八點三十分？不過，他並未再繼續想下去，再想也沒用。

走廊上傳來另一個比較輕緩的腳步聲。查寧頓先生走進了房間。這群黑衣人的舉止頓時收斂不少。查寧頓先生的外表有些改變，他的視線投向玻璃紙鎮碎片。

「把那些碎片撿起來。」他嚴厲的說。

一名黑衣人趕忙彎下腰撿拾。查寧頓先生的倫敦口音消失了——溫斯頓這才恍然大悟，幾分鐘前顯示幕中的聲音是來自誰！他依舊身穿黑色舊天鵝絨夾克，但原本近乎全白的頭髮如今卻烏黑發亮。他的眼鏡也拿掉了，目光如識別身分般犀利瞄了溫斯頓一眼，而後便不予理會。溫斯頓仍認得出是他，然而他已非當初那個人——他的身體挺直了，感覺似乎變高大了；臉龐雖然僅經過細微修飾，看起來的樣貌卻截然不同，黑色眉毛不像之前那麼濃密，皺紋不見了，整個臉部線條都經過處理，甚至連鼻子也變短了。那是張年約三十五歲、敏銳冷靜的男人面孔；溫斯頓此刻才意識到，這是自己生平第一次在知情情況下，親眼目睹思想警察！

PART3.
第三部

1

溫斯頓不知自己身在何處，大概是在友愛部，但此刻顯然無法釐清這一點。他位在一個天花板很高、沒有窗戶，四周牆壁皆貼著潔白光亮瓷磚的牢房中。冷峻的光線從嵌燈上照射下來，並有某種低頻運轉的穩定聲響一直傳來，八成是空調系統所發出。四周牆邊擺滿了深度剛好足夠讓一人坐進的板凳或木架，僅在房門的位置留有開口；房門的另一端，則正對著裝設了一只沒有座墊的馬桶。四面牆上各有一個顯示幕。

他的腹部還有些悶痛，自從被五花大綁的丟進密閉廂型車載走後，便持續疼到現在。此外，肚子也餓了，那是種彷彿快要胃穿孔的異常饑餓。他上次進食可能是二十四個鐘頭前、也可能是三十六個鐘頭前的事。他依然不知道，或許永遠都不會知道自己遭到逮捕時究竟是白天還是晚上。他被捕以後，至今不曾有人給他東西吃。

他盡可能穩坐在短淺的板凳上，雙手交叉置於膝蓋上。他已經被告誡必須乖乖坐著。倘若你輕舉妄動，那些人會透過顯示幕對你大聲吼叫。但他對食物的渴望愈來愈強烈，儘管最想要的不過是塊麵包。他感覺自己工作服口袋裡好像有幾片麵包屑，因爲有個物體一直碰觸他的腿，那很可能是塊相當大的麵包皮。終於，一探究竟的誘惑戰勝了恐懼——他將手伸進口袋中。

「史密斯！」顯示幕裡的聲音怒斥道，「六〇七九號人犯史密斯！把你的手從口袋中拿出來！」

他又繼續坐好，雙手交叉放回膝蓋上。他被送來這裡之前，還先被帶往另一處應該是普通監獄或警用臨時拘留所之類的地方。他不清楚自己在那邊待了多久，至少有幾個鐘頭吧；在沒有時鐘、沒有陽光的狀況下，很難衡量時間。那是個吵鬧不休、臭氣薰天的鬼地方，他被關進一間和現在這裡類似的牢房，但非常污穢不堪，裡面隨時都塞滿十到十五個人。這些人大部分是一般罪犯，但其中也有幾名政治犯。他安靜的靠牆坐著，任憑旁邊那些骯髒的身軀不斷推擠碰撞，——內心已被恐懼與腹部痛楚占據的他，對周遭環境顯得毫無知覺，然而他仍注意到黨員囚犯和其他人犯在行爲上的巨大差別。黨員囚犯看起來總顯得沉默與害怕，但一般罪犯則通常一臉不在乎的樣子——他們會出言不遜辱罵獄警；個人物品被沒收時會激烈反抗；喜歡在地板上塗寫各種猥褻字眼；食物被偷偷藏在衣服某處夾帶了進來；甚至在顯示幕試著維護秩序的同時，也不忘叫囂反擊。但另一方面，他們之中的某些人似乎和獄警交情不錯，非但直呼對方綽號，還企圖透過門上的監視孔騙取香菸來抽。同樣的，獄警對待一般罪犯的態度也比較克制，即便在必須採取強硬手段的場合亦如此。大多數囚犯將被送去強制勞改營……這類五花八門的傳聞與說法，在這狹小的牢房中充斥著。根據他所聽見的訊息，只要你打好關係、懂得門路，勞改營裡的日子會過得「還不錯」——所有你能想像到的賄賂、徇私及敲詐行爲，那裡一樣不缺；搞同性戀和召妓賣淫的情形也相當普遍，甚至連馬鈴薯蒸餾出來的違法私酒都有；重要職務只讓一般罪犯擔任，尤其是幫派份子或殺人犯，他們儼然形成了某種權貴階級；至於一切卑鄙的勾當，則全都交由政治犯處理。

毒販、小偷、強盜、酒鬼、妓女及黑市商人等形形色色的囚犯不斷來來去去。有些酒鬼性情暴烈，須得其餘囚犯通力合作才能加以制服。這時有名年約六十歲、胸前掛著一對下垂豪乳的肥碩婦女被扛了進來，就算四個獄警分別抓住四肢，她仍一邊亂踢一邊鬼叫，頭頂上又厚又捲的白髮因死命掙扎而一片散亂。獄警扯下她腳上用來踹人的靴子，再把她丟到溫斯頓的膝蓋上，差點壓斷他的腿骨。婦女立刻挺直上半身，回敬了一句「操你媽的王八蛋」，然後發現自己坐在一個不平整的東西上，便抬起屁股離開溫斯頓的膝蓋，坐到了板凳上。

「對不起啊，小帥哥，」她說，「如果不是那些混帳我也不會坐到你身上。他們還眞不懂得憐香惜玉對吧？」她稍作停頓，拍拍自己的胸口，打了個嗝，「抱歉啊，」又說，「我有點不太舒服。」

她身體向前一傾，吐了滿地。

「這樣好多了，」她往後一靠，閉上眼睛說道，「我告訴你，這種時候千萬別忍。趁它剛下肚不久趕快吐出來，眞的。」

她的神智恢復清醒，轉頭又看了溫斯頓一眼，似乎瞬間喜歡上他。婦女粗壯的手臂勾住溫斯頓的肩膀，將他拉向自己，一股混著啤酒與嘔吐物的氣味直衝溫斯頓臉上。

「小帥哥，你叫什麼名字？」她問道。

「史密斯。」溫斯頓回答。

「史密斯？」婦女接著說，「眞有趣。我也姓史密斯。怎麼會這麼巧，」她略帶感傷的補充道，「我可能是你老媽！」

溫斯頓心想，她確實可能是自己的母親。她的年紀和體型都相仿，而且在強制勞改營待了二十年或許會讓一個人徹底改變。

除了這名婦女，沒有其他人和溫斯頓說話。令人驚訝的是，一般罪犯對黨員囚犯很習慣視而不見，他們以一種夾雜著冷漠與歧視的口吻稱那些人為「阿政」。黨員囚犯好像很害怕與任何人交談，尤其畏懼與同為政治犯的人交談。唯獨那麼一次，板凳上有兩名黨員被擠到一塊兒，那兩人皆為女性，在周圍的吵雜聲中，他無意間聽見些許倉促低語的字句，兩人說了「一〇一號房」之類的東西，他不清楚那是什麼意思。

溫斯頓約莫在兩、三個鐘頭前被帶來這間單人牢房。腹部的悶痛始終沒能完全消失，狀況時好時壞，思緒也隨之發散或限縮。症狀變嚴重時，僅能想到痛苦本身及對食物的慾望；症狀緩解時，便籠罩在驚恐的愁雲慘霧之中。有幾次，腦海裡浮現即將面臨的遭遇，還因想像得太過逼真寫實心跳猛烈加速，難以呼吸。他感到警棍打在手肘、鐵皮長靴踹在脛骨上的劇痛；他看見自己趴跪在地，牙齒斷落，淒厲求饒。他幾乎不曾想起茱莉亞，無法讓注意力停留在茱莉亞身上。他愛茱莉亞，無論如何也不會背叛她；然而那不過是個事實，如同一道已知的算術規則罷了。他感覺不到自己對茱莉亞的愛意，甚至幾乎不曾為她現在的處境擔心；他反倒比較常想起歐布萊恩，並在心裡懷抱著渺茫的希望。歐布萊恩大概知道他被逮捕了。歐布萊恩說過，兄弟會從不拯救組織成員；但有刮鬍刀片就夠了，假如辦得到，他們應該有方法偷渡刮鬍刀片進來。在獄警衝入牢房之前或許會有五秒鐘空檔，冰冷刀片帶著一種燒灼的痛楚劃破他的手腕，連握住刀片的手指也遭割傷，深可見骨……這時，一切思緒又被他脆弱的身體拉了回來，即便是最輕微的疼痛都能讓他縮成一團發抖。倘若真有機會，他也不確定自己是否願意使用刀片——儘管終究難逃折磨酷刑，過一秒算一秒的想法好像更為合理，再多活十分鐘的人生也不賴。

他偶爾嘗試著計算牢房中的磁磚數量；這原本是件很簡單的事，他卻經常忘記數到哪裡。更多時候，他都在想自己究竟身在何處，當下究竟是什麼時間；好幾次，他起初認爲外面是大白天，下一刻又覺得應該是三更半夜。他本能的相信，這地方的照明永遠不會關閉，這裡就是那個黑暗徹底絕跡的地方——他如今知道，爲什麼當時歐布萊恩似乎認同了這項暗示。友愛部裡沒有任何窗戶，他的牢房可能位於建築物的中心，或背對建築物的外牆；也許在地底下十層樓，或在地面上三十層樓。他想像著自己在建築物裡四處漫遊，希望藉由身體的感受，推測現在所在位置到底是高懸空中或深埋於地底。

門外傳來一陣靴子的腳步聲。隨後是一道金屬脆響，鋼板房門猛然打開。有位穿著整齊黑色制服、全身上下皮革擦得閃亮的年輕官員，從門口瀟灑現身，臉部線條則蒼白剛硬如蠟像面具。他指示門外獄警將所帶來的人犯送入牢房——飄髮哥詩人安普佛斯，此時踉蹌的走了進來。房門立刻再度關上。

安普佛斯略顯猶豫的左右移動了幾下，彷彿以爲這裡還有另一道門可以離開；接著開始在牢房裡亂晃，但還沒發現人在牆邊的溫斯頓。

他困惑的視線緊盯著溫斯頓頭上約一公尺處的牆壁。他沒有穿鞋，襪子的破洞中露出又大又髒的腳趾。他也同樣好幾天沒刮鬍子了，兩頰上粗短濃密的鬍碴使他看起來一臉凶樣，對照他寬大纖細的眼鏡框與神經質的動作，感覺相當怪異。

腦袋一片昏沉的溫斯頓稍微提起精神，他必須和安普佛斯說話，而且不能被顯示幕察覺。說不定，安普佛斯就是負責運送刮鬍刀片的使者。

「安普佛斯。」溫斯頓說。

顯示幕沒有出言斥喝。安普佛斯愣了一下，神情有點驚訝，雙眼慢慢的聚焦在溫斯頓身上。

「啊，史密斯！」他說，「你也在這裡！」

「你爲什麼會被抓來？」溫斯頓問道。

「老實說——」他動作僵硬的在溫斯頓對面的板凳上，坐了下來，「世界上只有一種罪，不是嗎？」

「所以你眞的犯了那條罪？」溫斯頓問。

「看起來是如此。」他說。

安普佛斯單手覆上前額，不斷按壓自己的太陽穴，似乎想從回憶中找出一些蛛絲馬跡。

「這種事經常發生，」他開始沒頭沒腦的解釋，「我目前可以想到一個例子，一個可能的例子，那是個考慮不夠詳細的失誤，肯定是這樣。我們正在製造一本最終版的吉卜林⑫詩集。我讓『神』這個字留在其中一行的最後，沒辦法，我就是忍不住！」他抬起頭望著溫斯頓，近乎憤慨的補充，「那一行不可能改，那裡押的韻是『恩』。你知道，所有的語詞中只有十二個字押『恩』這個韻嗎？我花了好幾天，想破頭也找不到可以替代的字。」

安普佛斯臉上的表情變了——煩惱的神色不見了，過了一會兒，他看起來竟有幾分開心。某種知識份子式的熱情，以及書呆子發現了一項無聊事實的喜悅，使他邋遢髒亂的外表刹那間容光煥發。

「難道你沒想過，」他說，「英國詩歌的歷史，完全受制於英語缺乏押韻這項因素嗎？」

---

⑫ 吉卜林（Joseph Rudyard Kipling, 1865~1936）：英國作家及詩人，英國第一位諾貝爾文學獎得主，四十二歲年紀得獎的他，迄今仍是最年輕的獲獎人。

言。

沒有，溫斯頓從來不曾思考過這個問題。況且此時此刻，他也不覺得這個問題有什麼重要性或意義可言。

「你知道現在幾點嗎？」溫斯頓問。

安普佛斯再次顯現出驚訝的表情。「我幾乎沒有去想這件事。他們是兩天前……也許是三天前逮捕我的。」他的眼神在牆上四處飄移，似乎期待找到一扇窗，「這裡面不管是白天或黑夜都一樣，我不認爲有誰可以計算出時間。」

他們不著邊際的交談了幾分鐘，接著，顯示幕突然沒來由的喝令他們閉嘴。溫斯頓雙手交叉，安靜的坐著；安普佛斯個子太大，無法安坐在短淺的板凳上，而不停動來動去——他把細瘦的雙手繞至其中一隻腳的膝蓋下方交握，然後又換到另一腳；顯示幕隨即出聲咆哮制止。時間繼續流逝，二十分鐘，一個鐘頭……很難估算過了多久。門外又傳來一陣靴子的腳步聲。溫斯頓的內臟霎時揪成一團。來了，就快來了，或許再過五分鐘，或許是現在，軍靴重踩的厚實悶響很可能代表自己時辰已到。

門打開了。之前那名面無表情的年輕官員進入牢房，手勢簡潔的指向安普佛斯。「一〇一號房。」他說。

安普佛斯笨拙的走在獄警中間，臉上帶著一絲忐忑，卻又茫然不明所以。

接下來又過了很久，溫斯頓腹部的疼痛此刻突然復發，他的心智一直重複上演著相同戲碼，像顆不斷往復掉入溝槽的球，他只剩下六個想法——肚子疼、一塊麵包、鮮血與尖叫、歐布萊恩、茱莉亞及刮鬍刀片。靴子的腳步聲再度逼近，他的腸胃又是一陣痙攣。門打開時，一股濃厚的汗酸味跟著對流的空氣一起灌進來。帕森斯走入了牢房，身上穿著卡其短褲和運動上衣。

這一次，溫斯頓嚇得腦筋一片空白。

「連你也來了！」溫斯頓說。

帕森斯瞄了溫斯頓一眼，他看起來既不在乎也不吃驚，只是一副悲慘的樣子。他開始不安的來回走動，顯然停不下來。每當他把腿打直，都可以清楚看見那雙肥胖的膝蓋正在顫抖。他目不轉睛的雙眼圓睜，彷彿無法忍住盯著前方不遠處的某個東西不看。

「你爲什麼會被抓來？」溫斯頓問。

「思想犯罪！」帕森斯回答，聲音聽起來簡直快哭了。從說話的腔調立刻可察覺他徹底承認自己有罪，但又對這個字竟套用在自己身上不可置信的驚恐。他停在溫斯頓面前，急切的申辯，「你不認爲他們會槍斃我，對吧，老兄？」如果你只是控制不住去想了某些事情……其餘的什麼都沒做，他們不會槍斃你吧？我知道他們會替你舉辦公平的聽證會，嗯，關於這一點我信得過他們！他們會看到我的記錄，對吧？你知道我是一個怎麼樣的人，我不是個壞傢伙。當然，我不聰明，可是我很熱心，我盡心盡力爲黨做牛做馬，不是嗎？我應該被判個五年就差不多了，你覺得呢？還是十年？像我這樣的傢伙在勞改營裡很有用的，他們不會因爲我出了一次差錯就槍斃我吧？」

「你覺得自己有罪嗎？」溫斯頓問。

「廢話，我當然有罪啊！」帕森斯大聲吼著，然後卑屈的望了顯示幕一眼，「你認爲黨會逮捕一個無辜的人嗎，不可能吧？」他那張青蛙般的臉孔冷靜了下來，甚至浮現一抹故作虔誠的表情，「思想犯罪是件非常糟糕的事，老兄，」他以一種說教的口吻如此表示，「它是隱性的，在不知不覺的情況下你就被影響了。你知道它是怎麼影響我的嗎？利用我睡覺的時候！沒錯，事實就是這樣。我總是不停的工作，努力盡本分，從來不知道自己大腦裡有什麼壞東西。結果，我開始在睡覺時說夢話——你知道，他們聽見我說了什麼嗎？」

帕森斯壓低嗓門，像個因患有穢語症不得不口出穢言的人那樣。『打倒老大哥』——沒錯，我眞的那麼說，而且好像是一次又一次不斷的說。這件事你可不能說出去啊，老兄，我其實很高興他們在狀況惡化之前就先抓了我。你知道等我上了法庭要對他們說什麼嗎？我要說：『感謝你們在還來得及的時候救了我。』」

「是誰揭發你的？」溫斯頓問。

「是我那小女兒，」帕森斯語帶驕傲卻神情落寞的說著，「她從鑰匙孔偷聽見了我說的，隔天就急忙跑去通知巡警。以一個七歲的小鬼來說算很機靈，對吧？我一點也不怨恨她。事實上，我十分以她爲榮。無論如何，這證明了我教育她的方式是正確的。」

帕森斯又開始不安的來回走動，焦急的朝馬桶方向瞧了好幾次。隨後，他無預警的迅速脫下短褲。「抱歉了，老兄，」他說，「我忍不住了，必須解放一下。」

他的大屁股已經坐到馬桶上。溫斯頓趕緊用雙手掩住自己的臉。

「史密斯！」顯示幕裡的聲音發出喝斥，「六〇七九號人犯史密斯！露出你的臉。牢房內不准遮住臉部。」

溫斯頓放下雙手，露出臉部。帕森斯暢快淋漓的上完了廁所，結果沖水開關根本故障，接下來的幾個鐘頭裡，牢房一直彌漫著濃烈的屎尿臭味。

帕森斯被帶走了。其餘囚犯神祕的來來去去，其中一名婦女當聽見自己要轉送「一〇一號房」時，面色似乎變得凝重，眉頭緊皺。有段期間（假設溫斯頓被送進這個地方的時候是早上，那段期間就是下午；或者，他被送進這個地方的時候是下午，那段期間就是半夜），牢房內同時關了六名囚犯，有男有女，每個人都安靜的坐著。坐在溫斯頓對面的是個膽小怯懦、門牙外露，有如無害大型嚙齒類動物的男子。他肥胖多斑的雙頰底部狀似兩個袋子，很難相信那裡面沒有偷藏一些食物。他淺灰色的眼睛畏縮的掃過每個人的臉，當發現別人注意到自己時，便立刻轉移視線。

房門再次打開，另一名囚犯被帶進來，他的外表讓溫斯頓驟然感到一股寒意。此人外表平庸，長相刻薄，以前可能是個工程師或技術員。他的臉凹陷得駭人，簡直像顆骷髏頭——過度削瘦，使他雙眼與嘴巴看起來大得不成比例，眼神裡滿是對某些人事物的惡毒怨念。

那個人坐在離溫斯頓不遠的板凳上。溫斯頓沒再多瞧他一眼，不過那張受盡折磨骷髏般的臉，已鮮明的停駐於腦海，和直視他沒兩樣。此刻，溫斯頓恍然明白是怎麼一回事——那個人快餓死了，牢房裡每個人似乎同時意識到這一點。一陣輕微的騷動在板凳區擴散開來。那個怯懦男的目光一直往骷髏人的方向飄，他時而歉疚的別過頭去，不久又克制不住的轉回來偷瞄。過了一會兒，他開始有些坐立難安；終於，他站起身，腳步蹣跚的穿過牢房，手伸進自己工作服的口袋，尷尬拿出一塊髒污的麵包遞給骷髏人。

顯示幕這時傳來一聲狂暴怒吼。怯懦男嚇了一大跳；骷髏人則快速將手放到背後，彷彿向世人宣告自己拒絕了禮物。

「巴姆斯特！」那個聲音喊道，「二七一三號人犯巴姆斯特！把那塊麵包扔下！」

怯懦男把麵包丟在地上。

「站在原地，」那個聲音說，「面對房門，不准亂動。」

怯懦男恭順的聽命行事，碩大的袋狀臉頰不住顫抖。房門匡噹一聲打開。年輕官員進入牢房後馬上往旁邊一站，這時有位身形矮壯、手臂肩膀肌肉發達的獄警從門外現身。獄警隨即走到怯懦男面前，下一秒，年輕官員示意動手，獄警釋放出全身動能，猛力一擊，直接打在怯懦男嘴上。這股強大的衝擊力道幾乎使怯懦男騰空離地，一路滾到牢房另一端，直撞到馬桶座才停下。他如昏厥般倒地不起，口鼻不斷冒出深色血液，似乎可聽見他無意識的發出非常細小的嗚咽或哀鳴。然後他翻過身去，吃力的用手臂和膝蓋撐起自己，斷成兩截的假牙隨著潰流不止的血液和唾液掉落在地。

所有囚犯全都靜止不動的坐著，雙手交叉置於膝上。怯懦男爬回自己的座位。他半邊臉發黑，嘴巴變成一坨中間有個黑洞、形狀難辨的鮮紅色腫塊。血液斷斷續續滴在他工作服的胸前，一雙淺灰色眼睛依舊畏縮的掃視著每個人的臉，而且更顯羞愧，好像試圖弄清自己可恥的行徑究竟有多受到眾人的鄙夷。

此時房門打開了。那名年輕官員動作細微的指向骷髏人。「一〇一號房。」他說。

溫斯頓旁邊傳出恐慌的喘息聲。只見骷髏人跌落板凳，雙膝跪地，雙手合十緊握。

「同志，長官！」他哭喊道，「別帶我去那個地方！我不是已經告訴你所有事情了嗎？你還有什麼想知道的？沒有任何事情是我不願招供的，眞的！告訴我，你想知道什麼事，我會直接招供。把它寫下來，我一定簽名——任何事情都可以！拜託，別去一〇一號房！」

「一〇一號房。」那名年輕官員說。

骷髏人原本極爲蒼白的臉此刻變成溫斯頓無法相信的另一種顏色——那絕對是、肯定是一種暗綠色。

「你想要怎麼樣都可以！」他叫嚷著說，「你已經讓我餓了好幾個禮拜，結束這一切，快讓我死吧——槍斃我，吊死我，判我二十五年的刑；還是你希望我再把誰供出來？告訴我是哪個人，任何你想知道的事情我都會說，我不在乎那是誰或者你要怎麼對付他們。我有老婆和三個孩子，最大的還不到六歲，你可以把他們全都抓來，在我面前割斷他們的喉嚨，我願意在旁邊看。但是，拜託，別去一〇一號房！」

「一〇一號房。」那名年輕官員說。

骷髏人發瘋似的環視周遭其餘囚犯，彷彿想挑一個替死鬼代自己受罪。他的眼神找上臉被打慘了的怯懦男。他舉起瘦弱的手臂，焦急的指著對方。

「你應該帶那個傢伙去，不是我！」他扯開喉嚨吼道，「你沒有聽見他挨揍之後說了什麼。給我一個機會，我會告訴你，他說過的每個字。他才是黨的敵人，不是我。」獄警向前走近一步，骷髏人聲調拔高近乎尖叫，「你沒有聽見他說了什麼！顯示幕出了問題，他才是你要的人。帶他走，別帶我！」

兩名強壯的獄警已經彎下腰，準備抓住他的雙臂。然而此時，他冷不防的撲向牢房另一側，死抱住板凳的一根金屬椅腳不放。他不再說話，而是發出動物般的哀號。獄警們使勁拉扯，嘗試逼他鬆手，不過他變得力大無窮，牢固的緊扣住椅腳；雙方約莫僵持了二十秒。其餘囚犯仍安靜的坐著，雙手交叉置於膝上，眼睛直視前方。哀號停止了——骷髏人除了死命撐住以外，沒有多餘力氣了。

接著是一聲頻率迥異的慘叫。其中一名獄警用腳上靴子一踹，踢斷了骷髏人幾根手指。獄警們強迫他站起來。

「一〇一號房。」那名年輕官員說。

骷髏人被帶了出去。他捧著受傷的手，步伐搖晃，腦袋低垂，所有鬥志都消失了。

又經過了很久（假如骷髏人被帶走的時候是半夜，現在就是早上；假如那時候是早上，現在就是下午），只剩下溫斯頓一人，而且他已獨自待在這裡好幾個鐘頭。坐在短淺板凳上的痛苦使他必須經常起身四處走動，顯示幕並未責罵。那塊麵包依然落在被怯懦男丟棄的地方；剛開始得極力克制才能不去看它，但此刻，渴比餓還要難耐。他口乾舌燥，嘴裡滿是噁心的氣味。低頻的運轉聲響與恆亮的白色燈光，讓他產生一種模糊的虛無感。他因受不了身上的劇痛而站起來，卻又立刻頭暈目眩、無法站穩而坐下。只要他的感官略微恢復正常，那份驚恐便再度襲來。偶爾他會心存淡薄的希望，想起歐布萊恩和刮鬍刀片——一旦他獲得機會進食，也不排除有人將刮鬍刀片夾藏在食物中送入牢房的可能。他對茱莉亞的掛念更是微弱——或許她被囚禁在某個地方，承受著遠比自己遭遇還可怕的折磨；或許她此刻正在慘叫。溫斯頓思索著，倘若讓自己的痛苦加倍可以救她，他願意這麼做嗎？是的，他願意。然而，那僅僅只是根據理智做出的決定，他認為自己應該那麼做，但並沒有想那麼做的感覺——除了已知的疼痛和預期中的疼痛之外，在這裡，你什麼都感覺不到。況且，當你正飽受凌虐時，還有可能要求增加自己的痛苦指數嗎？不過，這個問題目前還沒有答案。

靴子的腳步聲再度逼近。房門被打開。歐布萊恩走了進來。

溫斯頓驀然起身——這一幕嚇得他把所有戒慎恐懼都拋諸腦後；多年來第一次，他完全忘了顯示幕的存在。

「他們也逮到你了！」溫斯頓不禁大叫出聲。

「他們早就逮到我了。」歐布萊恩以近乎道歉的輕微嘲諷語氣說道。他往旁邊站了一步。有位胸肌寬闊的獄警就站在他背後，手上拿了根黑色長警棍。

「這件事你心裡有數，溫斯頓，」歐布萊恩說，「別欺騙你自己了。這件事你早就知道了——你一直都知道。」

是的，他現在明白了，其實他一直都知道。但此刻沒有時間思考這件事，眼前他唯一必須擔心的是獄警手上的警棍。等一下要遭殃的，可能是身上任何部位——頭頂上、耳尖上、臂膀上、手肘上……

是手肘！他倏然跪下，另一手緊抱著被擊中的肘部，痛得快要失去意識，所有東西都迸裂出黃色的光線。難以相信，實在難以相信手肘竟能帶來如此劇烈的疼痛！光線消失了，他可以看見那兩個人低頭俯視自己，獄警正朝他扭曲的姿態訕笑。不管怎樣，那個問題有了答案——無論出於任何理由，你永遠不可能要求增加自己的痛苦；關於痛苦，你所能期望的只有一件事——趕快停止；生理疼痛是世界上最可怕的東西，在痛苦面前沒有英雄、沒有英雄……他徒勞的護住被重創的左臂，在地板上掙扎著，腦海裡不斷想著這件事。

2

他平躺在一張類似行軍床的東西上面，但感覺離地面頗遠，而且還被五花大綁得無法動彈。看似比平常更強的光線照在他臉上，歐布萊恩站在床邊專注的俯視著他。有個身穿白袍的男人站在另一邊，手上還拿著一根注射針筒。

即便睜開了眼睛，他也僅能緩緩的辨識周遭環境。印象中，自己是從一個很不一樣的地方，某種像水底世界的地方游進這個房間裡來，他不記得自己在那裡待了多久。打從被逮捕那一刻開始，至今不曾見過黑夜或白天。此外，他的記憶也不太連續；好幾次，他的意識、甚至連那種在睡眠中的大腦潛意識都突然終止，經過一段空白的間隔才又重新啓動，然而那些空白的間隔究竟是幾天幾週或幾秒，他無從得知。

手肘上被招呼的那一棍其實是一場惡夢的開始。稍後，他便發現接下來的一切都只是一種初步預備動作，一種幾乎所有囚犯都會屈服的例行審訊。各式各樣的罪名如諜報、破壞及其他類似行動不一而足，當然，每個人必定都會坦白供認。招供僅是一項形式，刑求卻是眞的。究竟被拷打了多少次或多久，他已經不記得。每次總被五、六個身穿黑色制服的傢伙同時伺候，有時用拳頭揍，有時用警棍敲，有時用鐵條打，有時用靴子蹬；有時他會在地上打滾，像個畜生般不知羞恥的胡亂扭動身軀，在無盡的絕望中努力躲避，結果只是引來更多踹踢在肋骨上、肚子上、手肘上、小腿上、腹股溝上、睪丸上及尾椎上的對待。有時，當他被修理了很長一段時間後，感到最殘酷、最糟糕、最不可原諒的事並非獄警持續施虐，而是他竟無法迫使自己失去意識。有時，他的勇氣徹底潰散，甚至在新一波拷打還沒開始前就哭喊著請求饒恕，只要一瞄見高舉的拳頭便足以讓他吐出一份混合著眞實與虛構情節的自白。有時，他起初下定決心什麼也不說，最終則在痛不欲生的喘息間逐字棄守。有時，當他虛弱的嘗試妥協，他便告訴自己：「我會招供，但不是現在。我必須撐住，等到眞的受不了才投降。再被踢三下，再被踢兩下，我就說出他們想聽的話。」有時，他先是讓人打得半死，接著便如一袋馬鈴薯般被扔到牢房的石板地面上，休養生息幾個鐘頭，然後再帶去修理一次。偶爾也會有比較長的復原期，但他對那些時間印象十分模糊，因爲多半是在睡著或昏厥中度過。他記得一間牢房，裡面有張木板床、一個金屬洗臉盆，有某種很像架子的東西從牆面突出來；供應的餐點是熱湯和麵包，三不五時還有咖啡。他記得有個陰沉的理容師進來替他刮鬍子、修剪頭髮；另一個人則身穿白袍，態度冷漠、一板一眼的量他的脈搏，測他的反射，翻他的眼瞼，粗魯的以手觸診他身體是否哪裡骨折，並在他手臂上打針，讓他昏睡過去。

他挨打的頻率逐漸降低，取而代之的主要是威脅，恐嚇他若不交出令人滿意的答案隨時可能被送回去。如今審訊他的人不再是身穿黑色制服的惡霸，而是黨內的知識份子，這些人體型圓胖、動作敏捷，戴著光潔閃亮的眼鏡，按照排班來對付他；訊問通常一口氣進行長達十或十二個鐘頭的時間，他無法確定究竟有多久，只能推測。這些審訊者的任務是不斷對他施加輕微的折磨，意圖不在於讓他受苦——他們賞他巴掌，擰他耳朵，拉他頭髮，強迫他單腳站立，不讓他上廁所，以強光照射他的臉，逼得他眼淚直流……這一切僅僅只是爲了羞辱他，摧毀他辯論說理的力量。這些審訊者眞正的武器是，疲勞轟炸般的馬拉松式無情訊問，首先設下陷阱逼他犯錯，再扭曲他說的每句話，然後見縫插針的指責他撒謊及論述前後矛盾，直到他羞愧得心智耗弱開始哭泣爲止——有時，單單一回合的訊問就能讓他哭個五、六次。大部分的時間裡，他都處於被辱罵吼叫的狀態，若反應稍有遲疑便會被威脅要將他交還獄警；然而，有時這些人又忽然改變語調，稱他爲同志，還搬出英社與老大哥的名字來博取他的認同，甚至假慈悲的擔憂如今他所剩餘的黨魂，夠不夠他誠心悔改自己過去的惡行；當經歷了好幾個鐘頭教人神經衰弱的訊問後，即便是這樣軟性的訴求也足以使他嗚咽啜泣。到頭來，這些嘮叨不休的聲音比起獄警的拳打腳踢，更徹底擊垮他的信心。他變成一個不管被要求說什麼、簽什麼都一概接受的人——如何察覺這些人希望自己供出什麼，然後儘快招供，避免再遭受凌虐，是他唯一在意的事。他承認自己暗殺了黨的一名菁英，散布鼓勵叛亂的小冊子，盜用公款，販賣軍事機密，還犯下許多五花八門的破壞行動。他承認自己從一九六八年起開始收取東亞國政府給的好處，爲對方進行間諜工作。他承認自己是個虔誠的教徒及資本主義信奉者，還是個噁心的性變態。他承認自己謀殺了妻子，儘管知道（這些審訊者應該也知道）他的妻子仍然活著。他承認自己多年來一直和高斯坦保持私人往來，並且是一個地下組織的成員，這輩子所認識的人也幾乎涉及其中……把每條罪名扛下，把每個人都扯進來，他的處境會好過些；況且就某種意義上來說，那些全是眞的——他確實是黨的敵人，在黨的眼中，想法和行爲並沒有任何差別。

他還有另外一種記憶。印象中，那些人與他切割開來，像一幅背景全然漆黑的照片。

他置身一間可能很昏暗、也可能很明亮的牢房，因爲除了一雙眼睛之外他什麼也沒看見。近在咫尺處，有某種裝置正緩慢而規律的運作著。那雙眼睛逐漸變大，發散出愈來愈強的光線。他突然從座位上漂浮起來，俯身躍入那雙眼睛之中，整個人被吞噬進去。

他被綁在一張椅子上，四周裝滿測量儀表，照明燈光亮得刺眼。有個身穿白袍的男人正在觀看各個儀表的指數。外面傳來一陣軍靴重踩的厚實悶響。房門匡噹一聲打開，那位面如蠟像的官員走進牢房，後頭跟著兩名獄警。

「一〇一號房。」那名官員說。

穿著白袍的男人並未轉身，也沒有回頭看溫斯頓，只顧著觀看儀表。

他被推行經過一處寬約一公里、滿是金黃燦爛光線的巨大通道，他又笑又叫，嗓門全開的招供。他什麼都說了，甚至連被刑求時也堅持不願吐露的東西，如今都說了出來。他把自己一生的故事告訴現場早已知之甚詳的觀眾們。獄警、審訊者、白袍男、歐布萊恩、茱莉亞及查寧頓先生，全都在他身旁一起被推行著經過這處通道，還一邊吼叫一邊大笑。某件原本注定要遇上的可怕事件，不知何故竟然略過沒有發生。一切都很好，再也不必受苦，他這一生所有的細節統統被攤開，被理解，被寬恕。

他疑似聽見歐布萊恩的聲音，隨即從木板床上醒來。儘管在整個訊問過程中，歐布萊恩不曾露面，卻有一種歐布萊恩就在附近的感覺，只是不在他視線範圍之內。歐布萊恩正是幕後的藏鏡人——是他派獄警教訓溫斯頓，並適時下令獄警停手。是他決定溫斯頓何時該痛苦慘叫，何時該獲得喘息，何時該進食，何時該睡覺，何時該在手臂上注射藥物。是由他提問，也是由他解答。他是加害人，也是保護者；他是判官，也是朋友。有一次，溫斯頓記不清自己是遭下藥昏睡，或處於正常睡眠狀態，還是半夢半醒之間，有個聲音在他耳邊低語：「別擔心，溫斯頓，我會照顧你的。我已經暗中觀察你七年了。現在便是轉捩點。我會拯救你，我會讓你更臻完美。」他沒有把握那是不是歐布萊恩的聲音，但和七年前那個在夢中對他說「我們將會在一個黑暗徹底絕跡的地方相逢⑬」的聲音，肯定來自同一人。

他沒有印象訊問是怎麼結束的。有段時期完全漆黑一片，接下來便是此刻在他四周逐漸形成輪廓的這間牢房或房間。他的背幾乎平貼在木板床上動彈不得，身上每個重要關節都被綁緊，連後腦勺也遭某種東西加以固定。歐布萊恩神情嚴肅又帶點悲傷的俯視著他。從下往上看，歐布萊恩的臉顯得十分粗糙，眼袋浮腫，鼻子到下巴滿是皺紋；他比溫斯頓想像中的樣子還老，大概有四十八或五十歲。他手裡有個連接著一根控制桿的儀表裝置，表殼標示了一圈數字。

「我告訴過你，」歐布萊恩說，「如果我們再見面，就會在這個地方。」

「是的。」溫斯頓說。

除了手部的細微動作外，歐布萊恩事先沒有任何警告，一陣刺痛瞬間流竄過溫斯頓全身。那是種令人不寒而慄的痛，他看不見究竟發生什麼事，只覺自己正遭受某些可能危及生命的傷害。他不知道這個情況是真的發生或電流造成的影響——事實上，他的身體已經開始被拉扯變形，所有關節正緩緩分離。疼痛讓他額頭汗滴直冒，但最深的不安則來自脊椎斷裂的驚恐。他咬緊牙關，撐大鼻孔用力呼吸，努力忍耐著不發出聲音。

「你很害怕，」歐布萊恩看著溫斯頓的臉說道，「下一刻有什麼東西會斷掉，尤其脊椎是你最擔心的。你的心裡有一幅脊椎斷裂、脊髓液外洩一地的生動畫面。你現在想的就是這個畫面，不是嗎，溫斯頓？」

溫斯頓並未回答。歐布萊恩將儀表上的控制桿往回推，那陣疼痛消失的速度和它降臨時一樣快。

「剛才那樣只有四十，」歐布萊恩說，「你可以看見這具儀表上的數字最高能夠達到一百。請你務必記住，在我們的對話過程中，我有權隨時對你施加任何強度的痛苦。如果你說出一句謊話，或企圖敷衍搪塞，或故意裝笨，我會立刻讓你生不如死的慘叫，明白嗎？」

「明白。」溫斯頓說。

歐布萊恩的舉止變得比較沒那麼嚴厲。他仔細的重新扶了扶眼鏡，來回走了幾步，接著斯文又有耐心的開始論述。他表現出一種類似醫生、老師甚至是神父的樣子，熱切的解釋與勸說著，並不急著懲罰。

「我為了你可是用心良苦啊，溫斯頓，」他說，「因為你值得我如此費心。你非常清楚自己怎麼了。多年來你一直都知道，雖然你始終抗拒不願覺醒。你的精神錯亂，並且深受記憶力受損的折磨。你無法記得事情真實的樣貌，所以你說服自己去記得另一件不曾發生過的事情。幸好這是可以治療的。你從來沒有治療過自己，因為你不想那麼做。過去的你連那麼一丁點勇氣都不具備。即便是這個當下，我很肯定，你依舊受到既定印象的制約，堅持相信自己的病症是一項美德。現在，讓我們舉個例子試試看——此時此刻，大洋國是和哪一方的勢力交戰？」

「我被逮捕的時候，大洋國是和東亞國交戰。」

「和東亞國交戰。很好。那麼，大洋國向來都是和東亞國交戰，是嗎？」

---

⑬溫斯頓一直想像著，自己將與歐布萊恩在一個黑暗徹底絕跡的地方見面，結果那並不是他以為的明亮天堂，而是個燈光永遠不會關閉的牢房。「一個黑暗徹底絕跡的地方」，也象徵溫斯頓最終的結局——由於受到強烈的宿命論驅使，即便內心懷疑歐布萊恩是黨的特務，溫斯頓仍選擇相信對方，也因此導致了自己的下場。

溫斯頓吸了一口氣，張開嘴準備回答，卻又把話吞回去。他無法忽視那具儀表的存在。

「請說實話，溫斯頓，我要聽你的實話。告訴我，你認爲自己記得什麼。」

「我記得直到自己被捕的一個禮拜前，我們完全沒有和東亞國打過仗，我們和他們是結盟關係。我們作戰的對象是歐亞國，這場戰爭已經持續了四年，在那之前——」

歐布萊恩用手勢打斷他。

「下一個例子，」歐布萊恩說，「事實上，幾年前你一度出現相當嚴重的幻覺。你相信，名字分別叫做瓊斯、阿朗森與魯瑟福這三個過去曾是黨員的人，並未犯下他們遭到指控的罪行，卻因叛國與陰謀破壞罪名入獄，而且在做出極爲完整詳細的自白後被處決。你相信自己曾親眼看過一份文件，可證明他們三人的自白全屬造假。你幻想有一張照片能支持這項論點，你相信自己曾經將這張照片握在手上，但那其實只是一張像這樣的照片——」

歐布萊恩的手指夾了一張長方形的剪報，它僅在溫斯頓目光範圍內停留了五秒鐘左右。那是一張刊登在報紙上的照片，而且毫無疑問就是那張照片；和他十一年前偶然發現後便馬上銷毀、記錄了瓊斯、阿朗森、魯瑟福三人在紐約出席黨務活動的照片，是同一張。儘管在眼前轉瞬即逝，不過他看見了，他確實看見了！他忍痛死命扭動，嘗試掙脫上半身的束縛。太困難了，即便想移動一公分都不可能。此刻，他甚至忘了那個儀表的存在，一心只希望再把那張照片拿在手裡一次，或者至少再看一眼。

「它眞的存在！」溫斯頓高喊道。

「不。」歐布萊恩說。

歐布萊恩走到房間另一端，那邊的牆上有個記憶之洞。他掀開了網柵。雖然看不見，但那張薄弱的紙片已被一股溫熱的氣流捲走，徹底消失於烈焰之中。歐布萊恩轉過身來。

「灰燼，」他說，「甚至稱不上是灰燼，只是粉末。它不存在，它從來不曾存在。」

「但是它存在過！它眞的存在！它存在我的記憶裡！我記得它。你也記得它。」

「我不記得它。」歐布萊恩說。

溫斯頓的心一沉——那是雙重思想。他感到一股絕望的無助。假如他能夠確定歐布萊恩在說謊，這倒無所謂。然而，歐布萊恩的確非常可能已經忘了那張照片；一旦如此，他勢必也忘了自己曾經否認記得過那張照片，也遺忘了此一遺忘行爲的本身。你要如何確認那只是一種欺敵手段？或許心智的失常脫序眞的可能發生——就是這個想法擊敗了溫斯頓。

歐布萊恩若有所思的俯看溫斯頓，彷彿想感化一個任性、但前途看好的學生，他看起來比稍早任何時候都更像一位老師。

「黨有一句關於控制過去的口號，」他說，「麻煩請你唸一遍。」

「誰控制了過去，便控制了未來；誰控制了現在，便控制了過去。」溫斯頓聽話的唸了出來。

「誰控制了現在，便控制了過去。」歐布萊恩一邊複誦，一邊點頭表示贊同，「溫斯頓，所以你認爲過去眞的存在？」

溫斯頓再度感到一陣無助。他的眼神忍不住朝儀表方向飄。他不僅不知道「是」或「不是」哪個答案可以解救自己免於皮肉之痛，甚至不知道該相信哪個答案才是事實。

歐布萊恩面露微笑。「你不懂形而上學，溫斯頓，」他說，「直到此刻你還是不明白所謂『存在』的意思。讓我更精確的爲你說明——就空間上而言，過去是具體存在的嗎？是否有什麼別的地方，某個由具體物件所構成的世界，那裡的過去仍在持續發生當中？」

「沒有。」

「那麼，過去存在於什麼地方？如果它眞的存在的話？」

「在記錄裡。寫成文字。」

「在記錄裡。還有呢——？」

「在腦袋裡。在人的記憶中。」

「在記憶中。非常好。那麼，我們，也就是黨，控制了所有的記錄，又控制了所有的記憶。所以，我們控制了過去，不是嗎？」

「可是你們怎麼能夠阻斷人對事情的記憶？」溫斯頓放聲大喊，他再次短暫忘了那個儀表的存在，「那是一種自然而然的行爲，那是不由自主的反應。你們怎麼能夠控制記憶？你們是無法控制我的！」

歐布萊恩又回復了嚴厲，把手放置在那具儀表上。

「剛好相反，」他說，「無法控制記憶的人是你，那正是你被抓來這裡的原因。你不懂何謂謙卑與紀律，你不願拿服從做爲交換健全心智的代價，你寧可當一個瘋子，當一個少數份子。溫斯頓，唯有受過訓練的心智才看得見現實。你相信現實是某種客觀、有形、獨立存在的事物，你也相信現實的本質不證自明。當你自欺欺人認爲看見了某樣東西，便假設其他人也和你一樣看見了相同的東西。不過我告訴你，溫斯頓，那並非有形的現實，現實存在於人的心智當中，別無他處。但不是存在於很容易犯錯、很快就會消亡的個人心智中，而是在黨的心智裡，在不朽的群體之中。不管任何事物，只要黨認定爲事實，它就是事實；假如不透過黨的觀點，就不可能明辨現實，這是你必須重修的課題，溫斯頓。這是一件需要自我毀滅、鍛鍊意志的心靈工程，你得先做到謙遜自抑，才能邁向心智健全的道路。」

歐布萊恩暫停了一會兒，好像是要讓自己說的話沉澱下來。

「你記得嗎，」他繼續說道，「你在日記中寫著——自由，就是可以不受限制說出『2＋2＝4』的自由。」

「記得。」溫斯頓說。

歐布萊恩舉起自己的左手，手背朝著溫斯頓，收起大拇指，將其餘四根手指伸直。

「我現在伸出幾根手指，溫斯頓？」

「四根。」

「假設黨告訴你，這不是四根而是五根，那麼——答案是幾根？」

「四根。」

話未說完就已聽見一陣因劇痛而引發的猛烈喘息。儀表上的指針衝到五十五。溫斯頓渾身飆汗。吸入又排出他肺部的空氣發出了低沉哀鳴，即便咬牙拚命忍耐也阻止不了。歐布萊恩依舊維持四指平張的手勢，低頭看著他，隨後將控制桿往回撥了一些。這一次，痛楚稍稍緩解。

「幾根手指，溫斯頓？」

「四根。」

指針爬到六十。

「幾根手指，溫斯頓？」

「四根！四根！要不然我該怎麼說？四根！」

指針肯定又往上爬了一些，但溫斯頓並未注意。他的視線裡只剩那張嚴肅凝重的臉，以及四根傲然挺立的手指。那平張的四指猶如四根列柱，巨大、模糊，看上去似乎會抖動，不過，絕對是四根。

「幾根手指，溫斯頓？」

「四根！快住手！快住手！你怎麼可以這麼不講理？四根！四根！」

「幾根手指，溫斯頓？」

「五根！五根！五根！」

「不行，溫斯頓，你這樣是沒有用的，你在說謊。你仍然認爲這裡有四根手指。請告訴我，究竟有幾根手指？」

「四根！五根！四根！你說幾根就是幾根。拜託住手，拜託饒了我！」

溫斯頓如觸電般坐了起來，歐布萊恩的手臂摟著他的肩膀。剛才的幾秒鐘裡，他可能短暫失去了意識，綁住他的束帶那時被放鬆了些。他感到無比冰冷，身體不住的發抖，牙齒打顫，眼淚從他臉頰潸然滑落。他像個孩子般緊抱著歐布萊恩，怪異的是，肩膀上那隻厚實的手臂竟撫慰了他。他覺得痛苦來自於外部，而歐布萊恩彷彿他的守護者，拯救他遠離苦難。

「你眞是個學習遲緩的人，溫斯頓。」歐布萊恩輕聲說。

「我能怎麼辦？」溫斯頓哭著說，「我能拿眼前所見的東西怎麼辦？二加二的確等於四啊！」

「有時候，溫斯頓，有時候它們是五。有時候它們是三。有時候它們既是五也是三。你必須更努力，要成為一個心智健全的人並不容易。」

歐布萊恩讓他躺回床上。他的四肢再度被束帶綁緊，不過痛楚已經消退，他的身體也不再顫抖，只剩下寒冷與虛弱。歐布萊恩朝一旁那名穿著白袍的男人昂首示意，此人從頭到尾都站在原地不曾移動。白袍男隨即彎下腰檢查溫斯頓的眼睛，測量他的脈搏，把耳朵貼近他胸口聆聽心跳，四處拍打敲擊他的身體，然後向歐布萊恩點了一下頭。

「我們繼續。」歐布萊恩說。

疼痛猛然灌入溫斯頓的體內。指針想必達到了七十，也許有七十五。這一次他把眼睛閉上。他知道歐布萊恩的手指還擺在那裡，仍然是四根。眼前最重要的是，設法撐過這陣痙攣，他不再理會自己是否發出慘叫。痛楚又減退了，他睜開雙眼。歐布萊恩已經把控制桿往回撥。

「幾根手指，溫斯頓？」

「四根！應該是四根。如果辦得到，我希望看見五根。我正在努力看見五根手指！」

「哪一邊才是你想要的——說服我，你看見了五根手指，或是你眞的看見五根？」

「眞的看見五根。」

「再繼續。」歐布萊恩說。

指針大概攀到了八十至九十。溫斯頓好幾次痛得忘了這一切究竟怎麼回事。無數根手指在他緊閉的眼皮外瘋狂亂舞，忽前忽後的湧來退去，時而消失時而出現。他企圖去計算那些手指的數量，卻不記得為何要這麼做。他只知道五與四之間有某種神祕關係，自己不可能算得出究竟有多少根手指。疼痛再次緩解。當他睜開眼睛時，眼前所見景象並沒有太大差異——無數根手指像兩排朝著相反方向移動的樹木那樣反覆交錯重疊。他又把眼睛閉上。

「我現在舉著幾根手指，溫斯頓？」

「我不知道，我不知道。但如果再來一次，我一定會被你弄死。四根，五根，六根——老實說，我不知道。」

「有進步。」歐布萊恩說。

一根針扎進溫斯頓的手臂；幾乎同時，一陣幸福療癒的暖流在他全身漫了開來。痛楚瞬間減去大半。他睜開雙眼，無比感恩的仰望著歐布萊恩。那張老皺的凝重臉龐，看起來雖醜卻很有智慧，溫斯頓的心境似乎改變了。倘若他沒有被綁住，他會伸出一隻手搭在歐布萊恩的臂膀上，他從不曾像此刻這般深愛著歐布萊恩，而不僅僅因為歐布萊恩停止了這些苦痛。過去那種「歐布萊恩到底是敵是友，都不重要」的感覺又浮現他腦海，歐布萊恩是一位可以談話的人——或許對一個人來說，與其被愛，還不如被瞭解。歐布萊恩的凌虐折磨把他逼到崩潰邊緣，甚至有那麼一刻，歐布萊恩差一點就要害死他。那些都不重要。從某種意義上來說，他們兩人的關係不只是朋友，而是知己——儘管可能永遠不會挑明的說，但這世上必定暗藏著一處可以讓他倆見面交談的地點；歐布萊恩低頭俯視著他，臉上表情隱約透露出相同想法。此時，歐布萊恩以一種類似聊天的輕鬆語氣開口說話。

「你知道自己在哪裡嗎，溫斯頓？」他說。

「我不知道。我猜是在友愛部裡。」

「你知道自己來這裡多久了嗎？」

「我不知道。幾天，幾個禮拜，幾個月……我猜應該好幾個月了。」

「你覺得爲什麼我們要把人帶來這裡？」

「爲了使他們招供。」

「錯，那不是原因。再猜。」

「爲了懲罰他們。」

「錯！」歐布萊恩大吼一聲。他的聲音變得完全不同，態度也驟然轉爲嚴厲而激動。「錯，不光是爲了要你招供，更不只是爲了懲罰你。你想知道我爲什麼把你帶來這裡嗎？爲了治好你！爲了讓你的心智恢復健全！從來沒有一個讓我們帶進來的人不是被治好才離開的，你明白嗎，溫斯頓？我們對你那些愚蠢的罪行不感興趣，黨對一切外顯行爲也不感興趣，我們只關心人的想法。我們不僅要消滅敵人，還要改造他們。你聽得懂我這些話的意思嗎？」

他俯身瞧著溫斯頓，由於距離很近，使他的臉看起來異常巨大，仰視的角度更顯得他醜惡無比。不僅如此，他的神情還充滿了一種高昂強烈的狂熱。溫斯頓心裡又是一陣害怕，假如可以，他巴不得縮進床底下。他有預感歐布萊恩正準備開啓儀表，再給他來一次震撼教育。但歐布萊恩卻轉過身，往返踱步了幾趟，接著用比較平和的語氣說：

「首先，你必須明白這個地方沒有烈士。你一定聽過歷史上的許多宗教迫害事件。在中世紀時，有一種所謂宗教裁判的制度，那是一場失敗。它原本是用來根除異教邪說，結果反倒使異端永存不朽。每次只要把一個異端份子綁在刑柱上燒死，立刻就會有幾千個其他同夥竄起。爲什麼？因爲宗教審判在公開場合處決敵人，並且是在這些人還未懺悔之前便處決他們——事實上，他們正是因爲不想懺悔才會被殺害，這些人不願背棄自己眞正的信仰而死。在這種情形下，所有的榮耀自然歸於受害者，而所有的非難則指向燒死他們的宗教裁判所。後來，到了二十世紀，出現了所謂的極權主義，最著名的就是德國納粹與俄國共產黨。俄國人迫害異教徒的手段比宗教裁判所更有過之而無不及，他們自以爲從過去的教訓中學到經驗，他們知道——無論如何不能製造烈士；在他們將受害者移送公開審判之前，他們會先設法讓那些人自毀信譽；那些人被嚴刑拷打，隔離獨囚，直到變成一堆卑賤畏縮的可憐蟲，不管什麼都肯招，假裝辱罵自己，並且暗中互相指控，哀求饒恕。但是才過沒幾年，同樣的事情又發生了——那些死人都變成烈士，他們曾經受到的汙衊貶抑全都被遺忘了。歷史再度重演，爲什麼？首先，那些受害者顯然是遭到強迫才做出虛僞不實的自白。我們不會犯那種錯誤。在這裡取得的自白都是事實，我們讓這些自白都變成事實；更重要的是，我們不允許死人又被搬出來對抗我們。你必須停止想像自己的後代子孫會爲你辯護，溫斯頓。你的後代子孫永遠不會知道曾經有你這個人存在，你將在歷史洪流中徹底消散。我們將把你變成一坨氣體，再帶去大氣層最外緣釋放。任何關於你的線索都不會留下，登記簿上找不到你的名字，芸芸眾生中也沒有人記得你的事情。你的過去和未來都將被廢止。你將不復存在。」

既然如此那麼爲何要折磨我？溫斯頓憤恨不平。歐布萊恩停下腳步，彷彿聽見了溫斯頓大聲說出心中想法。他瞇起眼睛，湊近了自己那張又大又醜的臉。

「你正在想，」歐布萊恩說，「既然我們要完全毀滅你，那麼你說什麼或做什麼根本就無關緊要——在這種狀況下，又何需大費周章的審訊你？你正在想這件事，對吧！」

「是的。」溫斯頓說。

歐布萊恩露出淺笑。「你是規律中的一個瑕疵，溫斯頓。你是一塊必須被擦掉的污漬。我不是才告訴過你，我們和過去的迫害者不同嗎？消極的順從，甚至悲慘的屈服都無法讓我們滿足。到頭來，當你向我們投降的時候，一定是出於你的自由意志。我們並不因爲異端份子反抗而毀滅他；只要他持續反抗，我們就不會毀滅他。我們要改變他，我們要俘虜他的心智，我們要重塑他。我們要燒毀他所有的邪念與幻覺，我們會設法拉攏他，不僅是在表面上，而是要讓他眞心誠意的認同我們。等到他變成自己人以後，我們才處決他。對我們來說，世界上如果存在著錯誤的思想，不管它多麼隱晦神祕、無足輕重，都是無法容忍的事。就算到了死亡前一刻，我們也不准人的思想產生任何偏差。在過去，當一名異教徒被帶往刑場時，他依然是一名異教徒，繼續熱切欣喜宣揚著他的異端邪說；甚至連俄國淨化行動中的受害者，在被槍斃之前的最後那段路，腦袋中仍深埋著造反的理念。我們則是先把一個人的腦袋醫好後，再一槍打爆他的頭。古代的專制主義命令你「不可以做什麼」，集權主義規定你「應該做什麼」，我們告訴你「自己是什麼」。被我們帶來這裡的人，沒有任何一個會堅持與我們作對。在我們的感化之下，每個人的思想都恢復得潔白無瑕。即便是瓊斯、阿朗森、魯瑟福這三個一度令你相信他們無罪的可憐叛徒，最終也被我們擊垮。我親自參與了他們三人的審訊，看著他們逐漸崩潰，嗚咽啜泣，卑躬屈膝，涕淚縱橫；結果，讓他們投降的不是痛苦或恐懼，而是耐心。等到所有療程結束之後，他們只是三具人形空殼。除了對自己過去的所作所爲感到抱歉，以及感受到老大哥的愛之外，其餘什麼都不剩。看見他們那麼熱烈的敬愛著老大哥，實在令人動容。他們請求儘早槍斃自己，這樣才能在心智還清澈純淨的時候死去。」

歐布萊恩的語調變得有些虛幻，臉上仍帶著興奮的狂熱。溫斯頓心想，他不是裝的，他並不是個僞善者，他眞的相信自己所說的每句話。最令溫斯頓備感壓迫的，是意識到自己在智能方面的絕對劣勢；他看著這個身形魁梧卻姿態優雅的個體緩緩來回踱步，在他視線範圍內外不停的遊走。歐布萊恩是一種在各方面皆完勝自己的生物，任何一個他曾想過、或可能想到的念頭，老早就被歐布萊恩洞悉、檢驗，並加以排除。他對這個世界的一切認知，只不過是歐布萊恩心智領域的一部分；然而設若如此，歐布萊恩怎麼可能是瘋子？一定是他自己，我溫斯頓才是瘋子。歐布萊恩停下腳步，低頭俯視著他，聲音又變得嚴厲起來。

「不管你如何徹底的向我們投降，千萬別以爲你救得了自己，溫斯頓。沒有任何一個誤入歧途的人能獲得寬恕。就算我們決定讓你活到自然死，你也永遠脫離不了我們的掌控。這裡所發生的事情會一輩子跟著你，你最好有此覺悟。我們會極盡所能的將你粉碎殆盡，你接下來的遭遇，即便再活一千年也無法恢復過來——你再也不可能擁有像平常人一樣的感受，你的內心將一片死寂，你再也不可能擁有愛或友誼，或生命的喜悅、歡笑、好奇、勇敢與正直。你將變成一具空殼。我們會把你完全擠乾，然後重新裝塡我們的意志。」

語畢，歐布萊恩示意那名身穿白袍的男人開始動作。溫斯頓察覺到某種重型機臺被推到頭部後方。歐布萊恩在他床邊坐下，臉龐的位置約和溫斯頓的頭部同高。

「三千。」歐布萊恩對那名白袍男說。溫斯頓並不清楚那代表什麼意思。

兩塊有點濕潤的軟墊被夾在溫斯頓的太陽穴上。他心裡湧上一股畏懼——痛不欲生的時間又到了，這一回是某種全新未知的痛苦。歐布萊恩近乎友善的平靜握著溫斯頓的手。

「這一次不會痛了，」他說，「看著我的眼睛。」

隨後是一場猛烈爆炸，或是一種類似猛烈爆炸的情況，雖不確定是否造成任何聲響，但百分之百發出一道極刺眼的閃光。溫斯頓並未覺得疼痛，只感到虛弱。儘管他原本就是躺著，此刻卻有一種奇特的感覺，彷彿自己被撞飛，而跌落到目前的位置上。一陣強大卻無痛的衝擊使他精疲力竭，他的腦袋產生了一些改變。當他視線再次恢復清晰時，他記得自己是誰、身在何處，也知道眼前凝視著自己的這張臉是誰；不過，似乎有一大塊區域變成空白的填充物，好像大腦的某個部分被切除了。

「過幾分鐘就會好了，」歐布萊恩說，「看著我的眼睛。大洋國是和哪一國交戰？」

溫斯頓左思右想。他明白大洋國的具體涵義，並且知道自己是大洋國的公民，他也記得歐亞國和東亞國，然而誰與誰交戰這件事，他沒有印象。實際上，他不記得曾經進行任何戰爭。

「我不記得了。」

「大洋國是和東亞國交戰。你現在記得了嗎？」

「是的。」

「大洋國從頭到尾都是和東亞國交戰。從你出生開始，從黨建立開始，從有文字記載開始，戰爭便持續不斷，自始至終都是同一場戰爭。你記得嗎？」

「是的。」

「十一年前你編造了一個故事，內容是關於三名因爲叛國而遭處決的男人。你假裝自己看過一張能夠證明他們清白的碎紙片。從來沒有那樣的一張紙片存在。你發明了它，然後逐漸說服自己相信它。你現在應該記得自己首次發明它的那一刻，你想起來了嗎？」

「是的。」

「我剛才對你擺出一個手勢。你看見了五根手指。你記得嗎？」

「是的。」

歐布萊恩舉起自己的左手，收起大拇指，將其餘四根手指伸直。

「這裡有五根手指。你看見五根手指了嗎？」

「是的。」

溫斯頓眞的看見了，在他認知發生改變之前那一瞬間，他看見了五根手指，而且沒有變形。接下來一切又恢復正常，最初的恐懼、憎恨與困惑全都捲土重來。但有一小段時間，他不知道是多久，或許有三十秒，他非常透澈的領悟到，假如有需要，那些空白全都可以塡入歐布萊恩所傳達的暗示，然後變成絕對的事實——二加二既可以等於三，也可以理所當然的等於五。但這個過程在歐布萊恩把手放下的那一刻便消失了；他無法再次經歷，但能夠記在心裡，有如你記得自己人生某個階段的鮮明體驗那樣，只不過，當時的你其實是個完全不同的人。

「你看，」歐布萊恩說，「無論如何，這是一定有辦法做到的。」

「是的。」溫斯頓說。

歐布萊恩滿意的站了起來。溫斯頓看見他左後方那個穿白袍的男人打開一根安瓶，拉起針筒的活塞。歐布萊恩轉身對溫斯頓露出微笑——他又再次做出那個老派動作，仔細扶正了鼻梁上的眼鏡。

「你是否記得自己在日記中寫著，」歐布萊恩說，「我到底是敵是友都不重要，因爲我是一個可以瞭解你、可以與你談話的人？你猜對了。我喜歡與你談話，你的頭腦很有意思。除了你碰巧是個瘋子以外，我們的心智有許多相似之處。在我們結束這段療程之前，如果你有興趣，你可以問我幾個問題。」

「任何問題都可以嗎？」

「任何事情。」歐布萊恩發現溫斯頓的目光停留在那具儀表上，便補充說道，「它已經關掉了。你的第一個問題是什麼？」

「你們把茱莉亞怎麼了？」溫斯頓說。

歐布萊恩再度面露淺笑。「她背叛了你，溫斯頓。沒有一點遲疑，而且毫無隱瞞，我很少遇見這麼快就變節投靠過來的人。你若是再看到她，肯定認不出來。她所有的叛逆、狡詐、愚蠢及骯髒的思想，每一樣都被燒成了灰。她是一個完美的轉化個案，彷彿教科書裡的範例。」

「你們有沒有折磨她？」

歐布萊恩並未回答。「下一個問題。」他說。

「老大哥眞的存在嗎？」

「他當然存在。黨也存在。老大哥就是黨的化身。」

「他存在的方式和我一樣嗎？」

「你不存在。」歐布萊恩說。

那種無助的感覺又朝溫斯頓襲來。他知道，或說他能夠想像得到，許多足以證明自己不存在的論述；然而，那些全是無稽之談，那些全是文字遊戲。「你不存在」這句話，難道不是一種邏輯上的荒謬嗎？但說這些又有什麼用？他一想到自己在歐布萊恩令人啞口無言、崩潰發狂的雄辯能力之前，將如何的不堪一擊，心頭頓時為之一縮。

「我認為自己存在，」溫斯頓疲憊的說，「我知道自己是誰。我被生育下來，終究也會死去。我有兩隻手兩條腿。我在空間中占據了某個特定的位置，沒有別的物體可以同時占據那個位置。如果以這種觀念來看，老大哥是否存在？」

「那不重要。他確實存在。」

「老大哥會死嗎？」

「當然不會。他怎麼可能會死？下一個問題。」

「兄弟會存在嗎？」

「這件事，溫斯頓，你永遠無法知道。假設我們把你處理完畢後決定讓你自由，而你幸運活到了九十歲，你仍舊無法獲得這個問題的答案。只要你還活著，它就會是你心中一個解不開的謎團。」

溫斯頓沉默的躺著，胸口的起伏稍微加快了些，他尚未提出那個從一開始便浮現腦海的問題。他必須問，可是舌頭好像不願聽從指揮。歐布萊恩臉上掛著一絲輕蔑笑意，甚至連眼鏡都反射出一道嘲諷的光芒。溫斯頓突然明白，歐布萊恩知道他要問什麼！一想到這裡，他忍不住脫口而出：「一〇一號房裡有什麼？」

歐布萊恩的表情毫無改變，故弄玄虛的回答：「你知道一〇一號房裡有什麼，溫斯頓。每個人都知道一〇一號房裡有什麼。」

歐布萊恩朝那名白袍男舉起一根手指——顯然療程已經結束了。一根針扎進溫斯頓的手臂，他立即昏沉的睡去。

3

「你的重塑工程分成三個階段，」歐布萊恩說，「分別是學習、理解與接受，該是讓你進入第二階段的時候了。」

一如往常，溫斯頓仍舊平躺著，不過近來身上的束帶已調鬆了些。他依然被綁在床上，但膝蓋可以稍微挪移，頭部可以左右轉動，手肘以下可以舉高。那個儀表也變得比較不可怕了——只要他反應夠快，就可免遭毒手；唯有在裝傻情況之下，歐布萊恩才會扳動控制桿；有時，單次的治療從頭到尾都沒使用到那具儀表。他不記得總共進行了多少次，整套流程持續了很久、彷彿永無止盡，也許有好幾週；其中的間隔，有時幾天，有時僅一、兩個鐘頭。

「當你躺在那裡的時候，」歐布萊恩說，「你經常會想、而且甚至問過我，友愛部爲什麼要花那麼多時間、精神在你身上。當你仍自由的時候，你也總是爲了一個本質上相同的問題而困惑。你瞭解自己所處的這個社會如何運作，卻不知道它潛在的動機是什麼。你可記得自己曾在日記中寫著：『我知道方法，但不知道原因。』你思索『原因』，就代表你懷疑自己心智正常與否。你看過那本書，高斯坦的書，至少看過一部分，裡面的內容，有什麼是你以前不知道的事嗎？」

「你看過那本書？」溫斯頓說。

「書是我寫的，也就是說，我參與了一部分的寫作。你應該知道，沒有任何一本書是由單獨的個人寫出來的。」

「是真的嗎，書上寫的東西？」

「是的，那些描述是真的。不過，它所闡揚的理論全是一些胡扯。知識的暗中累積、啓蒙思想的漸進式擴散、最終無產階級起義，然後黨遭推翻滅亡……你自以爲瞭解它想傳達的概念，但那些全是狗屁不通的廢話。無產階級絕對不會挺身反抗，再過一千年或一百萬年也不會，他們沒那種本事。毋須我多做解釋，你早已知道原因。如果你曾經做著爆發武力叛變的白日夢，你最好死了這條心。黨是不可能被推翻的，黨的統治是永遠的，你必須改變自己想法的出發點。」

歐布萊恩走近床邊。「永遠！」他又強調了一次，「現在讓我們回到『方法』和『原因』這兩個問題上。你很瞭解黨鞏固權力的方法，告訴我，爲什麼我們要緊握權力不放，我們的動機是什麼？」他見溫斯頓沉默不語，隨即催促道，「別怕，說出來！」

不過，溫斯頓依舊沒有回答，一股厭倦的感覺淹沒了他。歐布萊恩臉上再度隱約浮現那種狂熱，他已經知道歐布萊恩會怎麼說——「黨追求權力不是爲了自身的目標，而是爲了大多數人的利益。黨必須總攬權力，因爲群眾是由許多脆弱又膽小的個人所構成的生命體，無法承受自由或面對現實，需要讓比他們更堅強的人統治，並接受系統化的洗腦。如果要人類在自由與幸福之間做選擇，絕大部分的人都會認爲，幸福是比較好的決定。黨是軟弱者永恆的守護神，是一個爲了別人願意犧牲自身幸福、爲了迎善所以願意作惡的無私教派。」溫斯頓心想，最可怕的地方在於，當歐布萊恩說出這些話時，自己眞的會相信他。歐布萊恩無所不知，你從他的臉上就能看得出來：「黨是如何利用謊言與殘酷的手段，將人類局限在一個無比墮落的世界」這一點，他比溫斯頓更通曉千百倍。他全都明白，全都衡量過，然而那些並不重要——為了終極目標，一切都可以被合理化。溫斯頓思索著，面對一個比你還聰明的神經病，雖然他給了你公平的機會陳述意見，最終他瘋狂的想法卻絲毫無可動搖，你能怎麼做？

「你們是為了我們的好處著想，才統治我們。」溫斯頓虛弱的說，「你們相信人類不適合管理自己，所以……」

溫斯頓突然騰起，幾乎大叫出來。一陣刺痛流竄過他的身體。歐布萊恩把儀表的控制桿推到三十五的位置。

「太愚蠢了，溫斯頓，太愚蠢了！」歐布萊恩說，「你怎麼會說出這麼沒有程度的東西。」他把控制桿往回撥，繼續說道：「現在，讓我來告訴你這個問題的答案。那就是，黨完全是因為自身的利益考量而謀取權力。我們根本不在乎其他人的死活，我們唯一在乎的事情只有權力。榮華富貴、幸福長壽都不重要，只有權力，純粹的權力才重要。至於何謂純粹的權力，你很快就會知道。我們和過去所有的寡頭政體不同，我們很清楚自己在做什麼。其他那些人，甚至那些與我們十分相似的人都是膽小鬼和偽君子。德國納粹和俄國共產黨採用的方式很接近我們，但他們從來沒有勇氣承認自己的動機。他們假裝，或說他們相信自己只是在不得已情況下，在一段有限的時間裡取得了權力，而人類自由平等的樂土就在前方不遠處。但我們的想法不是那樣。我們知道沒有任何人會在取得權力之後，懷抱著在未來要放棄它的念頭。權力不是一種手段，它是一個目標。你不會建立獨裁政權來捍衛革命，你發動革命是為了建立獨裁政權。迫害的目的就是迫害，折磨的目的就是折磨，權力的目的就是權力。現在，你開始聽懂我說的話了嗎？」

就像過去那樣，溫斯頓再度爲歐布萊恩滄桑的面容而困惑。他只能無助的望著這張充滿智慧與冷靜克制、既堅毅又野蠻的寬大飽滿臉孔，然而浮腫的眼袋及兩頰鬆弛的皮膚又更形突顯出那份疲憊。歐布萊恩彎腰俯身，刻意將自己的老臉湊近溫斯頓。

「你正在想，」他說，「我的臉看起來又老又累。你正在想，儘管我高談權力，卻對自己日漸衰頹的身體一點辦法也沒有。溫斯頓，難道你不明白，人只是一個細胞？細胞的疲勞老化是一種自然的生物機制——你剪指甲的時候，人會死掉嗎？」

歐布萊恩轉身離開床邊，又開始一隻手插在口袋，隨意的踱起步來。

「我們是權力的傳道者，」他說，「上帝就是權力。但是到目前爲止，你所知道的權力不過是個單字罷了。現在，該是幫你建立一些基本概念的時候了。首先，你必須認清權力是一種集體主義。個人唯有在他中止爲個人的時候，才擁有權力。你知道黨那句『自由即奴役』的口號，你是否想過它也可以顚倒——奴役即自由。只要處於單獨且自由的狀態，人類永遠會被擊敗。必然如此，因爲每個人都注定要死，每個人最後都躲不過這場致命的敗仗。然而，假如他能徹底的服從，假如他能拋棄自己原來的身分，假如他能和黨融爲一體，他就變成了黨，他就可以全知全能，永恆不朽。第二件事情，你必須認清這項權力是針對人類的宰制力，它可以操控人的軀體，但更重要的，它可以操控人的思想。至於針對物質，或你習慣稱呼的『客觀現實』，宰制力則無關緊要；我們對物質的控制，已到達不受任何限制的境界。」

溫斯頓一時之間忽略了儀表。他使勁的想坐起身，可惜只是白費力氣，徒然換來一陣疼痛。

「但是，你們怎麼可能控制物質？」溫斯頓忍不住大喊，「你們不可能控制天氣或地心引力定律，還有疾病、痛苦與死亡……」

歐布萊恩揮手示意要他閉嘴。「我們控制了物質，是因爲我們控制了思想。現實存在於腦袋裡，你會逐漸明白這一切，溫斯頓。沒有什麼事情是我們做不到的，隱形、懸浮……任何事情，如果我想要，我可以像顆肥皀泡泡飄離這塊地面。我不希望那麼做，因爲黨不希望我那麼做。你必須擺脫十九世紀那些自然法則的束縛，當今的自然法則是由我們制定的。」

「可是你們沒有那種能耐，你們又不是這個星球的主宰。歐亞國和東亞國怎麼辦？你們根本還沒有征服他們。」

「這不重要。等到時機成熟了，我們會征服他們。即便沒有，那又如何？我們可以隔絕他們的存在，大洋國就等於全世界。」

「可是在浩瀚宇宙中，我們的世界也不過是一粒塵埃。人類更是渺小，微不足道！人類才存在了多久！過去，地球上有幾百萬年是無人居住的。」

「胡扯。地球和我們存在的時間一樣長，並沒有比較久。它怎麼可能比我們更古老？沒有任何東西可以存在於人類的意識之外。」

「可是岩石中充滿已經絕種動物的骨骸，像是長毛象、乳齒象及許多巨大的爬行類動物，早在人類出現之前牠們就居住在這裡。」

「你曾經親眼看過這些骨骸嗎，溫斯頓？當然沒有。那些都是十九世紀生物學家發明出來的，在人類出現以前什麼都沒有。如果真有那麼一天，人類消失了，什麼也不會留下——沒有人類，任何事物皆無法獨立存在。」

「可是，我們的外面有一整個宇宙。別忘了還有那些星星，其中某些甚至距離我們幾百萬光年遠，那是人類永遠到達不了的地方。」

「什麼是星星？」歐布萊恩一臉不在乎的說，「它們只是地表上空幾公里處的小火花。假如我們想要，幾乎是伸手可及，或者我們也可以乾脆把它們抹掉。地球就是宇宙的中心，太陽和星星都繞著它運行。」

溫斯頓的身體又是一陣痙攣，這回他一個字也沒說。

歐布萊恩繼續回應著，彷彿溫斯頓提出了反對意見似的：「當然，在某些特殊情況下，那種說法是不正確的。例如我們在大海上航行，或者預測日月蝕的時候，我們經常發覺，假設地球繞著太陽轉，而星星位在幾百萬公里之外的話，似乎更有幫助。但是那有什麼關係？你以爲，創造複合式的天文學對我們而言有任何困難嗎？星星可遠可近，端視我們的需要而定。你以爲，這種任務我們的數學家辦不到嗎？你忘了雙重思想這件事嗎？」

溫斯頓縮回床上躺平。無論說什麼，歐布萊恩的答覆總如機關槍掃射般打得他毫無招架之力。然而他知道，他知道自己是對的，一定有什麼方式能證明「任何事物皆無法存在於個人心智以外」，這種信念的錯誤之處。此一邏輯上的謬誤，許久以前不是曾被揭露過嗎？它甚至有一個名稱，可是溫斯頓想不起來。歐布萊恩面帶淺笑俯視著他，嘴角還抽動了一下。

「我告訴過你，溫斯頓，」歐布萊恩說，「形而上學並非你的強項。你腦袋裡正在搜尋的字是『唯我論』，不過你搞錯了，這不是唯我論。如果你願意，可以稱之爲『集體唯我論』，然而它是一種不同的東西，事實上它是完全相反的東西。總之，這些都離題了。」他改變語調補充道，「眞正的權力，我們日以繼夜奮鬥爭取的權力，不是爲了控制物質，而是爲了操控人類。」他略作停頓，隨即再度流露出教授測試自己得意門生般的神情，「一個人，要如何對另一個人宣示他的權力？」

溫斯頓想了一下。「讓他痛苦。」他說。

「非常正確。讓他痛苦。光是服從還不夠，除非讓他痛苦，否則怎麼知道他服從的是你的意志，而不是他自己的意志？權力，就是施加痛苦與屈辱。權力，就是將人的心智大卸八塊後，重新組裝成你想要的形狀。那麼，你開始明白我們正在創造一個怎樣的世界了嗎？它和那些老派改革者想像中的愚蠢享樂主義烏托邦完全相反。這是一個充滿恐懼、背叛與折磨的世界，一個人們互相踐踏的世界，一個在進化過程中變得愈來愈殘忍的世界。所謂的提升，對我們的世界來說，意思是痛苦層次的提升。那些古老文明聲稱自己奠基於愛與正義之上，我們的國度則建立在仇恨之上。在我們的世界裡，除了恐懼、憤怒、求勝與自卑外，別無其他情緒；其餘一切都必須加以摧毀，毫無例外。我們已經徹底粉碎革命之前遺留下來的思想習慣。我們已經把父母與子女之間、人與人之間、男與女之間的連結全部切斷，再也沒有任何人敢相信自己的妻子、小孩或朋友。在不久的未來，甚至連妻子或朋友也毋須存在——小孩一出生就會被帶往別處，像取走母雞所下的蛋那樣；性本能將被根絕，懷孕生產將變成一項類似更新配給供應卡般的年度例行公事。我們要廢除性高潮的快感，我們的神經研究專家正在進行這方面的努力。除了對黨，以後不會有所謂的忠誠；除了對於老大哥，以後不會有所謂的愛；除了在戰敗的敵軍面前，以後不會有歡笑。以後也不再有藝術、文學與科學——當我們已無所不能的時候，科學便失去了利用價值；美與醜將不再有任何差異，生命的過程裡將不再有任何驚奇和喜悅，一切的競爭樂趣都會被消滅。然而，溫斯頓，千萬不要忘記這一點，人對權力的迷戀永遠不會改變，只會愈來愈深，愈來愈難以自拔。未來，無時無刻都有令人陶醉的勝利，以及踐踏可憐敵人的滿足感可享受。假如你希望在心中描繪一幅未來的圖像，想像一隻靴子踩在一張人臉上就對了，而且是永遠的踩著。」

歐布萊恩停了下來，彷彿在等待溫斯頓回話。溫斯頓只想再縮進床底下，什麼也說不出來。他的心似乎結凍了。

歐布萊恩繼續陳述：「請務必記住，那是一種恆久的姿態，那張臉將永遠被踩在腳下。異端份子與社會的敵人也會永遠在那裡，所以他們才能一次又一次的被擊敗與羞辱。打從你落入我們手中那一刻起，所經歷的一切都會繼續、而且變本加厲，間諜、叛徒、逮捕、刑求、處決、失蹤等這些戲碼永遠不會停止，那將是個驚恐與勝利交織的世界。黨愈強大，容忍的範圍就愈小；反對力量愈弱，獨裁的手段就愈嚴苛。高斯坦和他的異端邪說將永遠在世間流傳，每一天的每一分每一秒，他們都會被擊敗、被懷疑、被嘲笑以及被唾棄，但他們仍將存活下去。我陪你演了七年的這場戲，未來將一代接一代不斷的被複製呈現，而且更趨細膩逼眞。這裡永遠會有任憑我們擺布的異端份子，他們先是痛苦尖叫，精神崩潰，放棄尊嚴；最終則哭喊悔過，自願爬到我們跟前，請求饒命。那就是我們籌畫中的世界，溫斯頓，那是一個勝利之後還是勝利、成功之後還是成功的世界——針對權力的神經無止盡的施壓、施壓、再施壓。我看得出來，你開始拼湊出那個世界的眞實面貌了。你終究會理解它，不僅如此，你還會接受它、擁抱它，成爲它的一份子。」

溫斯頓勉強恢復了一點元氣。「你們做不到！」他用微弱的聲音說道。

「此話怎說，溫斯頓？」

「你無法創造出剛才口中所描述的那種世界，那是一種幻想，那是不可能的。」

「爲什麼？」

「一個文明無法建立在恐懼、仇恨與殘酷之上，它絕對不可能支撐得住。」

「爲什麼不能？」

「它沒有生命力，它會坍塌瓦解，它會自我毀滅。」

「胡扯。你的印象仍停留在仇恨比愛更耗費心力的錯覺上。爲什麼一定會如此？而且如果眞是這樣，又有什麼差別？假設我們決定採取高速模式來消耗自己，假設我們加快了人生的節奏，讓每個人活到三十歲就變成老頭……就算眞的如此，究竟有什麼差別？難道你不明白，一個人的死亡不是死亡？黨是永恆不朽的。」

一如往常，溫斯頓被這些話逼得啞口無言。此外，他也害怕自己若堅持不同意，歐布萊恩會再次扳動那具儀表。可是，他不能繼續保持沉默。他並未爭辯，除了對歐布萊恩所說的話感到難以名狀的驚恐之外，他絲毫沒有頭緒，他只好無力的展開反擊。

「我不知道，也不在乎，總之，你們會失敗。某樣東西會打敗你們，生命會打敗你們。」

「我們控制了生命，溫斯頓，沒有任何死角。你的想法是，有一種叫做人性的東西終將被我們的所作所爲喚醒，並且進行反撲。不過，人性是由我們創造的。人是可以被塑造的。或許你又回到了初衷，相信無產階級與奴隸會起身反抗、推翻我們；別傻了，他們基本上是無可救藥的畜生。黨就是人性，其餘的人都是外部的附屬物──無，足，輕，重。」

「我不在乎。總有一天他們會打敗你們，他們遲早會看穿你們的本性，將你們擊倒踏平。」

「你看到了任何跡象顯示，這一切即將發生嗎？或者你有任何理由知道事情必然如此？」

「沒有，我就是相信，我知道你們一定會失敗。宇宙中有某種東西……我不清楚是什麼，有某種精神、某種原則是你們永遠戰勝不了的。」

「你相信上帝嗎，溫斯頓？」

「不相信。」

「那麼你所謂能夠擊敗我們的原則是什麼？」

「我不知道，也許是人道精神。」

「你認爲自己能夠稱之爲人嗎？」

「是的。」

「如果你是人，溫斯頓，如果你是碩果僅存的最後一人，那麼你的同類已經絕種了，而我們是繼承者。你知道自己只剩下單獨一人嗎？你在歷史中已無立足之地，你是不存在的。」歐布萊恩態度一轉，語氣嚴厲的說，「因爲我們既說謊又殘忍，所以你自認道德情操比我們高尚？」

「是的，我自認比你們高尚。」

歐布萊恩沒有接話，是另外兩個聲音在交談。過了一會兒，溫斯頓聽出其中一個是他自己的聲音──那是加入兄弟會當晚，他和歐布萊恩兩人之間的對話錄音；他聽見自己承諾要說謊、偷竊、僞造、殺人、散播性病、鼓勵吸毒與賣淫，並朝兒童的臉上潑硫酸。歐布萊恩略顯不耐的做了個手勢，意思彷彿是不需白費工夫播放錄音帶。他轉了某個開關，聲音也跟著停止。

「下床吧。」歐布萊恩說。

那些束帶已經自動放鬆。溫斯頓將雙腳挪移至地面，搖搖晃晃的站了起來。

「你是最後一個人，」歐布萊恩說，「你是人道精神的守護者，你該看看自己現在的樣子。脫掉你身上的衣服。」

溫斯頓把綁住自己工作服的繫線解開，原本的拉鍊早就被扯壞了，他不記得遭到逮捕以後是否曾脫光衣服。在工作服底下，他身上纏繞著又髒又黃的破布，勉強能夠辨識出是內衣的殘骸。當衣服滑落到地上時，他發現房間另一端有座三面鏡。他走向前去，隨即猛然止步，不由自主的發出慘叫。

「再靠近一點，」歐布萊恩說，「站在兩翼鏡子的中央。你也應該欣賞一下側面。」

溫斯頓出於害怕而不敢再往前。鏡子裡，有個灰色皮膚、外形佝僂、貌似骷髏的怪物朝他走來。不單因爲知道那是自己而害怕，平心而論，那東西的樣子看起來的確相當嚇人。他更走近鏡子些。大概是彎腰駝背的關係，那東西的臉顯得十分前突，那是一張淒涼絕望的臉，發亮的前額和光禿的頭頂連成一氣，鼻子歪曲、雙頰凹陷、滿臉皺紋、嘴巴乾癟，凶惡的眼神中充滿敵意。那是他的臉無誤，然而對他來說，比起內在的改變，自己的外表實在變化得太厲害了。那張臉所流露出的情緒，將不再是他的眞實感受。他簡直已經半禿。一開始他還以爲是自己的頭髮變灰了，後來才發現那是少了遮蔽的淡青色頭皮。除了雙手、臉部周圍之外，他全身都覆蓋著一層積久未清的灰色頑垢。骯髒皮膚上的紅色傷疤處處隱約可見，腳踝處的靜脈曲張潰瘍也發炎腫脹成一大塊，表皮還潰爛剝落。但最令他恐懼的是自己孱弱的體態；胸部的肋骨，基本上僅剩下一層薄膜包著；兩條腿瘦得連一點肉都沒有，看起來比膝蓋還細。他此刻明白了歐布萊恩剛才爲什麼要特別提及兩側的鏡子——他的脊椎弧度彎曲得超乎尋常，單薄的雙肩向前彎垂，胸腔內縮，骨瘦如柴的頸子幾乎快承受不住頭顱的重量。若以目測方式來猜，肯定會說眼前這是個惡疾纏身的六十歲老人。

「你有時會想，」歐布萊恩說，「我的臉，一個內黨成員的臉，看起來竟如此蒼老疲憊。現在，你覺得自己的臉看起來如何？」

歐布萊恩抓住溫斯頓的肩膀，把他整個人轉過來面朝自己。

「瞧瞧你現在的模樣！」他說，「看清楚你的身體有多污穢。看清楚你的腳趾有髒。看清楚你腿上的膿瘡有多噁心。你知道自己的氣味比一隻山羊還臭嗎？或許你早已習慣了。你看自己有多瘦弱。你看見了嗎？我光用拇指和食指就可以圈住你的上臂。我能夠輕易擰斷你的脖子，就像把一根紅蘿蔔折成兩半那樣。你知道，打從你落入我們手中之後，體重已經減輕了二十五公斤嗎？你的頭髮也一撮撮的掉，你瞧！」他伸手一抓，扯下溫斯頓的一把頭髮，「張開你的嘴巴，我算一下，裡面還剩下九——十——十一顆牙。你剛來這裡的時候有幾顆牙？最後這幾顆應該也差不多了，你看！」

他用強壯的拇指和食指扣住溫斯頓僅存的其中一顆門牙。溫斯頓的下巴瞬間一陣劇痛。歐布萊恩已經把那顆搖搖欲墜的牙齒連根拔除，接著扔到牢房的另一邊去。

「你正在腐爛，」他說，「你正在衰敗。你究竟是什麼？只不過是一具臭皮囊。轉過身去再看一次鏡子。你瞧見站在對面的那個東西了嗎？那是最後僅存的一個人。如果你是人類，那麼人類的本色就是如此。現在把衣服穿上。」

溫斯頓開始緩慢僵硬的把衣服套回身上，直到此刻他才眞正意識到自己有多虛弱。他的腦袋裡只有一個念頭——他在這個地方待得肯定比自己想像中還久。當他纏好一身破布，內心突然對自己飽受摧殘的身軀湧現一股心酸不捨，立刻癱倒在床邊一張小凳子上，嚎啕大哭起來。他明白自己那種皮包骨的模樣、一身髒噁的衣服，看起來非常醜陋不雅，他無法克制的坐在刺眼的白色燈光下哭泣，歐布萊恩輕柔的將一隻手搭在他肩膀上。

「不會永遠如此，」他說，「你隨時可以脫離這一切。完全取決於你自己。」

「是你們害的！」溫斯頓嗚咽的說，「是你們把我變成這樣。」

「不，溫斯頓，是你把自己變成這樣的。當你選擇要和黨作對的時候，就代表你願意接受這一切後果。所有的程序都會在第一個步驟被啓動之後同時執行，沒有任何一項是你事前不知道的。」歐布萊恩暫停了一下，又繼續往下說，「我們打敗了你，溫斯頓，我們徹底擊潰了你。你已經看過自己外表的樣子，你的心智應該也相差無幾，我不認爲你還能剩多少自尊。你曾經被踢、被鞭、被羞辱，並且痛得大呼小叫，在自己的血水與嘔吐物上打滾。你曾經卑屈求饒，出賣所有的人，招認所有的事情。你想得出來，還有什麼失格下流的行爲是自己做不到的嗎？」

溫斯頓停止啜泣，可是淚水仍不斷從他雙眼流下。他抬頭望向歐布萊恩。

「我並沒有背叛茱莉亞。」他說。

歐布萊恩若有所思的俯視著溫斯頓。「是的，」他回答，「是的，意思是百分之百正確，你並沒有背叛茱莉亞。」

溫斯頓不由得對歐布萊恩生出一種奇特的敬重，怎麼也無法抹煞。他忍不住在心裡讚嘆，眞是有智慧，眞是有智慧啊，歐布萊恩從不會誤解別人話中的涵義。幾乎地球上的每個人都會毫不猶豫的回答，說他背叛了茱莉亞。畢竟在那樣的刑求折磨之下，有什麼話是他吐不出來的。關於茱莉亞的一切他全說了，她的習慣、她的個性、她的過去，以及雙方見面時鉅細靡遺的情況、兩人之間的對話、黑市交易的食物、兩人的通姦、含糊籠統的反黨陰謀……一切的一切他都招供了。但是，就他當初表達過的觀念來看，他並沒有背叛茱莉亞，他並沒有停止愛茱莉亞，他對茱莉亞的感覺從未改變。毋須他多做解釋，歐布萊恩已然看出這一點。

「告訴我，」溫斯頓問，「要等多久，他們才會槍斃我？」

「可能還要很長一段時間，」歐布萊恩說，「你的症狀相當嚴重。不過別放棄希望，每個人遲早都會被醫治好。等到了那一天，我們就會槍斃你。」

4

溫斯頓的狀況愈來愈好，他的體重每天都在增加；話雖如此，這種說法其實並不恰當，因為他連一天有多長都不知道。

死白的光線和低頻的運轉聲依舊，但這個地方比他以往待過的任何牢房都更為舒適。這裡的床架附有枕頭和床墊，旁邊還有一張凳子可以坐。獄方的人幫溫斯頓洗了一次澡，允許他偶爾在一個金屬水盆裡清理自己，甚至還有熱水讓他使用。他獲得一套乾淨的內衣和工作服。他的靜脈曲張潰瘍患部也被塗上緩解的藥膏。他剩下的牙齒全遭拔除，換上一副新的假牙。

想必又經過了好幾週或好幾個月。如果有興趣，他現在應該能夠計算時間，因為獄方會依固定時間間隔送來食物。他推測，自己大約二十四小時內會獲得三次食物；有時候，他也不太清楚拿到配餐的時間究竟是白天或晚上。這裡的食物意外好吃，三餐都有肉；某一次，還附帶一包香菸。他沒有火柴，但始終保持沉默的獄警會替他點菸。當吸入第一口菸時，腦袋馬上一陣暈眩，不過他沒有放棄，接下來的每餐飯後他都要來個半根，一包菸很久才抽完。

獄方給了他一塊邊角綁著一截短鉛筆的白色石板。起初他並未加以利用，即便在清醒的狀態下，他也總是形同麻痺。通常在餐與餐之間，他會近乎不動的躺著，時而補眠，時而沉思神遊，連眼睛都懶得睜開。他早已習慣在強烈光線的曝照下睡覺，除了夢境較易受干擾之外，好像沒什麼分別。這段時間裡，他做了許多夢，全是一些美好的夢。他來到黃金國度中，和自己的母親、茱莉亞及歐布萊恩並肩坐在一整片矗立於陽光下的燦爛廢墟之間，什麼也不做，只是坐在陽光下談論各種日常瑣事。他清醒時的想法，大多和這些夢有關。痛苦的來源如今已被移除，他也彷彿喪失了思考能力。他並不無聊，只是沒有與人對話或從事消遣的慾望。他唯一的心願就是可以獨處，可以不再被打、被逼問，不再挨餓、不再渾身髒臭，如此他便滿足了。

他逐漸減少了睡眠時間，但對起床這件事仍毫無興趣。他在意的是能夠安靜的躺著，感受自己的身體一點一滴恢復元氣。他會在身上東摸西摸，確定肌肉增長與皮膚緊實的變化並非自己的錯覺。終於，那些懷疑一掃而空，他眞的胖了——他的大腿現在絕對比膝蓋還粗。從那之後，儘管十分吃力，他開始定時做運動。過了一陣子，以牢房的長寬估算，他可以一次走上三公里左右的距離，原本極度下垂的肩膀也挺直不少。他企圖進行更複雜的運動，卻驚訝發現自己做不到，令他非常挫折——他無法快走，無法平舉凳子，無法以單腳維持站姿而不跌倒；光是蹲下起立的動作，就讓他雙腿痛得受不了。他伏趴於地，嘗試以雙手撐起身體，結果完全無能爲力，連抬高一公分都沒辦法；然而再經過幾天（或說再經過幾輪的配餐週期），這項挑戰也被他克服了；最後，他一次能完成六下。他開始對自己的身體感到驕傲，並懷著某種程度的希望，相信自己的臉也變回正常模樣。只有當他不小心把手放到光禿的頭頂上時，才會想起曾經從鏡中望著自己的那張又皺又乾、徹底崩壞的臉。

溫斯頓的態度愈來愈積極。他坐在床頭，背靠牆壁，把石板擺放於膝蓋上，發自內心的準備展開重新教育自己的任務。顯而易見的，他已經認輸了。事實上，依他現在看來，早在做出這個決定之前，他就已經打算認輸了。從他被帶進友愛部那一刻起（沒錯，甚至在顯示幕中冰冷聲音朝他和茱莉亞下達指令、兩人無助的站在那裡時），他就已經領悟到自己冒險採取行動對抗黨的力量，是何等輕率與膚淺。如今他知道，這七年來，思想警察有如用放大鏡觀察一隻甲蟲般監視著自己。每個舉動、每句話語都逃不過這些人的注意，沒有任何思路是這些人不能破解的。就連他留在日記封面上的那顆白色粉末，也被小心的放了回去。這些人播放錄音帶給他聽，拿照片給他看，有些是他和茱莉亞共處時的照片，沒錯，甚至……他無法再繼續反抗黨了。此外，黨是正確的，一定是如此——永恆不朽的集體智慧，怎麼可能是錯誤的？有什麼客觀的標準能檢驗它的判斷？心智正常是統計學上的一種表現，那只是一道「如何學習像黨一樣思考」的問題，除非——

手中的鉛筆感覺有些粗鈍又不易控制，他開始將此刻的想法記錄下來。他先以大而拙劣的字跡寫了一句——「自由即奴役」，接著毫不遲疑的在下方補上——「2＋2＝5」。這時他略作停頓，內心好像想閃避某種東西而無法保持專注。他很清楚自己知道下一句是什麼，卻忽然忘了；最終，他靠著有意識的推導才想起這個句子，而非從腦袋裡自行蹦出，他下筆寫道——「權力即上帝」。

他接受了一切。過去是可以修改的，過去從未被修改。大洋國曾經和東亞國作戰，大洋國始終都和東亞國作戰。瓊斯、阿朗森、魯瑟福三人被指控的罪名全部屬實，他從未看過那張能證明三人清白的照片；那張照片不曾存在過，是他憑空捏造出來的。他有印象自己以前記得許多矛盾的事物，然而那些都是假的記憶，一種自我欺騙的產物。這一切多麼容易啊！只要投降，其餘所有的事情便跟著解決。如在急流中逆向游泳，無論你怎麼努力還是只能不斷往後退，於是某個瞬間你決定掉頭，發覺自己再也不必拚命對抗，只要順應水勢即可。除了你的心態之外，什麼都不需要改變；不管怎樣，注定該發生的終究會發生。他幾乎想不起當初反叛的原因，一切都很簡單，除非——

任何事情都有可能是眞的。所謂的自然法則根本是鬼扯，地心引力也是鬼扯。歐布萊恩曾說「如果我想要，我可以像顆肥皂泡泡飄離這塊地面」，溫斯頓成功釐清了這個觀念，意即——「假如他認爲自己飄離地面，而同一時間我也認爲自己看見他飄離地面，那麼這件事情就是眞的。」突然間，如一艘沉船的遺骸浮出水面，有個想法闖進他心裡——「那件事並未發生，那是我和他虛構的想像，那是一種幻覺。」溫斯頓趕緊壓制住失序的念頭，那個想法存在著非常明顯的謬誤，它預設立場，假設在你我認知範圍外的某個地方，有個會「實際」發生事情的「眞實」世界。但，怎麼可能會有那種世界？我們對任何事物的瞭解，不都是來自本身的心智嗎？所有事情皆在心智的內部發生，心智內部發生的任何事情也一定是眞實的。

溫斯頓毫無困難的排除了那項謬論，擺脫了向它屈服的威脅。不過，他明白自己永遠不該再重蹈覆轍。當危險的思想無預警出現時，心智必須立刻隔離它；這項機制必須出於本能，而且要主動介入，新語的說法叫做「犯罪停止」。

他開始認眞的練習操作犯罪停止。他向自己提出「黨說地球是平的」、「黨說冰比水重」等觀點，然後訓練自己不去注意或不去理會其中的矛盾之處。這不是個簡單的任務，需具備強大的推理與應變能力才能辦到。光是算術問題就十分棘手，例如「2+2=5」這樣的陳述，便超出他智力的理解範圍。此外，還需具備某種心智的靈活性，某種能夠在上一秒還懂得巧妙運用邏輯、下一秒卻看不懂拙劣邏輯錯誤的特殊才華——無比愚蠢的必要性絲毫不亞於絕頂聰明，困難度亦不相上下。

同一時間，他內心的某個部分也在想，還得等多久自己才會被槍斃。「完全取決於你自己」——歐布萊恩曾如此說過。然而他知道，自己並沒有什麼可行的辦法能讓此事提前發生，或許再過十分鐘，或許再等十年。他可能被繼續單獨囚禁數年，或者被送去勞改營；也可能被暫時釋放，有時他們會這麼對待犯人；更有可能的是在槍斃之前，再讓他重新體驗一次——從被逮捕開始到最後遭刑求審問的精彩過程。唯一能確定的事情是，你永遠預料不到自己的死期何時到來。依照傳統（從不曾明說的傳統），儘管你從未聽人提起，不知為何，你就是知道他們會趁你毫無防備時，例如走在通道上、準備前往另一個牢房時，從你背後開槍，永遠朝著你的後腦開槍。

有一天（但「天」這個說法並不精確，因為那時可能是半夜），他一度陷入了某種奇特、喜樂的幻想。他正行經一處通道，等待那顆子彈的降臨，他知道這件事隨時會發生。一切都安排好了，解決了，圓滿了。不再有懷疑，不再有爭辯，不再有痛苦，不再有恐懼。他的身體健壯，他的步伐輕快，動作中充滿愉悅，感覺如在暖陽底下漫步。他已經離開了友愛部的狹窄白色走廊，來到一條視線遼闊、約莫一公里寬的日光大道，他彷彿服用了什麼藥物似的，精神亢奮的走著。他來到一片充滿野兔足跡的古老荒原，隨後穿越一條被踏出來的草徑，這裡是黃金國度——他感覺得到腳下鬆軟的草皮與曬在臉上的和煦陽光。田野的邊緣有幾棵榆樹輕輕搖曳著，再過去不遠某處就是那灣小溪，以及四周被柳樹林包圍、鯉魚悠游其中的那個清澈池塘。

他猛然驚醒，背脊冷汗直冒。他聽見自己大喊：「茱莉亞！茱莉亞！茱莉亞，我的愛！茱莉亞！」

此刻他心裡產生一陣壓抑不住的幻覺，好像茱莉亞就在這裡。茱莉亞似乎不僅在他身邊，更有如在他體內，彷彿鑽進了他皮下組織。那一瞬間，他對茱莉亞的愛遠超乎以往兩人還在一起、仍是「自由之身」的時候。他也很清楚，茱莉亞依舊在某個地方堅強的活著，並需要他的幫助。

溫斯頓往後一躺，試著重整思緒。自己到底做了什麼？那片刻間的脆弱，如今又要替自己增加多少年的懲役？再過幾分鐘，他將聽見外面傳來靴子的腳步聲。發出像剛才那樣的吼叫，肯定要被處罰。假設那些人原本不知道，這時想必會發覺——他破壞了雙方的約定，他服從黨，卻仍憎視黨。過去，他把異端思想藏於合宜外表下；現在他更退一步，獻出自己的心智徹底投降，只希望最深層的內在不受褻瀆。他知道自己是錯誤的一方，但他寧願繼續錯下去，那些人會理解的，歐布萊恩會理解的，但那聲無腦的叫喊卻招認了這一切。

他可能必須從頭來過，或許要花上好幾年時間。他用手摸摸自己的臉，想熟悉一下新的輪廓——他的兩頰上有深溝，顴骨尖聳，鼻子扁平；另外，上一次照過鏡子之後，他才獲得了這副全新假牙。當你連自己的長相都不知道的時候，便很難保持心思莫測的模樣；無論如何，只會控制表情是不夠的。他首度領悟到，如果你想保守一項祕密，就不該讓自己知道它的存在。你一直都知道它在那裡，除非有需要，否則絕不能讓它藉由任何可被賦予名稱的形式，在你意識中顯現出來。從此刻開始，他不僅必須正確的思考，還必須正確的感受、正確的作夢，而且必須將憎恨當成某種物質，裝進一顆始終鎖在自己內部的球型容器裡，變成身體的一部分，卻又和其他器官互不相連，就像個囊腫那樣。

總有一天那些人會決定槍斃他，你無法知道何時發生，但臨刑前幾秒鐘應該可以察覺。永遠趁你走在通道上的時候，朝著你的後腦開槍。只要十秒鐘就夠了，那時他內心世界將上演一場大逆轉——突然間，一個字都不必說，腳步毫無停頓，臉部線條也看不出一絲改變；突然間，他卸下偽裝，「砰」的一聲將仇恨上膛，開始全速射擊，仇恨像一把烈焰在他體內熾熱燃燒；幾乎同時，「砰」的一聲，那顆子彈擊發，太遲了，或說太早了，在那些人尚未成功教化他之前，他的大腦已經變成一堆噴濺的殘渣碎屑。異端思想不會受到懲罰、不需悔改，那些人再也拿他沒輒。黨在自身的完美上轟出了一個大洞，帶著對黨的憎恨而死，那便是自由。

他閉上眼睛。這比接受思想紀律還困難，這是一個涉及自甘墮落、自我毀滅的問題，他必須直達最骯髒的底部。其中最可怕、最病態的事情是什麼？他想到老大哥。那張蓄著黑色鬍子、視線如影隨形緊盯著你的巨臉（由於經常在海報上看見，他總認爲老大哥的臉有一公尺寬），似乎自行在他腦海中浮現。他對老大哥眞正的感覺究竟是什麼？

通道上傳來靴子悶沉的腳步聲。隨後是一道金屬脆響，房門迅速被打開。歐布萊恩走進牢房，後方跟著那位面如蠟像的官員及數名獄警。

「站起來，」歐布萊恩說，「過來這邊。」

溫斯頓起身面對歐布萊恩。歐布萊恩用強壯的雙手抓住溫斯頓的肩膀，仔細的審視一番。

「你存有欺騙我的想法，」歐布萊恩說，「那太不聰明了。挺胸站好。看著我的臉。」他停頓了一下，語調稍轉溫和的繼續說，「你進步了不少。思想上，你並沒有什麼錯誤；主要是情感上，你的老毛病仍舊改不掉。告訴我，溫斯頓，還有，記得不可以說謊，你知道我對謊言一向很敏銳；告訴我，你對老大哥眞正的感覺是什麼？」

「我恨他。」

「你恨他。很好。那麼該是讓你進入最後一個階段的時候了——你必須愛老大哥，光是服從他還不夠，你必須愛他。」

歐布萊恩鬆開手，把溫斯頓輕輕推向獄警。「一〇一號房。」他說。

5

監禁期間的每個階段，他都知道（或者似乎知道）自己置身這棟沒有窗戶的建築物什麼位置。唯一的差異，大概是各個牢房的氣壓不同——獄警毆打他的那間牢房在地下室；歐布萊恩凌虐他的那間牢房在接近頂樓附近；現在這裡則位於地表下方數十公尺、深到不能再深的地方。

這裡的空間比他早先待過的牢房都大，不過他並未留意太多周遭情況。他只看見正前方有兩張小桌子，上頭皆鋪著綠色的羊毛桌布；其中一張離他大約一、兩公尺遠，另一張擺在較遠處，靠近門邊的位置。他直挺挺的被綁在一張椅子上，繩子纏得很緊，他無法動作，連頭也轉不了。一塊襯墊從後方固定住他的腦袋，迫使他僅能往前看。

剛開始的幾分鐘，這裡只有他一人，接著門被打開，歐布萊恩走了進來。

「有一次你問我，」歐布萊恩說，「一〇一號房裡有什麼。我回答，你知道一〇一號房裡有什麼。每個人都知道，一〇一號房裡有世界上最令人毛骨悚然的東西。」

門再度打開，有名獄警手上拿著一個鐵絲做成的、類似盒子或籃子的物品進入牢房，放在較遠處那張桌子上。溫斯頓看不見那是什麼東西，因爲歐布萊恩所站位置擋住了他的視線。

「世界上最令人毛骨悚然的東西，」歐布萊恩說，「對每個人來說都不一樣。也許是遭活埋，或是被燒死淹死，或是釘在柱子上被刺死，或是另外五十種各式各樣的死法。在某些例子中，只是一些平凡無奇的東西，根本沒有致命的危險。」

歐布萊恩稍往旁邊移了一步，溫斯頓因此得以看清放在桌上的物品是什麼。那是個橢圓形的鐵籠子，上面有根搬運時可提握的把柄，前端裝著一個如擊劍面罩的東西，內凹的那一側朝外。儘管放置在三、四公尺外，他仍看得見籠子前後分成了兩段，各有一隻生物被關在裡頭——是兩隻老鼠。

「根據你的狀況，」歐布萊恩說，「世界上最令人毛骨悚然的東西碰巧是——老鼠。」

剛才一瞥見那個籠子，溫斯頓便立刻感受到一種戰慄不安的徵兆，一陣難以名狀的畏懼。然而此刻他才恍然明白，前端那個有如面罩的部件功用爲何，他簡直嚇得快要屁滾尿流。

「你不能那麼做！」溫斯頓扯開嗓門大喊，連聲音都啞了，「你不能那樣，你不能那樣！怎麼可以！」

「你記得嗎，」歐布萊恩說，「過去經常在你夢裡發生的恐慌時刻？你面前有一堵黑牆，耳際迴盪著陰沉的嘶吼。牆的另一邊有極爲可怕的東西。你很清楚知道那是什麼，但你沒有膽量把它拖到陽光下現形。在那堵牆另一邊的東西——正是老鼠。」

「歐布萊恩！」溫斯頓努力克制自己的語氣說道，「你很明白這麼做是沒有必要的。你到底想要我怎樣？」

歐布萊恩當下並未直接回答。等他再度開口時，又是那副偶爾裝成了學校老師的姿態。他若有所思的望著遠處，彷彿在對溫斯頓背後的眾多隱形聽眾發表演說。

「光靠痛苦本身，」他說，「並非永遠足夠。有些時候，人們會願意承受痛苦，甚至寧死不屈。不過，每個人都有無法忍受的東西、某種連一秒鐘也無法直視的東西，那無關勇敢或怯懦。假如你從高處墜落，伸手去抓一條繩子，那並非怯懦的表現；假如你從很深的池子浮出水面，努力讓肺部吸滿空氣，那並非怯懦的表現——那只是一種無可抹滅的本能反應。那些老鼠正是如此。對你來說，牠們是無法忍受的東西。即便你想抗拒也沒有用，牠們是一種你抗拒不了的壓力形式。你必須按照我們的要求去做。」

「可是要做什麼？到底要做什麼？如果我連那是什麼都不知道，我又能怎麼做？」

歐布萊恩提起籠子，帶著它走到比較靠近溫斯頓的這張桌子旁邊。他小心的將籠子置於羊毛桌布上。溫斯頓可以聽見血液在耳際竄流的鳴響，他感覺自己困在一片全然的孤獨之中。他位於一塊空蕩廣闊的平原中央，烈日當頭，四周是一望無際的沙漠，所有聲音都從非常遙遠的某處傳來。然而實際上，裝著老鼠的籠子離他僅兩公尺遠；這些老鼠的體型十分壯碩，牠們已來到凶猛粗暴的年紀，毛皮已轉爲咖啡色而非灰色。

「老鼠，」歐布萊恩繼續對著看不見的聽眾演講，「雖然屬於囓齒類動物，同時也是肉食性動物。這一點你想必知道。你一定曾聽說市區貧民窟裡發生的各種傳聞。在某些區域，婦女絕不敢讓自己的小孩在家裡落單，即便只有五分鐘時間，老鼠肯定不會錯失這種機會——不需花多久時間，牠們就能把小孩咬得連皮都不剩。牠們也會攻擊生病或瀕死之人，牠們能分辨人類何時最脆弱無助，可見智商有多驚人。」

籠子裡爆發出一陣尖叫，對溫斯頓而言似乎是從遠方傳來。老鼠正在打鬥，牠們試圖透過隔柵抓咬對方。他還聽見一聲絕望的長嘆，似乎也是從他身外傳來的。

歐布萊恩提起籠子，按壓了裡面的某個物件，隨即發出一道尖銳的喀擦聲。溫斯頓瘋狂的想從椅子上掙脫，然而只是白費力氣——他身上的所有關節、甚至連頭部都被牢牢固定住。歐布萊恩將籠子移近一些，此時籠子離溫斯頓的臉已不到一公尺。

「我已經扳動了第一根控制桿，」歐布萊恩說，「這個籠子的構造很簡單。面罩完全依你的臉型打造，毫無縫隙。當我扳動另外這根控制桿時，籠子內部的柵門就會滑開，這群餓壞了的小畜生將如子彈般噴射出來。你有沒有看過老鼠騰空飛行？牠們眞的會騰空飛向你的臉，直接在上面又鑽又掘。有時牠們先攻擊眼睛，有時牠們會從臉頰挖洞竄進去，再啃掉你的舌頭。」

籠子又移得更近了些，幾乎迫在眼前。溫斯頓聽見頭頂附近發出密集又刺耳的尖鳴，但他拚命壓抑自己的恐慌。冷靜思考、冷靜思考，就算只剩半秒鐘，冷靜思考仍是唯一的希望。忽然間，他的鼻孔聞到那些畜生身上發霉腥臭的氣味，一陣劇烈的痙攣使他反胃作嘔，差不多快要昏厥過去。一切都變成了黑色。那短暫片刻裡，他失去理智，像隻亂吼亂叫的動物。然而靠著一個念頭，他脫離了黑暗，只有一個方法可以拯救自己——他必須利用某人，利用某人的血肉之軀擋在自己和老鼠之間。

此刻，面罩的大小已遮蔽了他周圍其餘的視線，籠子的柵門和他僅剩幾個拳頭的距離。老鼠們很期待這即將到來的大餐；其中一隻不斷跳上跳下，另一隻的毛幾乎快掉光，應該是祖父級的鼠輩，牠站了起來，粉紅色的前腳抓握著隔柵，焦躁的嗅著氣味。溫斯頓能瞄見牠們的鬍鬚及發黃的牙齒；再一次，黑色的恐慌又占據了他，他什麼都看不到，絕望無助，連大腦也暫停運作。

「這是古代中國常見的一種刑罰。」歐布萊恩一如既往的說教。

面罩已經貼近溫斯頓的臉，鐵絲網的內側觸碰到他的雙頰。太遲了，一切都太遲了，然後——算了，如今多想無益，那只是希望，一丁點希望。不過他突然明白，全世界唯有一個人可以讓他轉移這項懲罰，這個人的血肉之軀可以擋在自己和老鼠之間。接著他開始瘋狂呼喊，一遍又一遍的呼喊——

「讓茱莉亞代替我！讓茱莉亞代替我！放過我！去找茱莉亞！我不在乎你們對她怎麼樣！把她的臉咬爛，啃到見骨都沒關係。放過我！去找茱莉亞！放過我！」

他往後一仰，跌入一處深淵，遠離了老鼠。他仍被綁在椅子上，但他的墜落穿透了樓板、建築物的牆壁、地面、海洋、大氣層、外太空、銀河系……非常非常非常遠的甩開了老鼠。他在好幾個光年之外，但歐布萊恩依舊站在身旁，冰冷的鐵絲網依舊貼著他的臉。不過，在周遭一片漆黑的宇宙中，此時傳來另一聲金屬脆響，他知道籠子的柵門已經關上，並未打開。

6

栗子樹咖啡館裡幾乎沒半個人，一道斜陽穿過窗戶，映照在布滿灰塵的桌面上。現在是最寂寥的十五點鐘，顯示幕裡播放著粗糙的背景音樂。

溫斯頓坐在習慣座位上，凝視著一個空酒杯。此刻他再度抬頭，瞄了一眼對面牆上始終盯著他看的巨臉——老大哥正看著你，標題文字如此說明。毋須吩咐，有名侍者自動走了過來，幫他在空杯斟滿凱旋牌琴酒，又另外拿出一只玻璃瓶，瓶口的軟木塞中間插了根鵝毛管。侍者輕搖瓶身，在酒裡倒了幾滴，那是店裡的招牌特色——加了丁香調味的糖精。

溫斯頓聆聽著顯示幕裡傳來的聲音，目前只是播放音樂，不過和平部隨時可能插播特別公告。近來，非洲前線的新聞令人非常擔憂，他的心情一整天往往七上八下。一支歐亞國的部隊，正以一種可怕的速度朝南方推進（大洋國正和歐亞國作戰，大洋國始終都是和歐亞國作戰）。中午時的公告並未提及哪些區域，但戰線可能已經延伸到剛果河口，布拉柴維爾與金夏沙全都岌岌可危。你不需看地圖就能明白事態的嚴重性，這不僅是喪失非洲中部控制權的問題，此乃這場戰爭中大洋國的領土首度面臨威脅。

他心中湧上一股激動的情緒，並非恐懼，而是一種莫名的興奮，他瞬間狂喜，然後又平靜下來。他停止去想戰爭的事。最近這些日子，他再也無法讓自己的心思專注於同一件事太久。他拿起酒杯，一飲而盡。一如往常，琴酒下肚總令他忍不住打顫，甚至輕微反胃。這種東西實在太要命了——丁香加糖精，這種組合本來就已經夠糟了，卻仍掩蓋不了那股強烈的油騷味；最悲慘的是，從早到晚如影隨形的一身琴酒味，在他心裡竟無可避免的和另一種東西的氣味相混雜——

溫斯頓從來不提牠們的名字，即便在自己的意識中也一樣，他很有可能至今仍不曾想像那些東西的形體。他只有模糊的印象，那些東西曾在他臉部附近徘徊，留下的氣味滲入了他的鼻孔，許久無法消散。剛才的琴酒在胃裡引起一陣翻攪，他張開發紫的嘴唇打了一聲嗝。自從被釋放之後，他長胖了不少，也恢復了原本的膚色；實際上，不僅是恢復而已，他的容貌已不再像從前那麼斯文，鼻子和兩頰的皮膚粗糙發紅，光禿的頭皮也變成偏深的粉紅色。同樣毋須吩咐，侍者再次上前，送來一塊西洋棋棋盤和一份當天的《泰晤士報》，並已翻至棋謎的那一頁。侍者看見溫斯頓的酒杯空了，又去拿了一瓶琴酒，隨後斟滿了酒杯。毋須向店家點酒，這裡的人知道他的習慣——棋盤永遠爲他準備好，角落的這張桌子永遠爲他保留；就算店裡客滿，他還是一個人獨占一桌，因爲沒有人希望被看見坐得離他太近。他很少計算自己喝了幾杯。每隔一段時間，店家會給他一張代表帳單的髒紙條，然而他總覺得店家少算了自己的酒錢。如果情況相反也無所謂。他現在不缺錢；他甚至還有一份工作，一份涼缺，薪水比他以前的差事更多。

顯示幕裡播放的音樂停了，換成一道說話的聲音。溫斯頓抬起頭聆聽。不過，並沒有來自前線的消息，只有富裕部的一則簡短公告。聽起來，上一季度的第十個三年計畫中，鞋帶的生產進度大幅超前，已達到百分之九十八的產量。

他仔細檢視了那道棋謎，擺好棋子。那是個複雜的結局，必須善用兩支騎士。「兩步之內，白棋將勝。」溫斯頓瞄了一眼老大哥的海報。永遠都是白棋獲勝，他心裡隱約浮現某種神祕理論；一向都是如此安排，毫無例外。打從盤古開天闢地以來，棋謎中的黑棋從不曾贏過，這不正是一種永恆不變、上帝必然戰勝邪惡的象徵嗎？那張巨臉盯著他，散發出一股冷靜的力量。永遠都是白棋獲勝。

顯示幕中的那道聲音略微停頓，改以較嚴肅的語調補充道：「所有人務必留意十五點三十分的重要公告。十五點三十分！那是最高級別的重點新聞，切勿錯過。十五點三十分！」語畢，廉價的金屬敲擊音樂再次響起。

溫斯頓的內心一陣騷亂。那一定是來自前線的公告，直覺告訴他壞消息要來了。一整天，帶著些許興奮的情緒，非洲戰局潰敗的想法不斷在他心裡縈繞。他彷彿看見歐亞國軍隊衝破了過去從不曾失守的前線，有如一大隊螞蟻湧向非洲南端。爲何無法從某處側翼包抄對方呢？此刻，非洲西部的海岸線清晰映入他腦海中。他拿起白棋的騎士，移至棋盤的另一端。那是個適當的地點。即便他看見黑色大批敵軍飛快往南推進，同時也發現另一支部隊正神祕的集結，以迅雷不及掩耳的速度占領敵軍後方，海陸並進，切斷其對外聯絡管道。他感覺自己的意念正在具體實現那支神祕部隊，但這個動作必須趕快進行，假使敵人掌控了整個非洲，假使敵人拿下了開普敦的機場與潛艇基地，大洋國將會一分爲二，接下來的事情可能不堪設想——失敗、崩潰、世界版圖重新洗牌，以及黨的毀滅！他用力吸了一口氣，無比混雜的各種感受，在他內心互相角力拉扯；然而，其實也不是混雜，比較像是堆疊，只是你無法分辨哪個在最底層。

一連串的胡思亂想暫告一段落。他把白棋的騎士移回原位，不過，當下他無法專注的研究棋謎，思緒不知又飄往何處神遊去了。幾乎是無意識的，手指在桌面的灰塵上比劃著——「2＋2＝5」。

茱莉亞曾說「他們無法入侵你的腦袋」，但顯然他們「可以」入侵你的腦袋。歐布萊恩說過「這裡所發生的事情會一輩子跟著你」，果眞所言不假。你永遠無法從那些事情、從那些你自己的所作所爲復原——你心裡的某個東西被扼殺了，被燃盡了，被燒灼壞死了。

他遇見過她，甚至和她說過話。那麼做並不危險，他出於本能的知道，那些人現在對他的任何舉動都沒興趣了。假如兩人之中的任何一方有意願，他當時其實可以安排第二次會面。事實上，他們上一次的相遇純屬偶然。那是三月中旬一個寒冷得讓人想在心底暗自咒罵的日子——公園裡的地面硬得像塊鐵板；植物似乎都死光了，完全看不到新芽，只剩幾株番紅花冒出頭來，卻早已被強風吹得七零八落。他雙手凍僵，眼淚直流，獨自一人快步的行走著；忽然間，他發現她正從前方約十公尺處迎面走來，他立刻注意到她身上有某些難以形容的變化。兩人毫無反應的擦肩而過，於是他回過頭去尾隨在後，並未跟得太近。他知道這樣不會有危險，沒有人會對他有興趣。她不發一語的繼續往前走，好像想擺脫他似的斜穿過草皮，又好像改變了心意，放慢速度讓他跟上。此刻，兩人走到一處蓬亂無葉、毫無隱匿性與擋風效果的灌木叢中間。他們停下腳步。氣溫非常低。強勁的風勢貫穿了稀疏枯槁的枝椏，吹襲著零星散布、外表沾滿塵土的番紅花。他伸手攬住她的腰。

那裡沒有顯示幕，然而肯定暗藏著竊聽器，他們甚至還在眾人的視線範圍內。這不重要，一切都不重要，就算他們直接躺下來做那件事也沒什麼關係。這個恐怖的想法瞬間讓他無法動彈。她對他的摟抱毫無反應，甚至未曾試圖避開。他現在知道她有哪些地方不同了——她的臉色蠟黃，還有一道很長的疤從額頭一直延續到太陽穴，有一半被頭髮遮住；不過，這並非他隱約意識到的改變。眞正的不同之處在於她的腰，不僅變粗，而且意外失去了柔軟與彈性。他記得有一回火箭彈爆炸之後，他曾幫忙從廢墟拖出一具屍體，當時最驚訝的，不僅是那個東西十分沉重，還有一種不像人類軀骸、反倒較接近石塊的難以搬運僵硬感——她的身體，正給人那種感覺。此時他又想到，她的皮膚摸起來或許也跟以前大不相同了。

他並未嘗試親吻她，兩人也沒有交談。當他們穿越草皮往回走時，她首度直視他——那只是短暫的一瞥，眼神中充滿了厭惡與輕蔑。他猜想，那份厭惡究竟純粹因爲過去的事，還是因爲她看見自己浮腫的臉，以及冷冽強風吹襲下眼眶中不斷滲出的淚。他們走向兩張鐵椅，並排坐下，兩人保持著一定距離。他看見她準備開口說話，一邊將一隻腳上笨重的鞋挪開幾公分，故意踩斷一根樹枝；他發覺，她的腳似乎變寬了。

「我背叛了你。」她直率的表示。

「我背叛了你。」他說。

她再度厭惡的看了他一眼。

「有時候，」她說，「他們用某種東西，某種你無法忍受、想都不敢想的東西威脅你，結果你說『放過我，讓別人代替我，去找某個人』，很可能你只是假裝這麼說，結束之後，你會說那只是一種要他們住手的伎倆，並不是眞心的。可惜，那並不是事實，在那個當下你是認眞的。你發現沒有別的方法能救你自己，所以你打算那麼做。你希望那件事發生在別人身上，你根本不在乎別人會受怎樣的折磨，你只在乎你自己。」

「你只在乎你自己。」他跟著重複了一次。

「在那之後，你對另一個人的感覺就再也不一樣了。」

「是的，」他說，「你的感覺就再也不一樣了。」

好像已經沒什麼好多說的了。強大的風壓，使他們身上單薄的工作服緊貼著身軀。沉默的坐在那裡立刻顯得有些尷尬，況且，靜止不動更容易感到寒冷。她說自己有事要趕搭某一班地鐵，隨即起身離去。

「我們應該再見面。」他說。

「是的，」她說，「我們應該再見面。」

他走在她背後約莫半步遠，茫然失落的跟了一小段路。兩人再也沒有交談。她並未企圖甩掉他，只以一種讓他不太容易跟上的速度前行。他決定陪她走到地鐵站入口，剎那間又發覺，天寒地凍中一廂情願的尾隨她毫無意義，而且太辛苦。他內心浮現一個念頭，與其說是要離開茱莉亞，還不如說是回到栗子樹咖啡館，他從不知道自己那麼喜歡那個地方。他懷念起自己位於角落的桌子、報紙、棋盤及永遠喝不完的琴酒；最重要的一點，那裡想必很溫暖。等他回過神來，或許也沒那麼意外，他已落後她好幾步，中間還隔著一小群人。他消極的嘗試跟上，隨即又慢下腳步，轉身離去，朝反方向前進。走了五十公尺後，他回頭張望，街上的行人不算多，卻已看不見她的身影。十幾個匆忙的行人之中，也許有一個是她，說不定，他再也無法辨識出她那發胖僵直的背影。

她說「在那個當下你是認真的」，他的確是認真的。他不僅那麼說，他也的確希望那麼做。他的確希望是她，而不是他被抓去餵——

顯示幕裡播放的音樂有了些許變化。一種沙啞、嘲弄的音調，是那黃色的音調，取代了原本的金屬敲擊聲。隨後，傳來一道歌唱的人聲（或許並非真有人唱，只是記憶以聲音形式呈現了出來）：「**在繁盛的栗子樹下，我出賣你你出賣我——**」

他眼中不禁噙滿淚水。侍者發現他酒杯空了，又去帶了一瓶琴酒過來。他拿起酒杯聞了一下。這種東西非但不會變得順口，只會愈喝愈難下嚥，不過卻成了他自我麻痺的良藥。這是他的生命，他的死亡，他的復活。每個夜晚他靠著琴酒昏睡，每個早晨他藉著琴酒清醒。他很少早於十一點起床，而且醒來時總是眼皮沉重，口乾舌燥，背部劇烈疼痛，假如不是為了前一晚放在床邊的琴酒和杯子，他根本不可能從床上起身。白天其餘的時間，他一直都表情呆滯的坐著，幾乎手不離酒瓶，聆聽著顯示幕裡的聲音。從十五點到打烊時分，他是栗子樹咖啡館裡的固定布景，再也沒有人會注意他在做什麼，再也沒有哨聲提醒他，顯示幕也不再告誡他。偶爾，約莫一週兩次，他會到眞理部一間積滿灰塵、形同荒廢的辦公室做一點工作（或說，名之為工作的一些差事）。為了處理第十一版新語字典中有關編輯方面的各種小問題，部門裡出現了無數個新成立的委員會，他被指派到其中一個委員會底下的一個附屬委員會底下的一個小組委員會。這些人皆忙於製作一種所謂的臨時報告，但他從來無法眞正弄懂這些人報告的東西究竟是什麼，可能是一些類似逗號應該置於括弧內或括弧外的問題。委員會中還有另外四個人，模樣皆和他差不多。有些日子，在人員到齊後，他們會互相坦承實際上根本無事可做，於是馬上就解散了；然而也有些日子，他們近乎熱切的投入工作，有模有樣登載著會議記錄，草擬一長串永遠不會有結果的待辦事項——那是因為他們總是把原本要討論的問題搞得極為複雜與深奧，並在文字定義上爭辯不休，完全離題，發生口角，彼此威脅，甚至打算送交上級裁決。然後，突然間他們又像洩了氣的皮球癱坐在桌子周圍，萬念俱灰的相互對望，有如黎明來臨前的鬼魂一般。

顯示幕安靜了一陣子。溫斯頓再度抬起頭來。好像要宣布了！可惜並非公告，只是換了音樂。他閉上雙眼，想像著非洲地圖的模樣。雙方部隊移動的路徑化成了圖形——黑色箭頭垂直向南急奔，白色箭頭水平向東，穿過前者的尾巴。彷彿爲了使自己放心，他看了一眼海報上那張冷靜沉著的臉。第二根箭頭眞的完全不存在嗎？

他的興致又減退了。他再喝一口琴酒，拿起白棋的騎士，試探性的移動了一下。將軍。不過這一步顯然走錯了，因爲——

沒來由的，一段記憶浮現在他腦海。他看見一個以燭光照明的房間，一張鋪著白色床單的大床，還有他自己，一個九或十歲大的男孩，坐在地板上，搖著手中的骰子盒，開懷大笑。母親也笑容燦爛的坐在他對面。

應該是她失蹤前一個月的事情。那是個和諧的時刻，他忘了肚子裡的饑腸轆轆，早前的母子之情片刻甦醒。他清楚記得那一天外面下著傾盆大雨，水從窗戶玻璃底下滲流進來，室內燈光微弱，幾乎什麼都看不見。兩個小孩待在昏暗狹窄的臥房裡，再也按捺不住無聊的情緒——溫斯頓又哭又鬧，不可理喻的吵著要食物，在房間裡翻箱倒櫃，把所有東西都拖出來，還亂踢壁板，直到鄰居敲牆警告才消停；另一個更年幼的小孩則嚎啕大作，時哭時停。最終，他的母親說：「乖乖聽話，我就幫你買一樣新玩具。很棒的玩具，你一定會喜歡。」接著她便冒雨出門，前去附近一家偶爾仍會開門做生意的雜貨店，回來時帶著一套紙盒包裝的蛇梯棋遊戲。他仍記得那個紙盒潮濕的味道，整個看起來破破爛爛的——紙板裂了，木製骰子的切削品質也很差勁，連要平擺著不動都很難。溫斯頓繃著臉，冷淡的瞄了一眼。母親隨即點燃一根蠟燭，他們坐了下來，開始在地板上展開遊戲。很快的，他玩得開心忘我，圓形的小棋片好不容易爬上梯子，結果又從蛇的身上滑下來；回到起點附近的時候，他更是不住興奮的又笑又叫。他們玩了八次，雙方各贏四次。妹妹年紀還太小，看不懂這遊戲是怎麼一回事，倚著枕頭坐在一旁，跟著母親與哥哥一起笑個不停。他們愉快的共度了一整個下午，就像他更小時候的愉快童年那樣。

他把這幅畫面從腦袋移除。這是虛構的記憶。有時他會受到這種偽記憶的干擾，只要你分辨得出它們是假的，就不會有問題。某些事情發生過，其餘的事情則沒發生過。他的思緒重新回到棋盤上，再次拿起白棋的騎士；幾乎同一瞬間，手中的騎士嘩啦一聲掉在棋盤上，猶如被針扎到一樣，他猛然站了起來。

一道刺耳的喇叭聲劃破周遭的空氣。要宣布了！獲勝了！當播報新聞之前傳出喇叭的聲響，通常就代表取得勝利的意思。一股觸電般的激動氛圍充斥著整個咖啡廳，連侍者也站起身，聚精會神的仔細聆聽。

喇叭的聲響引發了極高分貝的喧譁。顯示幕中那個聲音已經急促又亢奮的開始播報，卻被外面歡聲雷動的噪音徹底淹沒，這條新聞有如魔法般在街上散布開來。就他所能聽見的有限內容判斷，全部都發生了，一如他所預見的——一支龐大的海軍艦隊神祕的組織起來，策動了一場突襲，直搗敵人部隊後方；白色箭頭硬是將黑色箭頭的末端切成兩半。在一片吵雜中，他勉強能聽見零星幾段意氣風發的語句：「了不起的策略——完美的協同作戰——徹底擊敗——五十萬名戰俘——潰不成軍——全面控制非洲——戰爭的結束指日可待——勝利——人類歷史上最偉大的勝利——勝利，勝利，勝利！」

溫斯頓雙腿抽筋似的在桌子底下拚命踩踏踢蹬。他並未從座位上起身，不過在他心裡，他正在奔馳，飛快的奔馳，並隨著外頭的群眾歡呼慶賀，發出震耳欲聾的嘶吼。溫斯頓再度抬頭看了一眼海報上的老大哥。雄踞世界的巨人！抵擋亞洲大軍激烈攻勢的中流砥柱！他十分鐘前（沒錯，才十分鐘前）仍心存疑慮，擔憂著從前線傳回的消息究竟是勝或敗。啊，被毀滅的不只是一支歐亞國軍隊而已！從他進入友愛部那一天至今，他的內在有了極大變化，然而，不可欠缺的痊癒重生、終極蛻變，此刻才眞正降臨。

顯示幕裡的聲音依舊滔滔不絕講述著俘虜、戰利品與屠殺的神奇故事，但外面的吵雜聲已略微消退。侍者們全都回到各自工作崗位，其中一名帶著琴酒走了過來。溫斯頓坐著，沉醉於喜悅的夢境中，沒注意到自己的酒杯又被倒滿。他的心不再奔馳歡呼，他又回到了友愛部，所有事情都被寬恕了，他的靈魂潔白無瑕。他站在公開的被告席上坦承一切，指認每個人。他沿著貼滿白色磁磚的通道踽踽而行，有種走在陽光下的感覺，一名武裝警衛就在他背後，期待已久的那顆子彈終於射穿了他的大腦。

溫斯頓仰躺於地，眼前浮現那張巨臉。花了四十年的時間，他才明白隱藏在那黑色鬍鬚後方的微笑是什麼意思。唉，這是何等殘酷的不必要誤解啊！唉，自己何等頑固任性的辜負了那寬宏慈愛的胸懷啊！他雙頰流下兩行帶有些許琴酒成分的眼淚，不過沒關係，一切都沒關係，所有的掙扎都結束了。他終究戰勝了自己，他愛老大哥。

附錄

新語的原則

新語（Newspeak）是大洋國的官方語言，是一種爲了配合「英社」（英國社會主義）理念所設計出的語言。在一九八四年，無論是口語或書寫，尚無任何人以新語做爲唯一溝通工具。儘管《泰晤士報》的社論是用新語來寫，但那是一種只有頂尖專家才能辦到的絕技。一般預料，到了二〇五〇年左右，新語將完全取代舊語（即我們慣稱的「標準英語」）。目前，新語正日漸普及，所有黨員於日常生活言談中，愈來愈頻繁使用新語的字彙及文法結構。一九八四年所流通的新語，是以第九版、第十版新語字典爲基準的暫時版本，包含了大量即將被廢止的多餘單字及過時組態。我們接下來要談論的，是以第十一版字典爲基準、已臻完美的最終版新語。

新語的目標，不僅是爲了提供英社的信徒一種合適的媒介以表達世界觀與思想習性，更是爲了讓他們——「無法以別的方式思考」。按照計畫，等到新語被徹底採用、舊語遭遺忘的那天，任何異端思想（即偏離英社原則的思想）基本上將無法具體成形，至少在思想仍需依賴文字加以組織的時候是如此。新語的字彙，是爲了讓每位黨員能適當闡述想表達的意思而打造，每個單字的涵義都極爲精確且通常十分微妙，不僅刪掉了所有相關字義，也一併去除了可採取「非直接方式」聯想到它們的可能性。這項任務有部分是靠著發明新單字完成，但主要手段則藉由消滅不需要的單字，並且剝除某些單字當中意識形態不正統的涵義，僅保留其他無足輕重的次要字義。舉例來說，「Free」（自由）這個字仍存在新語之中，但僅能使用其次要字義「免於」來表達類似敘述，像是「這隻狗免於蚤害」或「這片田野免於荒廢」，它不能被使用在「政治自由」或「心智自由」上，因爲——政治或心智自由已經不存在了，連概念都不存在，所以有必要將它去名化。與抑制「異端」涵義明確的單字不同，刪減字彙，本身就是目的，因而沒有任何一個能予以省略的單字會被允許留下。新語的設計理念，是爲了限縮、而非擴張思想範疇，於是，將可供選擇的字彙數量砍到最少，亦等於間接幫助這個目標的達成。

正如我們所知，新語是建立在英語的基礎上，但新語的許多句子（即便不包含新造的單字），對當今英語使用者來說，也幾乎難以理解。新語的單字被劃分成三個不同的等級，即A級字彙、B級字彙（又稱複合字），與C級字彙。三者分開討論會比較簡單；但由於此一語言的文法特性三者皆適用，因此文法這部分僅在介紹A級字彙的段落中加以說明。

A級字彙

A級字彙包含了一切日常生活所需用語，如吃、喝、工作、穿衣、上下樓梯、搭車、修剪花草、烹煮等諸如此類的單字。它幾乎是以我們既有的一些單字組成，像是打、跑、狗、樹木、糖、房屋、田野，只是對比於當今的英語，數量少了非常多，字義也受到極嚴格的限制（因爲所有模糊隱晦的涵義都已被過濾篩除）。以目前的成果來看，一個A級字彙的單字有如一個音樂上的斷奏，僅能代表某個淺顯易懂的單一概念。基本上，要想使用A級字彙討論文學、政治或哲學問題的可能性幾乎是零，它原本就只是設計來表達目標明確的簡單想法，而且通常和具體事物或行爲有關。

新語的文法有兩個了不起的特徵。第一，每個單字，在語句中幾乎能任意調換，意即此一語言中的任何單字都可以當動詞、名詞、形容詞或副詞使用（原則上，就連非常抽象的單字也可以，像是「if」（如果）、「when」（當））。

倘若一個單字的動詞與名詞有共同字根，便永遠不需要變化字形；無疑的，這項規定摧毀了許多古老的字詞構造。舉例來說，新語中沒有「thought」（思想）這個字，因爲它的地位已被同時兼具動詞與名詞特性的「think」（想）所取代。這裡並未遵循語源學的原則，意即某些情況下會選擇保留原本的名詞，有時則留下動詞。

而即便意思相近、但彼此之間沒有語源關聯的名詞與動詞，其中之一也通常被廢止。舉例來說，新語中，沒有「cut」（切）這個字，它的意思已經被「knife」（刀）這個名詞兼動詞的單字所涵蓋。

至於新語構成形容詞的方式，是在名詞兼動詞的字尾，加上後綴「-ful」；構成副詞的方式，則是在名詞兼動詞的字尾，加上後綴「-wise」。舉例來說，「speedful」（快速的）代表了「rapid」（迅速的），「speedwise」（快速地）則代表了「quickly」（迅速地）。

當今一些特定的形容詞如「good」（良好）／「strong」（強壯）／「big」（大）／「black」（黑）／

「soft」（軟），皆獲保留，但數量極少。它們能派上用場的機率不高，畢竟大部分的屬性說明，都可利用名詞兼動詞的字尾，加上「-ful」的方式達成。

至於當今英語的副詞，則一個也沒留下，除了少數原本就以「-wise」做結尾的單字，副詞的字尾一定是「-wise」。舉例來說，「goodwise」（良好地）便取代了「well」（很好地）。

此外，任何單字還可在字首加上前綴「un-」，變成「否定」之意；或是在字首加上「plus-」，變成「強化」之意；或是在字首加上「doubleplus-」，變成「雙重強化」之意。舉例來說，「uncold」（非冷）代表「warm」（溫暖）；而「pluscold」（加冷）則代表「very cold」（很冷），「doublepluscold」（雙重加冷）則代表「superlatively cold」（非常冷）。

而且，正如同當今英語，只要在任何單字字首加上「ante-」／「post-」／「up-」／「down-」等前綴，便可修改單字的意思。結果證明，利用這種方法能大幅刪減字彙的數量。舉例來說，有了「good」（良好），便不需要「bad」（壞），因爲只要用「ungood」（非好）就能表達同樣意思，甚至更清楚直白。因此，若有兩個單字形成了屬性相反的組合，便必須廢止其中一個。舉例來說，「unlight」（非明亮的）可以取代「dark」（陰暗的），或是「undark」（非陰暗的）可以取代「light」（明亮的），視個別情況而定。

新語文法的第二個明顯特徵，是它的規律性。除了底下會提到少數特例，其餘所有字形變化皆依循相同規則。首先，所有動詞的過去式、過去分詞都是一樣的，字尾皆是「-ed」。「steal」（偷）的過去式是「stealed」，「think」（想）的過去式是「thinked」……以此類推，適用於此一語言的所有單字。〔至於「swam」（游泳）／「gave」（給予）／「brought」（帶來）／「spoke」（說）／「taken」（取）這類不規則變化的單字，都被加以廢止。〕

所有單字的複數形態，皆於字尾加上「-s」或「-es」，視個別情況而定。舉例來說，「man」（人）的複數形態是「mans」，「ox」（牛）的複數形態是「oxs」，「life」（生命）的複數形態是「lifes」。

至於形容詞的比較級，則是固定在字尾加上「-er」或「-est」，舉例來說，良「good」（好的）／「gooder」（較良好的）／「goodest」（最良好的）。〔不規則變化的比較級，以及加上「more」（較）／「most」（最）的表現方式，則都被廢除。〕

唯一允許做不規則變化的詞類，僅代名詞、關係詞、指示形容詞及助動詞，它們的用法和過去一樣，全都維持不變，只有「whom」因已無需要而被刪掉，「shall」／「should」則因與「will」／「would」功能重疊，而被捨棄。

此外，還有一些字詞構造的不規則變化用法，是爲了讓口語表達更簡潔順暢而被設計出來——那些發音困難或容易聽錯的單字，通常會被視爲有問題的單字，因此，爲了聽起來悅耳，有時會有額外字母被安插在字彙中間，或因此得以保留某種古老的字詞構造；不過，主要是和B級字彙連結時，才特別感受得到這種需求。至於方便發音爲何如此重要，將於稍後的篇幅詳細解釋。

B級字彙

B級字彙集結了爲政治目的所創造出的單字：換句話說，這些單字不僅各具政治意涵，還企圖將相應的心態加諸於使用者身上。如果對英社原則的理解不夠透澈，便很難正確使用這些單字。有些例子能轉換爲舊語，甚至能轉換成A級字彙表達，但往往需要冗長的敘述，而且還是會漏失某些特殊含義。B級字彙類似一種口語速記，通常是把一個範圍的概念化成幾個音節，卻又比平常的字詞更加精確與強烈。

B級字彙，全部都是複合字。它們一律由兩個或兩個以上的單字，或者單字的某個部分組成，並以容易發音的編排銜接在一起；所產生的混和字，總是名詞兼動詞，而且仍依循一般規則做變化。舉例來說，「goodthink」（優思想）這個字，非常概略的代表了「正統」之意，或者你可以把它當作動詞用，那麼就是「以正統的方式思考」。它的變化如下——名詞兼動詞：「goodthink」／過去式和過去分詞：「goodthinked」／現在分詞：「goodthinking」／形容詞：「goodthinkful」／副詞：「goodthinkwise」／動詞式名詞：「goodthinker」。

B級字彙的規畫，並未遵循任何語源學原則。構成這些單字的元素可能是口語的任何一部分，並且能隨意放置無順序性，也可隨意分割，使它們易於發音，同時又能顯示出它們的語源。舉例來說，「crimethink」（犯罪思想）這個字，「think」被置於後段；但在「thinkpol」（思想警察）這個字，「think」則被置於前段，而且後面「police」的第二音節甚至被移除。

爲了確保發音悅耳、好記，B級字彙的不規則變化情形，比A級字彙更常見。舉例來說，眞理部

（Ministry of Truth）的縮寫是「Minitrue」，形容詞卻是「Minitruthful」。和平部（Ministry of Peace）的縮寫是「Minipax」，形容詞卻是「Minipeaceful」。友愛部（Ministry of Love）的縮寫是「Miniluv」，形容詞卻是「Minilovely」；之所以不規則變化，僅僅只是因爲「-trueful」／「-paxful」／「-luvful」唸起來不太順口。不過原則上，所有的B級字彙皆可變化，變化方式也都如出一轍。

某些B級字彙具有非常精細的意義，除非對這個語言極爲精通，否則無法理解。舉例來說，《泰晤士報》社論有個典型的句子——「Oldthinkers unbellyfeel Ingsoc」（舊思者無腹感英社），以舊語所能翻譯出的最短意思爲——「那些在革命之前思想就已定型的人，無法在情感上完全明白英國社會主義的原則」，但這並不是很適當的翻譯。爲掌握前述新語句子的整體意涵，首先你必須對英社所象徵的概念有清楚認知。此外，唯有徹底受過英社主義訓練的人，才能體會「bellyfeel」（腹感）這個字的完整力道，它代表現在的你很難想像，是一種既盲目又狂熱的認同。又或者是「oldthink」（舊思想）這個字，它無可避免的讓人產生一種隱含著邪惡腐敗的聯想。

不過，某些新語單字的特殊功用，與其說是拿來表達，還不如說是摧毀它們，例如「oldthink」這個字。這類單字很稀少卻又極其必要，本身的意義不斷被擴張，直到演變成需要一大串容易理解的字詞語句涵蓋；此時，既然已有一個新語單字能統括那一大串字詞的含義，那麼一大串字詞便可一同被廢棄、遺忘。因此，新語字典編譯者所面臨的最大挑戰並非發明新字，而是在發明後確認它們的字義；換句話說，是確認哪些範圍內的舊字應該被移除，由新字來取代。

以我們先前提過的「free」這個字爲例，這一類曾經帶有異端涵義的字，有時會因方便使用之故，而在剔除那令人厭惡的負面意義後被保留了下來。但像是「honor」（榮譽）／「justice」（正義）／「morality」（道德）／「internationalism」（國際主義）／「democracy」（民主）／「science」（科學）／「religion」（宗教）等更多數不清的單字，則全都不復存在——少數幾個涵括了多重意義的新語單字，可替代它們，這些舊語單字於是被廢止。

例如，所有與「自由」、「平等」概念有關的字，全都涵括在「犯罪思想」這個單字裡面。所有與「客觀現實」、「合理主義」概念有關的字，全都涵括在「舊思想」這個單字裡面。意思愈精確，就代表愈危險，黨員只需具備一種近似古代希伯來人的觀點（他們認爲其他國家崇拜的皆是「僞神」）即可，其他事情不必知道太多。他不必知道巴爾、奧西里斯、莫洛赫或阿什托雷斯之類的神祇名字；他知道的愈少，對他的信仰正統愈有幫助。他知道耶和華及耶和華的十誡，因此其餘所有的名字、屬性不同的神祇，都是虛假的。

同理，黨員也知道什麼是構成正確行爲的要件，在非常模糊而廣泛的定義下，他知道正確行爲的界限在哪裡。舉例來說，他的性生活，將完全受到「性犯罪」（sexcrime，本意是不道德的性關係）、「優性愛」（goodsex，本意是純潔）這兩個新語單字規範。

性犯罪，涵蓋了一切與性有關的罪行，如婚前性行爲、通姦、同性戀及其他墮落行爲；此外，還包括以性交本身爲目的、所進行的正常性行爲。因其罪責皆相當，所以沒有必要分開列舉，而且原則上都足以被判處死刑。

儘管以科學與技術領域單字所組成的C級字彙中，或許需要賦予某些性方面的逾矩行爲特別的名稱，但它們對一般人來說並沒有什麼用處。他只需知道優性愛指的是什麼就好，它意指「一對夫妻以繁衍下一代爲唯一目的、且女方毫無肉體快感的正常性交」，除此之外，其餘的全是性犯罪。在新語中，一旦你察覺偏差的跡象，異端思想便不太可能往下繼續發展，畢竟，超出此一範圍所需的詞彙已然消失殆盡。

B級字彙，沒有中性概念的單字，絕大多數都是迂迴的表達。例如，「歡樂營」（joycamp），其實是強制勞改營。和平部「Minipax」，其實是戰爭部——這樣的字彙，實際意義幾乎與它們字面上的意思完全相反。

但另一方面，某些字彙卻對大洋國社會的本質，展現出相當直率輕蔑的透徹理解。例如，「無產授」（prolefeed），意思是「黨供應給普羅大眾的那些造假新聞，以及各種低劣粗俗的消遣娛樂」。

至於其他單字，則通常包含相互矛盾之意，套用在黨的身上，是好的意思；套用在敵人身上，則是壞的意思。不過，另外還有一大堆單字，乍看似乎是縮寫，但它眞正的概念並非來自單字的意義，而是它的結構。

B級字彙，涵括了任何與政治意義有所指涉的事物。每項教條、每個國家、組織、團體、機構或公共建築的名稱，均毫無例外的被簡化成一種類似格式，基本上就是——「用最少數量的音節，將原本的語源保留下來，組成一個容易發音的單字」。舉例來說，小說中，溫斯頓在眞理部的所屬單位是「紀錄局」（Records Department），其名稱便被簡化爲「Recdep」。以此類推，「編造局」（Fiction Department，簡稱 Ficdep）；「電視局」（Teleprogrammes Department，簡稱 Teldep）。

之所以如此簡化，並非只是爲了節省時間——早在二十世紀初期，縮短單字和句子，就已是政治語言的一項重要特徵。根據觀察，極權主義國家或極權主義組織尤其喜歡運用這種縮寫，像是「Nazi」（納粹）

「Gestapo」（蓋世太保）／「Comintern」（共產國際）／「Inprecorr」（國際通信）／「Agitprop」（宣傳鼓動）。

剛開始，這種用語習慣乃出於直覺，但在新語中則變成一種別有用心的手段。黨認爲藉由這樣的簡化，可去除絕大多數可能的附帶聯想，便可限縮字彙的意思，還可巧妙的加以改變意思。例如，「Communist International」（國際共產黨），會喚起一幅四海皆兄弟、紅旗、路障、卡爾．馬克思及巴黎公社的圖像。但簡化成「Comintern」（共產國際）之後，僅會令你想起一個關係緊密的組織，與一系列定義明確的教條。它所指涉的，是某種可輕易辨識、用途被局限住的東西，如桌子或椅子。「Comintern」這個字不需思索就能脫口而出，相較之下，「Communist International 」是個句子，在唸的時候必然得短暫思考一下。同樣的，眞理部的縮寫「Minitrue」，會比全稱「Ministry of Truth」，所能聯想起的事物來得少、且易於掌控。這不僅解釋了黨一有機會便使用縮寫的習慣，更說明了這種近乎誇張注重每個字發音方便的苦心。

對新語而言，唸起來順口是精確性以外的另一項最重要考量；必要時，通常會犧牲文法上的規律性來配合。這是理所當然的作法，尤其在以政治目的爲第一優先的情況下，黨需要的是經過截短、可快速用口語表達、意義清楚，不會在說話者心中留下太多迴響的單字。

事實上，B級字彙裡的許多單字幾乎都很類似，因此普及的效果很好。像「goodthink」／「Minipax」／「prolefeed」／「sexcrime」／「joycamp」／「Ingsoc」（英社）／「bellyfeel」／「thinkpol」，這類二或三個音節、重音平均安排在頭尾音節之間的單字，不僅受到廣泛運用，更助長了一種短促急切的說話風格，也就是聽起來毫無抑揚頓挫、零落且斷續。這正是黨原本預期的目標，企圖讓口語的表達，尤其是針對概念不是那麼中性的主題，要讓說話者盡可能不受到意識的支配。

在日常生活中，說話前略作思考無疑相當必要（至少有時候很必要），但每位黨員在被要求做出政治或道德評斷時，應該要像機關槍自動連續擊發子彈那樣，迅速表達出正確意見。新語這個語言，幾乎是一件完全防呆的工具，字彙的結構、粗糙的發音及某些故意的醜化，無不符合英社精神的原則，將可進一步協助他長久的進行訓練，並不斷精進。

大幅減少黨員所能使用的字彙，對黨來說也是另一項利多。和英語相較，新語的字彙少得可憐，而且字彙的刪減方式也不斷進化。新語字彙的數量是逐年減少而非增加，這一點，確實和大多數其他語言不同。每一次的刪減都是進步，因爲能選擇的範圍愈小，思想受到誘惑的機會就愈少。終極的希望，是完全不必透過腦部中樞指揮，只靠喉嚨便可清晰的用言語表達。新語中，「鴨語」（duckspeak）這個單字，便直白揭露了這個目標，意思是「像鴨子一樣呱呱叫」。如同其他B級字彙，鴨語也有兩種矛盾的解釋——假如陳述的意見合乎正統，它就有稱許之意，例如，當《泰晤士報》說黨的某位雄辯家是「doubleplusgood duckspeaker」（雙重加好鴨語者），便是給予一種敬重而正面的讚揚。

C級字彙

C級字彙，是用來補充其他的單字，它們全由科學與技術領域單字組成。它們和今日的科學術語類似，全都建立在同一個字根上，不過通常會被嚴格定義，並剝除不討喜的意思。其文法規則，也和A級、B級字彙相同。但無論在日常生活或政治言談中，僅極少數的C級字彙會被提及。任何科學工作者或技師可以在專屬的業務清單中找到自己需要的單字，但對於出現在其他清單上的單字，他僅能一知半解。所有清單上的共通單字寥寥可數，而且沒有任何字彙能說明——科學的功能，其實是一種心智的習慣、一種思考的方式，無論哪個特定領域皆然。確實，現在已經沒有「科學」這個字了，它所能涵蓋的意義都已經被「英社」這個字所取代。

從前面提到的內容可以知道，若想使用新語來表達不正統的見解，即便只是輕微的越界也幾乎是不可能的。當然，你還是能夠以一種粗魯的方法、一種褻瀆的形式來發表異端邪說。例如，理論上，你可以說「老大哥是非好的」（Big Brother is ungood），只是這樣的陳述聽在思想正統者的耳裡，只會變成一種不證自明的荒謬，況且也無法進行理性辯論，因爲所需的單字——都已消失了。與英社對立的概念，只能以一種模糊、非語言文字的方式來呈現，並且只能用一堆很空泛的言詞來指涉，同時還會被扣上一大串莫須有的異端想法，然後受到譴責。事實上，唯有冒險的將某些單字翻譯回舊語，你才有辦法使用新語表達不正統的思想。舉例來說，「所有人都平等」（All mans are equal）是一段可能出現在新語中的文字，然而它的意義就像「所有人都是紅髮」（All men are redhaired）那樣，是一段可能出現在舊語中的文字；意即，句子本身並沒有文法上的錯誤，卻明顯違背了事實。「所有人都平等」這句話的意思其實是「所有人在身形、體重、力氣等各方面的條件都相當」，「政治平等」的概念已經不存在，因爲「平等」這個第二層意義早就被汰除了，僅剩下「相當」這個意思。

在一九八四年，舊語仍是主要的溝通工具；理論上，使用新語單字的危險，在於你或許仍記得舊語原來的意義。實際上，對任何受過良好雙重思想訓練的人來說，要避免這種狀況並不困難，但再過一、兩個世代，連犯下這種錯誤的機會也將消失。成長過程中只使用新語溝通的人，再也不會知道「相當」這個單字，曾有過另一種象徵「政治平等」的含義，或者「自由」曾經代表「心智的自由」；就像一個從來不曾聽過西洋棋的人，便無法意識到「皇后」或「車」其實還有另外的意思。如此一來，許多沒有名字、所以也無從想像的罪行和錯誤，都將因爲超出他的能力範圍而不會發生。可以預見的是，隨著時間推移，新語的特性將變得愈來愈明顯——它的單字數量會愈來愈少，字義會愈來愈狹隘，無法被正確使用的機率也會不斷的逐漸降低。

當舊語徹底遭到廢棄的時候，我們與過去的最後一道連結將被切斷。歷史已經被重寫，然而許多過去的著作躲過了審查，即便只剩零碎片段四處散落，只要某人還保有舊語的知識便能閱讀它們。但在未來，這些零碎片段就算能幸運殘留下來，也無法被理解或翻譯。任何舊語都不可能被翻譯成新語，除非內容是某種技術性的流程，或一項極爲簡單的日常生活行爲，或是原本就有正統傾向〔以新語來表達，即爲「優思想的」（goodthinkful）〕的文字。事實上，這就表示，大約一九六〇年以前寫成的書都無法被完整的翻譯出來；革命之前的著作僅能接受思想觀念上的轉譯，也就是說，不僅是語言上、連意義上也要修改。以《獨立宣言》的某個知名段落爲例：

我們認爲眞理不證自明，

所有的人生來一律平等，

> 造物主賦予他們若干不可剝奪的權利，
> 生命權、自由權，以及追求幸福的權利，
> 爲了保障這些權利，人民創設了政府，
> 政府的權力來自於被統治者的同意，
> 一旦任何形式的政府毀壞了這些目標，
> 人民有權利去改變或廢止它，
> 並且建立新的政府……

要把這篇文章轉換成新語，同時又要保留它原來的意思實在不太可能。最接近的作法，便是將這一整段文字簡化成「犯罪思想」這個字。全文的翻譯只能是一種思想觀念上的轉譯，傑佛遜的論述將變成一種對專制政府的推崇。

確實，過去的許多著作都已經受到這樣的改造。考量到作品的聲譽，通常會希望保留下某些歷史人物的記憶，並把他們的成就融入英社的哲學中。因此，像莎士比亞、密爾頓、史威夫特、拜倫、狄更斯，還有一些其他人的著作都在進行翻譯中。當這項工程完成時，他們原始的著述，以及其他過去殘留下來的各種文學作品，都將被銷毀，無一倖免。這些翻譯工作是件緩慢又艱難的任務，至少得等到二十一世紀的第二個十年才完成得了；同一時間，大量的實用著作（如不可或缺的技術手冊）也必須如法炮製。新語的確定實施日期，之所以設在二〇五〇年這麼晚的時間，主要正是爲了預留時間給這些初步的翻譯工作。

國家圖書館出版品預行編目資料

一九八四 / 喬治・歐威爾（George Orwell）著；
李宗遠譯 —— 初版 —— 臺中市：好讀，2015.10
面：　公分，——（典藏經典；80）

譯自：Nineteen eighty-four

ISBN 978-986-178-365-9（平裝）

873.57　　104015129

好讀出版

典藏經典 80

一九八四

原　　著／喬治・歐威爾 George Orwell
翻　　譯／李宗遠
總 編 輯／鄧茵茵
文字編輯／簡伊婕
美術編輯／廖勁智
內頁編排／王廷芬
發 行 所／好讀出版有限公司
台中市 407 西屯區工業 30 路 1 號
台中市 407 西屯區大有街 13 號（編輯部）
TEL:04-23157795 FAX:04-23144188 http://howdo.morningstar.com.tw
（如對本書編輯或內容有意見，請來電或上網告訴我們）
法律顧問　陳思成律師

線上讀者回函
獲得好讀資訊

讀者服務專線／TEL：02-23672044 / 04-23595819#230
讀者傳眞專線／FAX：02-23635741 / 04-23595493
讀者專用信箱／E-mail：service@morningstar.com.tw
網路書店／http : //www.morningstar.com.tw
郵政劃撥／15060393（知己圖書股份有限公司）
印刷／上好印刷股份有限公司
如有破損或裝訂錯誤，請寄回知己圖書更換

初　　版／西元 2015 年 10 月 1 日
初版八刷／西元 2024 年 7 月 15 日
定　　價／320 元

Published by How Do Publishing Co., Ltd.
2024 Printed in Taiwan

ISBN 978-986-178-365-9